L'aventure
du vivant

Du même auteur

Le Macroscope
Seuil, 1975
et coll. « Points Essais », 1977

La Malbouffe
(en collaboration avec Stella de Rosnay)
Olivier Orban, 1979
Seuil, coll. « Points Actuels », 1981

Les Chemins de la vie
Seuil, 1983
et coll. « Points Essais », 1984

Branchez-vous
(en collaboration avec Stella de Rosnay)
Olivier Orban, 1984

Le Cerveau planétaire
Olivier Orban, 1986
Seuil, coll. « Points Essais », 1988

L'Avenir en direct
Fayard, 1989
Coll. « Livre de poche », 1991

Joël de Rosnay

L'aventure du vivant

ILLUSTRATIONS
ANNE BOISSEL-PUYBAREAUD

Éditions du Seuil

Les deux premières parties de ce livre constituent une mise à jour et un développement de l'ouvrage de J. de Rosnay, *Les Origines de la vie,* paru en 1966 et réédité dans la collection « Points Sciences » en 1977.

EN COUVERTURE :
Lymphocyte (globule blanc) en train de se diviser. On voit en rouge les chromosomes porteurs des caractères héréditaires. Photo CNRI.

ISBN 2-02-013511-6
(ISBN 2-02-010049-5, 1ʳᵉ publication)

© ÉDITIONS DU SEUIL, 1966, 1988, POUR LE TEXTE
© ÉDITIONS DU SEUIL, 1988, POUR LES ILLUSTRATIONS

Avant-propos

Ce livre est né avec la révolution biologique. Sa première version, *Les Origines de la vie,* fut écrite en 1965 à l'époque où André Lwoff, François Jacob et Jacques Monod recevaient le prix Nobel pour des travaux qui devaient marquer l'avenir de la biologie moléculaire.

Remis à jour au fil des nouvelles éditions, il nécessitait cependant une refonte complète, intégrant les derniers progrès réalisés dans la compréhension de l'origine de la vie, les découvertes du génie génétique, l'essor des biotechnologies et de la bio-industrie, les défis de l'« ingénierie » de la reproduction humaine.

Voici donc un livre nouveau, qui reprend dans leur continuité les connaissances biologiques de base, mais tient compte des découvertes les plus récentes et les plus chargées de signification pour notre avenir.

Continuité et discontinuité, traditions et ruptures, tel est le mode de réflexion auquel nous soumet la biologie depuis quelques années. Ce livre est un guide de base des sciences de la vie, mais aussi un témoignage sur l'extraordinaire période que nous vivons.

Introduction

Qui ne se sent aujourd'hui concerné par les progrès et les découvertes de la biologie ? Fécondation *in vitro* et transferts d'embryons, médicaments obtenus grâce aux biotechnologies, modification des plantes et des animaux domestiques, élimination possible de la faim et des grandes endémies, traitement prochain – peut-être – du cancer ou du sida, manipulation des gènes ou modifications du cerveau, la biologie suscite autant de promesses et d'espoirs que de craintes et de peurs pour notre avenir.

Depuis une vingtaine d'années, nous subissons le choc de la « révolution biologique ». Le grand public, les industriels, les responsables politiques en perçoivent les retombées et les implications dans les nombreuses facettes de la vie quotidienne. Il y a peu de grandes questions de société qui ne fassent aujourd'hui appel à des données biologiques : reproduction humaine médicalement assistée, impact des modes de vie sur le déficit de la Sécurité sociale, malnutrition et développement du cerveau, protection de l'environnement contre les pollutions chimiques ou radioactives, lutte contre la drogue, lutte contre le racisme, éducation des enfants.

Comment une telle révolution nous touche-t-elle concrètement ? comment séparer les faits réels de la science-fiction ? comment, en définitive, comprendre la vie pour mieux la préserver ? La tâche est difficile. La vie dans sa globalité échappe à l'analyse. Est-ce à dire que son étude ne relève pas d'une approche scientifique ? Certainement pas. Sur quoi se fonderaient alors les progrès spectaculaires de la biologie ? La vie est une propriété des systèmes de très haute complexité. Pour mieux

la saisir, il faut l'éclairer, la cerner, l'illustrer par le jeu
des multiples facettes qui en constituent les éléments ou
les principes de base. Nous sommes aujourd'hui confrontés – par cette complexité même – au défi de la vie : il
nous faut à la fois la comprendre, la penser et, surtout,
désormais, la conduire. C'est pourquoi traiter des origines de la vie, de ses mécanismes de base et de la modification des êtres vivants par l'homme revêt tant d'importance.

Le but de ce livre n'est autre que de contribuer à éclairer le chemin par lequel passe une meilleure connaissance du vivant. Un chemin fait de deux voies étroitement mêlées : celle de la compréhension de la vie par
l'homme et celle de l'action de l'homme sur la vie. Pour
cela il pose trois questions simples : Qu'est-ce que la vie ?
D'où vient la vie ? Où va la vie ?

Ce chemin commence aux origines mêmes de la vie, au
cœur des formes les plus rudimentaires du vivant,
ancêtres éloignées de nos cellules.

PREMIÈRE PARTIE

Qu'est-ce que la vie ?

1. Les anciennes théories
de l'origine de la vie

Une génération spontanée d'êtres vivants ?

Lorsqu'on cherche à se représenter comment la vie a pu apparaître sur la Terre, on a souvent tendance à imaginer un début soudain, spontané ou provoqué par quelque cause fortuite ou surnaturelle. Cette notion subjective de brusque changement est si bien enracinée dans notre esprit qu'il nous est extrêmement difficile de concevoir qu'il en soit autrement. Certaines croyances de l'Antiquité ou du Moyen Age persistent encore aujourd'hui...

Pour nos ancêtres, cela ne faisait aucun doute : la vie trouvait en permanence son origine dans l'inanimé. Il suffisait de regarder la nature avec un peu d'attention. On voyait ainsi les vers naître de la boue ; les mouches, de la viande avariée ; les souris, de tas d'ordures ou de vieux chiffons. Partout où il existait des matières organiques en décomposition ou des matières minérales placées dans certaines conditions, on pouvait observer la formation spontanée d'organismes vivants.

L'Histoire abonde en récits de ce genre et les anciens écrits de la Chine, de Babylone, de l'Inde ou de l'Égypte font ressortir combien on croyait ferme en la génération spontanée.

Pour Aristote (384-322 av. J.-C.), les animaux sont généralement issus d'organismes identiques ; mais ils peuvent également naître de la matière inerte. Il décrit dans de nombreux ouvrages des cas de génération spontanée de mouches, de moustiques ou de mites à partir de la boue des puits, du terreau ou du fumier ; d'écrevisses ou d'anguilles, de mollusques ou de poissons à partir de vase ou d'algues en décomposition ; de souris à partir de terre humide, voire d'animaux supérieurs se présentant, à l'origine, sous forme de « vers ».

A quelle théorie de tels phénomènes peuvent-ils se rattacher ? Selon Aristote, il existe dans toute chose un « principe passif » qui est la *matière,* et un « principe actif » qui est la *forme.* Tout ce qui existe résulte de la conjonction, chaque fois que les conditions sont favorables, de ce principe actif et de ce principe passif. Le principe actif « informe » la matière ; il lui donne forme. Par exemple un œuf de poisson fécondé contient un principe actif – qui n'est pas une substance, mais une « capacité » à organiser la matière de l'œuf en un poisson.

L'enseignement d'Aristote, transmis à travers les siècles par une longue lignée de penseurs, ne commença à être discuté qu'à partir du XVIIᵉ.

Pendant la longue période de pénombre scientifique que fut le Moyen Age, les plus éminents penseurs ont cru en la génération spontanée. Chacun y ajouta son détail. Mais, à une époque où la science et la philosophie étaient sous le contrôle et même sous la censure directe de la théologie, il était fort imprudent de contester l'enseignement d'hommes tels qu'Aristote, saint Augustin ou saint Thomas d'Aquin.

Ce n'est que vers la seconde moitié du XVIᵉ siècle, et surtout au XVIIᵉ siècle, que l'application de l'esprit critique et de la méthode expérimentale à l'observation des faits de la nature favorisa l'essor des sciences dites exactes.

A cette époque, Copernic et surtout Galilée (mort en 1642) renversent le vieux géocentrisme hérité des Grecs. Faisant graviter la Terre au lieu du « ciel », ils livrent l'esprit des hommes à l'angoissante présence d'un espace infini.

Pourtant, malgré ce bouleversement de la cosmogonie, qui a fait prendre conscience de l'infiniment grand et, par contrecoup, peut-être, de l'infiniment petit, les sciences de la vie semblent rester au stade où elles se trouvaient quelques centaines d'années plus tôt. D'illustres savants et philosophes, comme William Harvey, célèbre pour ses recherches sur la circulation sanguine,

René Descartes ou Isaac Newton, continuent à accepter, sans réticence majeure, la théorie de la génération spontanée.

Jean-Baptiste Van Helmont, célèbre médecin de Bruxelles (1577-1644), auteur de travaux qui ont fait autorité sur la physiologie des plantes, va même jusqu'à donner une recette pour fabriquer des souris en vingt et un jours à l'aide de grains de blé et d'une chemise sale placés dans une caisse, la sueur humaine qui imprégnait la chemise jouant le rôle de « principe vital » !

Étape par étape, l'édifice de la théorie de la génération spontanée se lézarde.

Le premier ébranlement sérieux vient d'Italie ; il va préparer le terrain d'une controverse passionnée qui durera plus de deux siècles.

Francesco Redi, médecin et biologiste de Florence (1626-1698), ne croit pas en la théorie officielle. Il pense au contraire que « la Terre, après avoir engendré au commencement les animaux et les plantes, sur l'ordre du Créateur Suprême et Omnipotent, n'a plus donné naissance depuis à aucune sorte de plante ou d'animal, parfait ou imparfait ». Pour lui, la vie ne peut venir que d'une vie préexistante. Ainsi « les vers » que l'on voit « naître » dans les matières en putréfaction, sont en réalité le résultat d'une « insémination » (reproduction sexuelle). Les corps en décomposition servent de nids à certains animaux qui y déposent leurs œufs, de nourriture aux « vers » qui s'y développent. Pour appuyer son hypothèse, Redi entreprend, en 1668, de la vérifier par l'expérience. Il place dans des récipients des substances organiques en décomposition. Le premier flacon est recouvert d'une gaze ; le second reste ouvert. Redi constate que des asticots s'y développent rapidement. Par contre, la viande placée dans le premier flacon reste exempte de larves. On peut voir que les mouches pondent leurs œufs sur la gaze.

Il avait ainsi prouvé que la croyance en une génération spontanée d'asticots dans les matières en décomposition ne provenait que d'une grossière erreur d'observation. Pourtant, la persistance des idées reçues est quelquefois si forte qu'il continua de croire, par routine, à la possibilité de certains types de génération spontanée.

Avec les progrès de l'observation et de l'expérimentation, il devenait de plus en plus évident, même pour les partisans les plus farouches de la génération spontanée, que ce phénomène n'était valable que pour de très petits animaux. Grenouilles, souris ou serpents firent place aux plus petits êtres observables à l'œil nu : insectes, vermisseaux, puces... Pourtant, même dans ce cas, les expériences de Redi semblaient démontrer que la génération spontanée d'organismes aussi complexes était impossible. On se prit alors à douter de la validité de la théorie classique. Mais ce doute ne fut pas de longue durée.

A l'aide d'un microscope rudimentaire fabriqué par ses soins, un contemporain de Redi, le Hollandais Antonie Van Leeuwenhoek (1632-1723), découvre et décrit un monde jusqu'alors insoupçonné, celui de la vie invisible.

Chercheur énergique, observateur infatigable et habile, cet homme remarquable décrit avec émerveillement bon nombre de micro-organismes connus aujourd'hui (levures, bactéries, infusoires), et expose ses découvertes à la Société royale de Londres dans une série de communications célèbres. Dès lors, muni de cet étonnant microscope, chacun découvre des micro-organismes à foison, partout où il existe des matières en putréfaction ou en décomposition.

Pourtant, personne ne voulut admettre que des organismes aussi petits, aussi simples et aussi nombreux pussent naître par reproduction sexuée. Non, c'était l'évidence même : ils se formaient par génération spontanée à partir des bouillons nutritifs ou de tous autres liquides dans lesquels ils se manifestaient.

Mais Leeuwenhoek n'était pas convaincu. Pour lui, les « semences » de ces microbes provenaient de l'air ambiant. Un de ses disciples, Joblot, fit d'ailleurs une expérience très probante ; il montra qu'une infusion de foin, bouillie, puis laissée à l'air, se peuplait rapidement de micro-organismes ; tandis que le même liquide, simplement recouvert d'un parchemin, restait longtemps stérile. Malheureusement, comme pour Redi, l'opinion n'était pas prête à accueillir ses démonstrations. On les oublia.

A la fin du XVIIIᵉ siècle, une âpre controverse va s'engager entre deux prêtres naturalistes : l'Écossais John Needham et l'Italien Lazzaro Spallanzani. Le premier, ami de Buffon, veut prouver par une série d'expériences – identiques à celle de Joblot – la possibilité de la génération spontanée. Malgré toutes les « précautions possibles » (chauffage prolongé des liquides, fioles bouchées hermétiquement), à chaque expérience apparaissaient des myriades de micro-organismes. Spallanzani objecte que Needham n'a pas suffisamment chauffé ses flacons pour les stériliser. Needham répond que Spallanzani détruit le « principe vital » et modifie les « qualités de l'air » par un traitement trop sévère. Spallanzani reprend point par point les objections de Needham, dans une nouvelle série de brillantes expériences... mais ne réussit pas néanmoins à retourner l'opinion.

Ce sont les démonstrations de Pasteur qui, cent ans plus tard, mirent un point final à cette opposition. Elles devaient – au prix d'une crise dont on mesurera les conséquences beaucoup plus tard – déchirer le voile qui masquait les véritables problèmes posés par l'origine de la vie.

En 1859, un savant français, Félix Pouchet, publie un volumineux ouvrage de sept cents pages, renfermant toutes les idées les plus avancées sur la théorie de la génération spontanée. Il apporte en plus, à l'appui de sa thèse, une masse considérable de résultats expérimentaux, tous favorables à la théorie qu'il défend en partisan farouche et obstiné. L'œuvre de Pouchet montre jusqu'à quel point on peut croire et même réussir à « prouver » ce que l'on *veut* croire ! A cette même époque, l'Académie des sciences de Paris décide d'offrir un prix à celui qui réussirait à régler définitivement cette irritante question.

En 1862, Louis Pasteur démontre de manière irréfutable à l'aide d'expériences désormais célèbres que les germes microbiens pullulent non seulement dans l'air environnant et sur les poussières que l'on respire, mais aussi sur les mains, ou sur les ustensiles qui servent aux expériences. Toutes les « générations spontanées » de micro-organismes résultent en réalité de la contamination des bouillons de culture par des germes apportés de l'extérieur. Il serait trop long de décrire en détail les expériences et résultats obtenus par Pasteur. Voici, à l'aide de quelques dessins, une des plus marquantes. Un liquide nutritif (eau de levure de bière, jus de betterave) est versé dans un ballon à long col (1). Le col du ballon est étiré par chauffage pour former un tube fin et recourbé (col de cygne) (2). Le liquide est porté à ébullition : cette opération tue tous les micro-organismes présents (3). Les poussières contenant les microbes sont retenues par les gouttelettes d'eau à l'extrémité du tube. Le ballon reste stérile pendant très longtemps (4). Si l'on coupe le col de cygne, le bouillon nutritif est rapidement envahi par les germes (5).

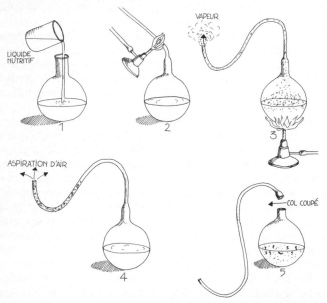

L'expérience de Pasteur

L'observation a montré que les microbes, bien que minuscules, sont des organismes très complexes. Penser, après Pasteur, que ces microbes puissent se former spontanément est aussi absurde que croire, du temps de Redi, à l'apparition subite de mouches à partir de matières en décomposition ! Pasteur avait, semble-t-il, définitivement prouvé que la vie ne pouvait provenir que d'une vie préexistante. Dès lors, à la question « comment la vie a-t-elle commencé ? », il ne semblait plus y avoir de réponse possible. En effet, les deux réponses offertes jusqu'alors étaient : 1. la vie a été créée de manière surnaturelle ; 2. la vie naît continuellement du non-vivant par génération spontanée. La première réponse ne pouvait satisfaire un scientifique exigeant. La seconde, cela était acquis, résultait de grossières erreurs d'observation. On cessa alors de se poser la question. Certains savants allèrent jusqu'à déclarer que l'étude de ce problème n'était qu'une perte de temps, et que la recherche de solutions ne présentait aucun intérêt scientifique immédiat.

La quasi-totalité des protagonistes de ces débats – à quelque tendance qu'ils eussent appartenu – semblait avoir confondu les notions de *spontanéité* et de *soudaineté*. Il ne venait à l'esprit de personne que la vie eût pu apparaître graduellement et par évolution. Il manquait en effet, aux scientifiques de cette époque, une dimension essentielle de la nature : le *temps*.

La découverte du temps fut pour les esprits un événement aussi bouleversant que l'avait été la découverte de l'espace – de l'infiniment grand à l'infiniment petit. Découverte, non pas du temps qui « coule », ce temps apprivoisé que les hommes savaient depuis longtemps mesurer, mais du temps qui « ajoute », du temps historique. Avec lui s'illuminent le passé de l'homme et le grand passé de la vie elle-même.

L'évolution : la grande histoire de la vie

1859, c'est l'année de la publication de l'ouvrage de Pouchet en faveur de la théorie de la génération spontanée. C'est aussi celle de la parution d'un livre qui devait marquer de manière définitive la pensée scientifique et philosophique : *L'Origine des espèces* de Charles Darwin.

Selon Darwin et sa théorie, les formes vivantes que l'on peut observer dans la nature ne sont pas apparues spontanément. Elles descendent les unes des autres avec des *modifications qui ne se produisent qu'au cours de très grands intervalles de temps.*

En observant les espèces qui vivaient à son époque et en notant les légères différences qui apparaissent entre elles, Darwin s'aperçoit que des variations peuvent se produire à l'intérieur d'une même espèce. D'un autre côté, les animaux et les plantes existant aujourd'hui dif-

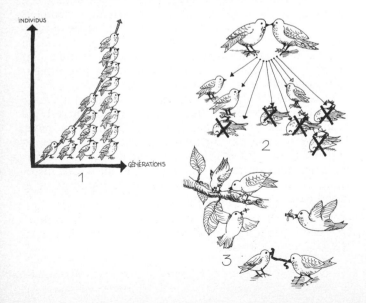

La théorie de Darwin

fèrent de ceux qui vivaient il y a des millions d'années. Les fossiles enterrés, restes minéralisés d'animaux ou de plantes ayant vécu à des époques extrêmement reculées... voilà la preuve de ce changement. Par conséquent – et contrairement à une croyance généralement partagée –, les espèces ne sont pas fixes, *mais se modifient au cours de longues périodes.*

La théorie de Darwin peut être illustrée par une série de dessins (voir ci-contre et ci-dessus). Les concepts clefs de cette théorie sont : la *multiplication ;* la *lutte pour la vie ;* les *variations* (on dirait aujourd'hui les mutations) ; la *sélection naturelle.*

Le nombre d'individus d'une espèce augmente en progression géométrique (1). Pourtant à chaque génération, le nombre d'individus d'une même espèce reste constant (2). Il y a donc une lutte pour la nourriture et pour la vie (3).

Des variations (mutations) se produisent chez certains individus d'une même espèce (4). Ces variations peuvent être favorables et aider l'individu à survivre (5). Les variations sont transmises de génération en génération. L'espèce à bec long, plus favorisée, est conservée par la sélection naturelle (6) [1].

1. Nous conviendrons que ces oiseaux se nourrissent généralement de petits vers qu'ils trouvent dans les trous du bois.

Puisque les espèces descendent ainsi les unes des autres en se modifiant par variation et sélection naturelle, les formes les plus simples semblent donc être les plus anciennes. Une dimension, jusque-là insoupçonnée, surgit brusquement : la *profondeur du passé*. Cette donnée essentielle va jeter une lumière nouvelle sur le vieux problème de l'origine de la vie. Une analogie permettra de mieux comprendre la perception de cette « quatrième dimension » que représente la durée de l'évolution : avec une dimension on peut définir une *ligne ;* avec deux dimensions on peut se représenter un *plan* (sans épaisseur) ; et avec trois dimensions un *volume.*

Sans la perception du temps qui donne son relief, sa profondeur et son liant aux choses, nos ancêtres pouvaient être comparés à des êtres « plats » en deux dimensions. Les formes vivantes qu'ils observaient autour d'eux n'avaient ni passé ni histoire. Pour eux, ces formes apparaissaient soudainement et spontanément dans un éternel présent qui ne faisait que se répéter identique à lui-même. On comprend, dans ce cas, que la connaissance et la découverte de formes nouvelles ne pouvaient que s'étendre dans l'espace, c'est-à-dire dans la dimension. C'est ce qui se passa. Par la découverte de l'infiniment petit et des microbes, le plan s'étale. Mais on ne comprenait toujours pas le lien caché qui existait entre les espèces. On savait classer, ranger, mettre en ordre des formes fixes et immuables, mais leur origine restait obscure. Au contraire, dès la perception du « relief » apportée par la théorie darwinienne de l'évolution, les formes vivantes cessent de se classer dans l'espace, à l'intérieur d'accolades, et se rangent – des plus simples aux plus complexes – dans l'ordre chronologique de leur apparition. Les accolades prennent la forme d'un *arbre généalogique.*

Par la suite et bien après Darwin, à l'aide de l'étude des fossiles (paléontologie) et de l'étude comparée des embryons de diverses espèces (embryologie), il fut possible de retracer assez précisément cet arbre généalogique des espèces. En voici une forme simplifiée (page 21) ; elle servira souvent dans la suite de ce livre.

De la même manière que l'homme avait fait commencer l'Histoire avec la « création » de l'homme, Darwin fit commencer l'évolution avec l'origine de la vie. Forcé par la logique même de la notion d'évolution de remonter dans le temps vers des formes de vie de plus en plus simples, identiques aux micro-organismes découverts au XVIIe siècle, on aboutissait nécessairement à la « première cellule vivante » ; tout comme jadis, en remontant l'Histoire, on aboutissait au « premier homme ».

L'arbre de l'évolution des espèces

L'apparition soudaine de cette vie microscopique, non plus en génération continue, mais en une seule fois, à un moment du passé, donna le jour à de nouvelles hypothèses. Et si celles-ci sont partagées à l'heure actuelle par de nombreux scientifiques, elles dénotent cependant une inadaption à la dimension nouvelle du temps et à sa nature profonde.

Pour certains, l'explication de l'origine de la vie était fort simple : des germes apportés par des météorites ou des poussières cosmiques contaminèrent la Terre dans son lointain passé. Ces germes auraient ensuite donné naissance, par évolution, à toutes les formes de vie rencontrées sur notre planète.

Mais cette théorie, dite de la *panspermie,* se heurte à de sérieuses objections. Des micro-organismes véhiculés dans l'espace sur des poussières mues par la pression des radiations, comme le proposait le chimiste suédois Svante Arrhenius (1908), auraient été soumis, pendant leur long voyage, à des conditions très sévères. Il est peu probable que ces germes eussent survécu – même sous forme de spores résistantes – à l'action nocive des radiations ultraviolettes, du rayonnement cosmique et des températures extrêmes.

Plus récemment, en 1977, l'astronome britannique Fred Hoyle et N.C. Wickramasinghe ont proposé que les briques de la vie se formaient en permanence dans l'Univers et que les comètes pouvaient être les « messagers » apportant sur la Terre des germes de vie, mais sous la forme de virus ou de bactéries. Cette hypothèse a été reprise en 1982 par le prix Nobel britannique F.H.C. Crick, qui ajoute à la panspermie l'insémination « volontaire » de la Terre par une intelligence extra-terrestre ! Inutile de préciser que ces théories sont encore vivement controversées dans le monde scientifique.

Aujourd'hui ces questions restent en discussion. Des analyses très fines ont permis de mettre en évidence la présence de matières organiques dans certains échantillons de météorites. Comme il est très difficile d'éviter les contaminations bactériennes d'origine terrestre, on ne peut encore déterminer avec précision l'origine de ces composés organiques. Néanmoins, les renseignements fournis par les météorites sont très précieux. Par ailleurs, les mesures effectuées en 1986 par les sondes spatiales sur la comète de Halley indiquent que son noyau contient des molécules organiques beaucoup plus complexes que l'on aurait pu l'imaginer.

Pour la plupart des scientifiques à qui l'hypothèse de la panspermie semblait une solution de facilité, cherchant à éluder le véritable problème de l'origine de la vie, il ne restait plus, comme explication, que le « hasard créateur ».

Cette conception est encore fort répandue. Selon elle, l'apparition soudaine, à une époque très ancienne de l'histoire de la Terre, d'organismes très simples (analogues à des virus) aurait été le fait d'une combinaison chimique accidentelle, causée par la rencontre fortuite de certaines substances se trouvant dans les proportions requises. Pour qu'un événement aussi improbable puisse se produire, ne fût-ce qu'une seule fois, il suffit d'imaginer une durée suffisamment longue pour « laisser sa chance au hasard ». Comme le dit G. Wald : « ... avec le temps, l'impossible devient possible, le possible probable et le probable virtuellement certain. » Les « gènes nus » ainsi formés se seraient ensuite développés et reproduits pour donner naissance, par le jeu des mutations et de la sélection naturelle, à tout le monde vivant.

Un tel concours de circonstances, amenant à bonne distance les composés chimiques adéquats, les substances fournissant l'énergie, les catalyseurs nécessaires..., représente un hasard si « miraculeux » qu'il n'y aurait rien d'étonnant, selon les partisans de cette hypothèse, à ce que le « miracle » ne se soit plus jamais reproduit depuis. C'est pour cette raison que la vie aurait une origine unique.

On retrouve ainsi, avec le « hasard créateur », la vieille notion subjective de la soudaineté de l'apparition de la vie.

Pourtant, la science a fait des progrès rapides au cours de ces dernières années. La biochimie, la biologie moléculaire, la cybernétique permettent d'avoir une idée plus

précise du phénomène « vie ». Est-il possible de tracer
une frontière entre l'inerte et le vivant ?

Jadis, anatomistes et physiologistes, émerveillés,
découvraient sous leur scapel l'extraordinaire organisation des structures de la vie : organes, tissus, vaisseaux,
capillaires, nerfs, muscles et os. Aujourd'hui, les biologistes moléculaires et cellulaires se trouvent dans une
situation analogue, mais cette fois à l'échelle du millième
de millimètre : ils découvrent, au cœur même des cellules, grâce au microscope électronique et aux techniques
de marquage, la variété et la complexité des organes
moléculaires qui « font marcher » les cellules vivantes.

Déjà Louis Pasteur avait repoussé les frontières du
vivant en mettant en évidence le rôle ubiquitaire des
microbes, invisibles à l'œil nu, mais tantôt responsables
des pires maladies, tantôt alliés de l'homme dans la fabrication d'aliments ou de boissons. En nous apprenant à
nous protéger contre les microbes dangereux, Pasteur fut
le précurseur de la médecine moderne. Mais en montrant
comment domestiquer nos alliés invisibles, il fut aussi le
pionnier de la bio-industrie. Jacques Monod et les biologistes moléculaires, près d'un siècle plus tard, firent
reculer les limites de la biologie. Cette fois en direction
des molécules qu'étudient chimistes et physiciens. Ce faisant, ils jetèrent un pont entre le monde des micro-
organismes et celui des molécules. Pour la première fois,
il devenait ainsi possible de comprendre et d'interpréter
les mécanismes fondamentaux de la vie en termes de
reconnaissances et d'interactions se produisant à l'échelle
des molécules. Le champ de bataille de la révolution biologique se déplace dès lors au cœur de la cellule – bactérienne, animale ou végétale –, monde fascinant peuplé de
messages codés, de récepteurs, de réseaux de communication et de stockage de l'information, ou de micro-
machines moléculaires automatiques.

Partons donc pour un voyage au centre de la vie dans
l'univers des virus, des bactéries et des cellules.

2. Le monde mystérieux des microbes

En regardant l'arbre généalogique des espèces vivantes, on note que les espèces animales et végétales d'aujourd'hui proviennent de l'organisation et de la complexification progressive d'êtres vivants très simples, seuls habitants de la Terre il y a plusieurs milliards d'années, et dont les descendants vivent toujours parmi nous. Ce sont ces êtres microscopiques, très prolifiques, qui apparaissaient dans les bouillons de culture de Joblot, de Needham ou de Pasteur. Comment sont-ils faits, comment vivent-ils ?

Ce monde étrange où l'arbre de vie plonge ses racines, monde aux frontières de l'animal, du végétal et du moléculaire, est celui des *protistes*, des *bactéries* et des *virus*. Il échappe à toutes nos facultés de perception. Il est si difficile, en dessous du millimètre, de se représenter les longueurs, qu'il faut, dès maintenant, se munir d'un instrument de « plongée » dans l'infiniment petit : une échelle de repère.

Le microscope optique, qui grossit mille fois, permet d'observer des objets de l'ordre du micron (un millième de millimètre). Le microscope électronique, qui grossit environ cinq cent mille fois, permet de voir de très grosses molécules de dix à cent nanomètres (1 nanomètre = 1 millionième de millimètre). Un microscope ultra-puissant permettrait un grossissement d'un million. Grâce à un tel appareil, une molécule mesurerait un millimètre, une puce (un millimètre) aurait la taille de la place de la Concorde, tandis qu'une personne d'un mètre soixante-dix mesurerait mille sept cents kilomètres !

Autre échelle importante : celle de la complexité. On

peut la mesurer par le nombre de « lettres » que contiennent les plans chimiques héréditaires permettant à un virus, à une bactérie ou à une cellule humaine de se reproduire. Le plan d'un virus (comme celui de l'hépatite B) contient 3 182 « lettres » du code génétique, soit une page de 3 000 caractères (à raison de 60 caractères par ligne et 50 lignes par page). Celui d'une bactérie en contient 3 millions, soit 1 000 pages de 3 000 caractères (une encyclopédie de 5 cm d'épaisseur). Enfin, le plan de nos cellules renferme 3 milliards de « lettres », soit l'équivalent d'une pile de 1 000 encyclopédies de 1 000 pages, atteignant une hauteur de 50 mètres (20 étages).

Les êtres vivants se divisent grossièrement en deux grands règnes : les animaux et les végétaux. Ils se distinguent l'un de l'autre par leur mode respectif de nutrition. Les animaux se nourrissent de végétaux ou d'autres animaux ; ils ne fabriquent pas leurs propres aliments, se contentant de les emprunter ailleurs. On dit qu'ils sont *hétérotrophes.* En revanche, les végétaux, grâce à la chlorophylle, transforment l'énergie lumineuse du Soleil en énergie chimique et utilisent cette énergie pour fabriquer les aliments et les combustibles qui leur servent à entretenir leurs réactions vitales : ce sont des *autotrophes.*

S'il est facile de classer un chien parmi les animaux et un arbre parmi les végétaux, on hésite à ranger dans une de ces catégories des organismes comme les *protistes* qui se comportent tantôt comme des animaux, tantôt comme des végétaux. Quant aux virus, certains scientifiques discutent encore pour savoir si ce sont des molécules chimiques complexes ou s'il faut les ranger parmi les êtres vivants.

Autre particularité très importante de ces micro-organismes primitifs, par rapport aux animaux et végétaux supérieurs : ils ne sont composés que d'une seule unité morphologique élémentaire, la *cellule,* goutte microscopique de gelée vivante. Cependant, il faut noter que tous les organismes supérieurs, formés de millions de milliards de ces cellules, passent également par le stade unicellulaire : au moment de la reproduction sexuée. D'autre part, toutes leurs cellules, aussi complexes et spécialisées qu'elles puissent être, possèdent une structure comparable à celle du plus simple des protistes. C'est donc bien aux micro-organismes qu'il faut, en premier lieu, s'intéresser.

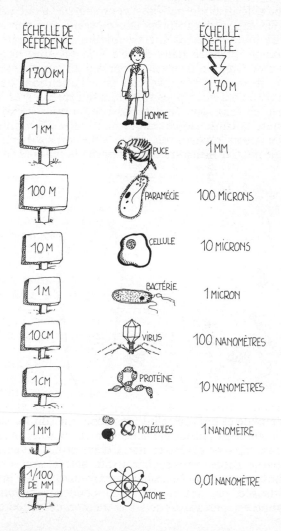

ÉCHELLE DE RÉFÉRENCE		ÉCHELLE RÉELLE
1700 KM	HOMME	1,70 M
1 KM	PUCE	1 MM
100 M	PARAMÉCIE	100 MICRONS
10 M	CELLULE	10 MICRONS
1 M	BACTÉRIE	1 MICRON
10 CM	VIRUS	100 NANOMÈTRES
1 CM	PROTÉINE	10 NANOMÈTRES
1 MM	MOLÉCULES	1 NANOMÈTRE
1/100 DE MM	ATOME	0,01 NANOMÈTRE

Les protistes : animaux ou végétaux ?

Joblot, le disciple de Van Leeuwenhoek, avait utilisé pour ses expériences sur les micro-organismes une infusion de foin. Les êtres microscopiques qui apparaissent en grande quantité dans de tels liquides sont appelés *infusoires.* Comme ils mesurent près d'un quart de millimètre, il est possible, avec un peu d'attention, de les observer à l'œil nu. On les voit alors se déplacer très rapidement en tous sens. Si l'on possède un microscope, on découvre la cause de ce mouvement : des cils vibrant à grande vitesse, répartis tout autour du « corps » du micro-organisme. Cet infusoire cilié s'appelle la *paramécie.*

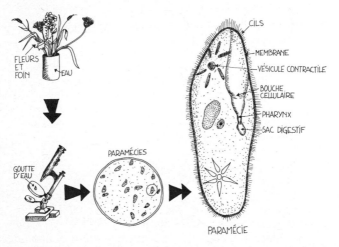

FLEURS ET FOIN — EAU

GOUTTE D'EAU

PARAMÉCIES

CILS
MEMBRANE
VÉSICULE CONTRACTILE
BOUCHE CELLULAIRE
PHARYNX
SAC DIGESTIF

PARAMÉCIE

La grande et unique cellule qui constitue son « corps » est entièrement autonome. Elle se meut par ses propres moyens, capture, digère et assimile les proies vivantes – bactéries, algues unicellulaires ou autres protistes – qu'elle trouve dans le milieu environnant. Ces proies sont dirigées par des cils vers une « bouche » cellulaire. Les aliments, passant à travers la membrane qui entoure la cellule, sont transportés le long d'une sorte de pharynx par une membrane ondulante. Ils terminent leur trajet dans de petits sacs contenant des substances digestives.

Au fur et à mesure que la digestion progresse, ces sacs sont entraînés par un mouvement du *cytoplasme* – substance transparente remplissant tout l'intérieur de la cellule – et viennent crever, à la fin de leur périple, devant un orifice par lequel les déchets sont éliminés.

Le cytoplasme de la paramécie contient également deux noyaux de taille très différente qui renferment le « plan » moléculaire nécessaire à la reproduction de tout l'individu. Deux vésicules contractiles, sorte de « cœur » primitif, se gonflent rythmiquement d'eau et l'expulsent tour à tour, assurant ainsi, dans tout le corps de l'« animal », la circulation d'un flux liquide capable de drainer les déchets chimiques.

Ce petit organisme se reproduit en se divisant en deux, et cela plusieurs fois par jour. Son taux de prolifération est tel que les descendants d'un seul individu occuperaient au bout d'un mois – si des mécanismes régulateurs n'intervenaient pas – un volume égal à un million de fois celui du Soleil. On comprend maintenant pourquoi, au bout de quelques jours, les décoctions et infusions observées par les naturalistes du XVIIe siècle fourmillaient d'une vie microscopique.

La paramécie représente l'être vivant unicellulaire le plus perfectionné que l'on connaisse. Cette cellule primitive réalise déjà à elle seule les principales fonctions de mouvement, de digestion, d'assimilation et de reproduction que les êtres vivants supérieurs n'accomplissent qu'avec l'aide de tissus formés de milliards de cellules et groupés en organes perfectionnés.

Les algues flagellées sont d'autres micro-organismes très communs, et présents en grande quantité dans l'eau. La paramécie se déplaçait à l'aide de cils. *Chlamydomonas* (c'est le nom d'une de ces algues microscopiques) se meut très activement grâce à deux flagelles qui battent l'eau vers l'avant à la manière de deux fouets minuscules.

Sa taille est très inférieure à celle de la paramécie : elle n'atteint qu'une dizaine de microns ; mais, dans cet espace restreint, la nature a réussi à concentrer tout ce dont le petit organisme a besoin pour survivre et se reproduire. Ses organes internes, inclus dans le cytoplasme, sont, relativement, aussi importants que ceux de notre corps, cerveau, foie ou reins.

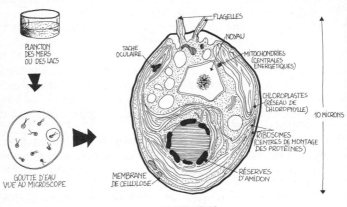

PLANCTON DES MERS OU DES LACS

GOUTTE D'EAU VUE AU MICROSCOPE

FLAGELLES

NOYAU

TACHE OCULAIRE

MITOCHONDRIES (CENTRALES ÉNERGÉTIQUES)

CHLOROPLASTES (RÉSEAU DE CHLOROPHYLLE)

10 MICRONS

RIBOSOMES (CENTRES DE MONTAGE DES PROTÉINES)

RÉSERVES D'AMIDON

MEMBRANE DE CELLULOSE

CHLAMYDOMONAS

Ces organes minuscules [1] sont :

– les *mitochondries,* minuscules centrales énergétiques, assurant la transformation de l'énergie des aliments en énergie utilisable par le micro-organisme ;

– le *chloroplaste,* renfermant la chlorophylle nécessaire à la synthèse des substances nutritives ;

– les *ribosomes,* centres de montage des *protéines,* composés fondamentaux de la vie ;

– le *noyau* au sein duquel, comme pour la paramécie, se trouve condensé – sous une forme chimique compacte (celle des *acides nucléiques* [2]) – le « plan » moléculaire nécessaire à la reproduction de tout l'organisme et à la synthèse des composés chimiques dont il a besoin.

1. On les appelle des *organites.*
2. De *nucleus :* noyau. Ces substances furent isolées pour la première fois dans le noyau des cellules.

La présence de chlorophylle et de cellulose devrait permettre de classer sans équivoque cette algue parmi les végétaux. Pourtant, placée dans l'obscurité, elle se « nourrit » comme n'importe quel animal de produits organiques puisés dans le milieu.

PARAMÉCIE → ← CHLAMYDOMONAS

TAILLES COMPARÉES

De l'animal, elle possède aussi la mobilité. Elle se déplace vers une faible source de lumière grâce à une tache photosensible, véritable « œil » rudimentaire. Si l'on ajoute à ces étonnantes propriétés que l'algue *Chlamydomonas* peut se reproduire sexuellement (il existe, en effet, un type mâle et un type femelle), on comprend à quel point ce petit organisme, si différent de l'homme par la taille et par son « passé » beaucoup plus lointain, lui est cependant proche par les fonctions qu'il accomplit.

Les bactéries : esclaves et alliées invisibles

Ce sont les « germes » de Pasteur ou les « animalcules » de Van Leeuwenhoeck. Avec les bactéries – les plus simples des organismes dont l'unité morphologique de base est la cellule –, on atteint les limites de ce qu'il est convenu d'appeler la vie. Leurs dimensions atteignent à peine quelques microns, mais les formes qu'elles revêtent sont d'une extraordinaire variété : bâtonnets, globules, chapelets, virgules, vibrions, spirales.

Comme l'a montré Pasteur, elles pullulent partout : dans l'air que nous respirons, dans l'eau, dans la terre, dans notre corps où elles constituent par exemple la flore

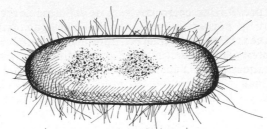

BACILLE DU COLON - ESCHERICHIA COLI

microbienne des intestins. Elles sont souvent, pour l'homme, d'utiles aides-chimistes réalisant, entre mille autres fonctions, la purification des eaux d'égout dans les champs d'épandage, la transformation du vin en vinaigre. Auxiliaires précieuses de toutes les putréfactions, elles transforment les restes organiques des végétaux en humus fertile ou dégradent les cadavres d'animaux en éléments plus simples, permettant le recyclage constant des composés de base dont les êtres vivants ont besoin. Aujourd'hui, modifiées par l'homme, grâce aux techniques du génie génétique (voir page 201), les bactéries peuvent être transformées en micro-usines programmées, bases des biotechnologies et de la bio-industrie.

Mais elles peuvent aussi être les agents de graves maladies (diphtérie, choléra, tétanos). Grâce à leur extraordinaire pouvoir de nutrition et de multiplication, elles constituent – malgré leur taille infiniment petite – un danger pour la « société de cellules » qu'est notre corps. Les bactéries fabriquent en effet des toxines qui perturbent le fonctionnement de l'organisme.

Certaines bactéries sont capables d'assimiler directement des substances chimiques ; d'autres, de fabriquer leurs aliments par photosynthèse ; d'autres encore, de tirer de l'énergie de certaines réactions de combustion interne ; d'autres enfin, de vivre en association avec des êtres vivants à qui elles apportent certains avantages. Grâce au colibacille de l'intestin *Escherichia coli,* on peut étudier l'anatomie d'une bactérie.

La cellule d'*Escherichia coli* a la forme d'un bâtonnet

mesurant 2 à 3 microns de long et 0,8 micron de diamètre. En l'observant au microscope électronique, on peut noter la présence d'une membrane recouverte d'une substance gélatineuse.

A l'intérieur de la bactérie, on ne distingue pas d'organites bien définis comme les mitochondries, les chloroplastes ou le noyau. Tout son matériel héréditaire est réduit à un seul chromosome constitué très probablement par un long filament circulaire d'acide nucléique, mesurant, si l'on pouvait l'étirer, environ 1 millimètre (ce qui est considérable par rapport aux dimensions de la bactérie) et tassé en une masse diffuse localisée dans la région centrale.

Les bactéries se reproduisent généralement par simple division en deux (toutes les vingt minutes pour le colibacille). Pourtant, aussi étonnant que cela puisse paraître, des êtres aussi rudimentaires possèdent également un mode de reproduction sexué. C'est ce que montre le schéma suivant (chez *Escherichia coli*).

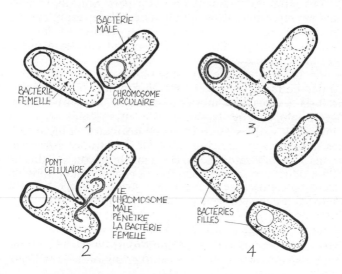

L'accouplement des bactéries

On voit ainsi clairement l'importance de cet acide nucléique, de même nature et de même composition chimique globale (bien que portant un «message» différent) que celui rencontré dans le noyau de la paramécie ou de l'algue *Chlamydomonas*. On le retrouvera comme constituant essentiel des virus.

Les bactéries « mâles » et « femelles » viennent en contact (1). Le chromosome « mâle » est lentement injecté dans le corps de la bactérie « femelle », par l'intermédiaire d'un pont cellulaire (2).

L'« accouplement » dure environ 2 heures, le chromosome « mâle » s'intègre au chromosome « femelle » (3). La bactérie « femelle » se divise en deux bactéries filles ayant chacune leurs chromosomes (ces bactéries peuvent être « mâles » ou « femelles ») (4).

Les virus : envahisseurs des cellules

Les virus représentent un cas à part. Sont-ils vivants ou ne représentent-ils qu'un assemblage complexe de molécules capables de se recopier indéfiniment dans un milieu favorable ? Ils possèdent en tout cas des propriétés fort curieuses.

En 1935 a lieu une véritable révolution des idées lorsqu'un chimiste américain, W. M. Stanley, réussit à cristalliser le virus de la mosaïque du tabac [1]. Ce virus se présente alors sous la forme de minuscules aiguilles brillantes visibles au microscope ordinaire, comme tous les cristaux que les chimistes ont l'habitude d'observer dans leurs laboratoires. Placés dans un flacon, à l'abri de l'humidité, ces cristaux de virus se conservent comme du vulgaire sel de cuisine, sans manifester aucune des propriétés qui puissent les faire ressembler à des êtres vivants : ils ne bougent pas ; ils ne prolifèrent pas ; ils n'assimilent pas de substances étrangères ; ils ne vivent pas. Et pourtant, malgré de nombreuses recristallisations successives, cette poudre chimique, dissoute dans l'eau,

1. Maladie du plant de tabac.

retrouve tout son pouvoir infectieux. Si l'on place en effet une goutte de cette solution sur une feuille verte de tabac, la plante ne tarde pas à présenter des signes d'infection car le virus s'y reproduit avec une extraordinaire vitesse.

A la suite de ces expériences, le virus apparaissait comme l'être vivant le plus rudimentaire, à la frontière du moléculaire et du vivant : à l'origine même de la vie. Il ne semblait pas impossible, en effet, qu'un virus ait pu se former par hasard et donner naissance, par évolution, à tout le règne vivant.

Or un virus ne peut se reproduire sans l'intervention de la cellule vivante qu'il parasite. Ayant besoin de la vie pour se propager, il n'a pu, théoriquement, la précéder. Si, à l'instar des organismes supérieurs, il peut se reproduire et réaliser la synthèse de ses propres molécules par le phénomène d'assimilation, il est, par contre, incapable de *transformer de l'énergie de manière autonome,* ce qu'effectuent tous les organismes vivants formés d'une ou plusieurs cellules. Le virus est une sorte de parasite réduit à sa plus simple expression.

Le virus va surtout nous servir à faire plus ample connaissance avec les substances de base de la vie, à peine entrevues au cours des pages précédentes : les *protéines* et les *acides nucléiques,* composés chimiques complexes d'une importance capitale pour la bonne compréhension des phénomènes touchant à la vie et à son origine.

Les plus grands virus atteignent 300 nanomètres et les plus petits 10 nanomètres. On ne peut donc observer leur structure qu'au microscope électronique.

Bien que leurs formes soient multiples, les virus possèdent généralement la même constitution de base : une « écorce » extérieure protectrice, formée de molécules géantes de *protéines,* sortes de « briques » à partir desquelles sont construits tous les êtres vivants ; une « moelle » interne, constituée par un long filament enroulé d'*acide nucléique,* renfermant l'information génétique.

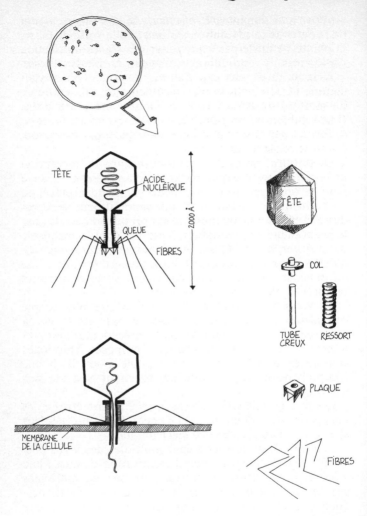

Le bactériophage T₂

Observons de plus près la structure de deux virus : un *bactériophage* [1] et le redoutable virus du sida.

Le bactériophage T_2 possède la forme d'un têtard : une « tête » creuse renfermant la longue molécule d'acide nucléique (probablement enroulée trois fois sur elle-même) et une « queue », également creuse, entourée d'une sorte de ressort spiralé. Toute cette partie extérieure, ainsi que les fibres extensibles, est faite de protéines. Le « plan de copie » contenu dans la « tête » est si précis qu'il faut un filament d'environ 60 microns de long pour que les instructions nécessaires à la fabrication d'un autre virus puissent s'y inscrire en totalité.

Un virus ne peut se reproduire *qu'à l'intérieur d'une cellule vivante.* C'est le comble du parasitisme ; le virus va confier à la cellule qu'il attaque le soin d'assurer jusqu'à sa propre reproduction. Le dessin illustre comment la bactérie *Escherichia coli,* hôte familier de nos intestins, est attaquée et tuée par le virus T_2.

Les virus T_2 entourent la bactérie (1). L'un d'eux pique la membrane protectrice de la bactérie à l'aide de sa « queue » creuse (2). Par l'intermédiaire de cette véritable seringue, le virus T_2 injecte son filament d'acide nucléique dans la bactérie (3).

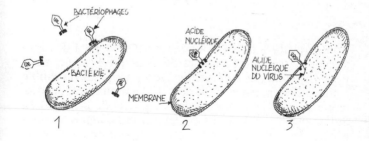

1. Un *bactériophage* est littéralement un « mangeur de bactéries » ou, de manière plus imagée, le « microbe des microbes ». Il parasite et tue les bactéries.

La bactérie est alors forcée d'utiliser les centres de montage qui servent habituellement à la régénération de sa propre substance pour fabriquer de la protéine et de l'acide nucléique de virus T₂, sans s'écarter du plan imposé (4-5). La bactérie éclate en libérant une centaine de copies du virus originel. Ces virus, à leur tour, iront infecter d'autres bactéries (6).

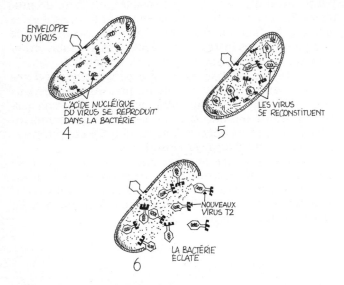

La bactérie éclate
6

Le virus du sida (isolé au début de 1983 par Luc Montagnier et ses collaborateurs de l'Institut Pasteur) s'appelle HIV *(human immunodeficiency virus)*. Il ressemble à une mine marine mesurant 100 nanomètres de diamètre (soit 10 centimètres dans l'échelle de la page 27). Si l'on plaçait mille virus en ligne et mille lignes les unes à côté des autres pour faire un carré d'un million de virus, et enfin si l'on empilait mille carrés les uns sur les autres pour faire un cube, ce petit cube mesurerait un dixième de millimètre et serait donc à peine visible à l'œil nu ! L'enveloppe du virus HIV est composée d'une double couche de lipides (molécules de graisse) et de deux sortes de protéines (appelées GP 120 et GP 41) constituant douze pentagones et vingt hexagones « cousus » les uns aux autres comme un ballon de football. Ces protéines forment des bourgeonnements qui hérissent la surface du virus. La structure du noyau central en forme de cône est moins connue. Il renferme notamment l'acide nucléique qui permet au virus de se reproduire.

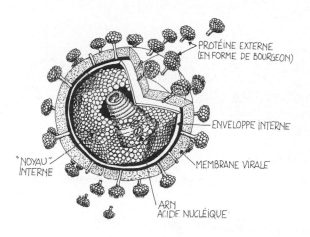

PROTÉINE EXTERNE (EN FORME DE BOURGEON)

ENVELOPPE INTERNE

MEMBRANE VIRALE

"NOYAU" INTERNE

ARN ACIDE NUCLÉIQUE·

VIRUS DU SIDA

Le virus du sida est une machine diabolique. Il se reproduit dans certains globules blancs essentiels aux défenses de notre organisme contre les bactéries, parasites, cellules cancéreuses ou autres virus qui l'assaillent en permanence. Le virus HIV peut s'intégrer à l'ADN du noyau et y persister à l'état dormant. Si une autre infection survient, le virus se « réveille ». Les globules blancs ainsi attaqués meurent, livrant nos cellules sans défense aux envahisseurs microbiens, ce qui explique les terribles maladies dues au sida.

Le dessin illustre les principales étapes de l'infection virale et de la reproduction du virus dans les cellules.

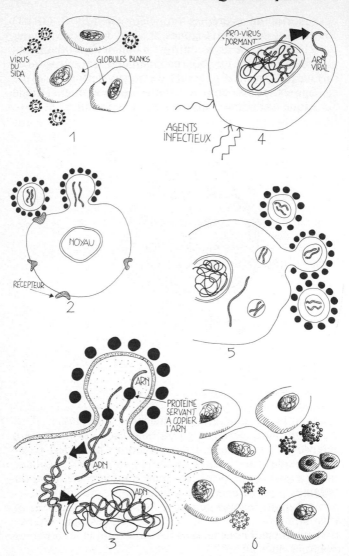

La reproduction du virus du sida

Le virus du sida se reproduit dans les globules blancs. Les virus attaquent les globules blancs (1). L'un d'entre eux s'attache au récepteur de la cellule cible et introduit son acide nucléique dans la cellule (2). Une protéine du virus copie l'ARN en ADN viral qui s'intègre à celui du noyau où il demeure à l'état dormant (3). Sous l'effet d'agents infectieux (bactéries, autres virus), le mécanisme de reproduction se réveille (4). Les virus fabriqués dans la cellule s'échappent par bourgeonnement (5) ... et attaquent d'autres cellules qui sont tuées à leur tour. Le cycle recommence, les défenses immunitaires sont détruites (6).

On découvre ainsi l'étonnant *pouvoir de duplication* de l'acide nucléique ; et l'on comprend aussi pourquoi l'invasion de l'organisme par les virus présente un tel danger [1].

Après ce rapide tour d'horizon aux confins de la vie, nous disposons de suffisamment d'éléments pour dégager les grands traits caractéristiques de la vie.

Les propriétés de la vie

En mettant à part les virus, organismes incomplets, revoyons rapidement par quoi semble se manifester la vie [2].

– *Individualisation :* tous ces petits êtres sont des individus délimités par une membrane ; ils forment un tout, une unité vivante autonome.

– *Nutrition :* ils se maintiennent en vie en absorbant ou en fabriquant les aliments dont ils ont besoin pour croître et entretenir leurs réactions vitales ; ces aliments sont *assimilés,* c'est-à-dire qu'ils deviennent la substance même de l'organisme qui s'alimente.

– *Respiration-fermentation :* ils transforment, par des

1. La grippe, l'hépatite, la variole, la poliomyélite, l'herpès sont aussi des maladies à virus.
2. Les propriétés énumérées ci-dessous ne caractérisent que très grossièrement la vie. Une définition satisfaisante, sur le plan physico-chimique, de la propriété « vie » est très délicate à établir.

réactions de combustion lente, l'énergie des aliments en énergie utilisable par la cellule.

– *Reproduction :* tous les êtres vivants peuvent donner des copies exactes d'eux-mêmes ; ces mécanismes de division sont sous la dépendance des acides nucléiques.

– *Évolution :* les organismes vivants peuvent « évoluer » par suite du mécanisme des mutations et de la sélection naturelle.

– *Mouvement :* certains micro-organismes se déplacent à l'aide de cils ou de flagelles ; ce déplacement est coordonné.

– *Mort :* si l'on met du formol dans la goutte d'eau où évoluent des unicellulaires, toute activité cesse ; les micro-organismes meurent.

Tout ce qui vit sur notre planète dérive des êtres microscopiques dont il vient d'être question. Bien entendu, au cours de l'évolution biologique, d'autres propriétés sont apparues : l'odorat, l'instinct ou la conscience réfléchie, par exemple. Mais avant de sentir, ou de penser, il faut bien vivre, et notre but est *de retracer l'origine et le fonctionnement de la vie la plus élémentaire.*

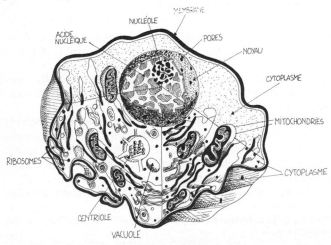

Structure d'une cellule vivante

Les trois fonctions de base des êtres vivants semblent donc être :

1. la possibilité de se *maintenir en vie,* par la nutrition, l'assimilation, les réactions énergétiques de respiration et de fermentation ;

2. la possibilité de *propager la vie,* grâce à la reproduction ;

3. la possibilité de se *gérer soi-même,* par la coordination, la synchronisation, la régulation et le contrôle des réactions d'ensemble.

Pour éviter toute équivoque, et puisque ces fonctions se rapportent aussi bien à la bactérie qu'à l'homme, généralisons davantage et appelons-les : autoconservation, autoreproduction, autorégulation.

La structure élémentaire capable d'accomplir ces trois fonctions de base est la cellule vivante ; constituant de tout organisme vivant, qu'il soit microbe ou être humain, et unité élémentaire de la vie animale ou végétale. La cellule vivante est une société de molécules. Les trois fonctions de base de la vie seraient impossibles sans le réseau de communication qui les intègre et les régule. Sans les communications, à l'intérieur des cellules et entre les cellules, il n'y aurait pas de vie. Les supports de cette communication, ce sont des molécules porteuses d'information agissant comme des signaux. Des hormones, par exemple. Ces signaux sont détectés et reconnus par des récepteurs, qui, à leur tour, déclenchent les réactions permettant, par exemple, la synthèse de molécules dont la cellule a besoin, sa reproduction, ou son déplacement. Dans ce réseau de communications, les protéines occupent une place privilégiée. Certes, elles jouent souvent un rôle passif, comme briques ou matériaux de construction des cellules, mais, lorsqu'elles fabriquent, transforment ou reconnaissent d'autres molécules, elles jouent un rôle actif. Elles exercent une fonction précise (une sorte de « métier »). Ce sont, dans ce cas, les enzymes (machines-outils ou chimistes infatigables de la cellule) ou les anticorps qui nous protègent contre les envahisseurs (microbes, virus).

Bien qu'il existe de nombreux types de cellules, leur

anatomie de base comprend presque toujours : une *membrane,* qui assure leur individualité et les sépare sans les isoler du monde extérieur ; un *cytoplasme,* sorte de gelée protéique transparente renfermant les organes cellulaires (mitochondries, chloroplastes...) ; un *noyau* contenant le matériel génétique.

Particule fondamentale de vie, la cellule est aussi une véritable *usine à l'échelle moléculaire.* Il existe environ soixante mille milliards de cellules dans notre corps, se rassemblant en deux cents familles distinctes. Tantôt associées en tissus : cellules du foie (usine chimique), cellules des muscles capables de se contracter, cellules du cœur battant à l'unisson, cellules du cerveau (neurones), agents de communication, cellules de la rétine (sensibles à la lumière), cellules de la peau. Tantôt indépendantes et capables de se déplacer : globules rouges ou blancs du sang, macrophages, spermatozoïdes ou ovules, cellules sexuelles.

Ainsi, notre corps peut être comparé à une société de cellules qui communiquent entre elles par les hormones, les nerfs, le système immunitaire. Pour comprendre la vie, il faut pénétrer au cœur de la vie. Dans la cellule elle-même, mystérieuse planète dans l'univers de l'infiniment petit...

3. Comment fonctionne une cellule ?

Après un premier contact avec la vie au *niveau microscopique,* plaçons-nous à l'intérieur même de la cellule, au *niveau moléculaire,* pour découvrir, dans un « voyage au centre de la vie », les fondements des processus vitaux.

Comment la cellule d'un organisme évolué (ou la cellule unique d'un protiste) transforme-t-elle et utilise-t-elle l'énergie qui lui sert à survivre ? Quel est le code génétique contenu dans la macromolécule d'acide nucléique ? Peut-on le déchiffrer ? Comment la cellule administre-t-elle son propre fonctionnement ? Autant de questions qu'il faut aborder afin de dessiner le « portrait-robot » des organismes disparus qui marquèrent l'aube de la vie.

En réalisant la jonction entre le monde des biologistes et celui des chimistes, il sera plus facile, par la suite, de retracer, du plus simple au plus complexe, l'apparition graduelle des premières cellules vivantes douées d'auto-conservation, d'autoreproduction et d'autorégulation.

L'autoconservation et le Soleil

La fonction principale de tous les organismes vivants est celle qui leur permet d'assurer leur propre existence. Pour cela, ils agissent en véritables « transformateurs d'énergie », branchés en permanence sur une source extérieure : le Soleil. Pour faire ressortir l'ensemble des processus d'autoconservation qui assurent l'extraction, l'écoulement et l'utilisation de l'énergie solaire dans le monde vivant, une image, celle de l'économie globale d'un pays. Comment la cellule parvient-elle à équilibrer son « budget énergétique » ?

Tout être vivant, même le plus petit microbe, doit en permanence, pour se maintenir en vie, *transformer* de l'énergie et l'*utiliser* avec économie. Le terme d'auto-conservation ne signifie pas autre chose. La cellule est une organisation extrêmement complexe. De même qu'une automobile exige un soin constant, des révisions régulières et des réparations, la cellule doit, elle aussi, maintenir en permanence son infrastructure contre la dégradation irréversible qu'exerce le temps. Or, s'il existe des mécaniciens pour s'occuper des voitures, la cellule doit être son propre mécanicien. Il y va de sa vie. L'inactivité lui est interdite, car elle entraînerait irrémédiablement sa perte.

Quelle est donc cette loi inexorable qui veut que toutes les structures organisées soient guettées par la désorganisation et le désordre ?

Une analogie le fera mieux comprendre : la pièce où vit et travaille un célibataire semble avoir une tendance naturelle au désordre. Les livres et les papiers traînent par terre. Les vêtements ne sont pas à leur place dans les placards, le lit n'est pas fait, la couche de poussière épaissit sur les meubles et sur le sol. Or, les placards ne se rangent pas tout seuls..., chacun connaît l'*énergie* qu'il faut dépenser pour tout ranger, surtout si on a laissé passer trop de temps ! *Remettre de l'ordre coûte cher en énergie.* Plus un système est ordonné ou organisé (comme la cellule), plus il lui faudra d'énergie pour *maintenir son organisation contre la tendance naturelle au désordre.* Cette énergie devra pénétrer continuellement dans le système, faute de quoi il ne tardera pas à se désagréger.

Ainsi, la loi qui régit les échanges énergétiques tend à dégrader toute structure ordonnée en la conduisant, étape par étape, à un niveau inférieur où toute différence d'énergie ou de forme se trouvera annulée dans une universelle homogénéité.

Tandis que se poursuit ce nivellement irréversible, une grandeur physique s'accroît ; cette grandeur abstraite, les

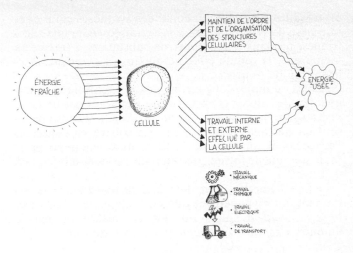

L'utilisation d'énergie par la cellule

physiciens l'appellent l'*entropie*. Elle mesure le degré de
« dégénérescence » ou d'« usure » de l'énergie, ainsi que
le degré de désordre d'une structure organisée [1].

Pour lutter contre les effets de l'entropie – énergie
« usée » –, et éviter ce nivellement énergétique qui est la
mort, la cellule a donc un besoin constant d'énergie
« fraîche ». Cette énergie est continuellement empruntée
à l'extérieur sous forme d'aliments ; c'est ce qui explique
pourquoi tout être vivant – même le plus simple – est
obligé de se nourrir.

La cellule a également besoin d'énergie pour accomplir
un certain *travail*. Ainsi, quand elle se meut à l'aide de
flagelles ou de cils, quand elle se contracte, elle effectue

1. Cette loi fondamentale est exprimée par le *deuxième principe
de la thermodynamique* (ou principe de Carnot) : un système isolé –
c'est-à-dire n'échangeant ni matière ni énergie avec l'environnement – et éloigné de l'état d'équilibre évolue de telle sorte que son
entropie augmente. La vie est en apparente contradiction avec le
deuxième principe.

un travail *mécanique.* Au cours des synthèses chimiques internes, dans la conduction de faibles courants électriques, ou dans le transport de substances à travers sa membrane, la cellule effectue un travail *chimique, électrique,* ou de *transport.*

A plus ou moins long terme, l'énergie chimique contenue dans les aliments absorbés ou fabriqués par les êtres vivants provient en définitive du Soleil. Les aliments sont en quelque sorte de l'énergie solaire en conserve. Sans le Soleil, toute vie sur la Terre aurait été impossible. Mais sous quelle forme cette énergie parvient-elle jusqu'à la Terre ?

Le Soleil émet en permanence, dans tout l'espace environnant, un rayonnement que nous appelons *ultraviolet, lumière, chaleur,* mais qui est en réalité de nature unique : *c'est le rayonnement électromagnétique.* Il se

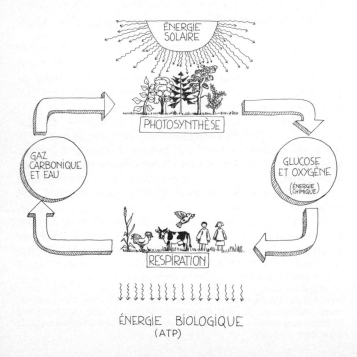

propage dans l'espace vide à une très grande vitesse [1] et contient, suivant sa longueur d'onde et sa fréquence, *une certaine quantité d'énergie utilisable.* Cette énergie se trouve sous forme de petits « paquets » que l'on appelle des *photons.* Quand nous nous trouvons devant une ampoule électrique, un feu ou un émetteur de radio, nous sommes en permanence bombardés par des myriades de photons. Plus la longueur d'onde du rayonnement est *courte,* plus la quantité d'énergie portée par le photon est *grande.*

Voici un fil conducteur : le flux d'énergie émis par le Soleil. Il atteint notre Terre sous forme de photons dont l'énergie utilisable décroît de l'ultraviolet aux rayons calorifiques.

Le schéma de l'« économie » de l'énergie solaire dans le monde vivant a la forme d'un circuit bouclé sur lui-même, dans lequel animaux et végétaux sont tributaires les uns des autres. Ce circuit comprend deux étapes essentielles.

– La première étape est la transformation de l'énergie lumineuse du Soleil en énergie chimique. Autrement dit, l'énergie électromagnétique des photons est mise en réserve dans les liaisons chimiques d'un composé bien connu : le glucose. Cette opération, appelée *photosynthèse,* libère dans l'atmosphère de l'oxygène gazeux. Elle s'accomplit généralement dans les cellules spécialisées des plantes vertes, mais déjà, nous l'avons vu, des micro-organismes primitifs comme l'algue *Chlamydomonas* la réalisaient.

– Au cours de la deuxième étape, le glucose, servant cette fois d'aliment, est « brûlé » en présence d'oxygène, dans les cellules des animaux et des plantes. Cette combustion « froide », appelée *respiration,* fournit de l'énergie directement utilisable par la cellule sous forme de « petite monnaie ». Cette monnaie circulante est le

1. La vitesse de la lumière est d'environ 300 000 kilomètres par seconde dans le vide. La distance parcourue en une année par la lumière (une année de lumière) représente environ 10 billions de kilomètres.

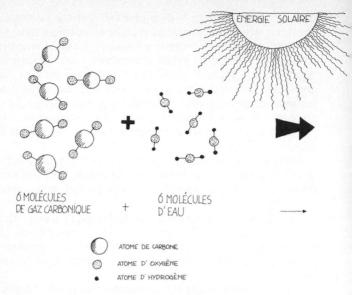

6 MOLÉCULES
DE GAZ CARBONIQUE   +   6 MOLÉCULES
                                    D'EAU

○ ATOME DE CARBONE

◉ ATOME D'OXYGÈNE

• ATOME D'HYDROGÈNE

combustible interne utilisé par tous les êtres vivants sans exception. Le nom de cette molécule très importante est l'ATP [1]. Les produits de la respiration sont le gaz carbonique et l'eau.

Voilà pourquoi animaux et végétaux ne peuvent vivre l'un sans l'autre : la plante fournit le glucose et l'oxygène – agents essentiels de la respiration –, cependant que l'animal lui renvoie le gaz carbonique, source de carbone minéral, à partir duquel la plante verte fabrique les composés organiques dont elle a besoin.

Photosynthèse et respiration se font chacune dans un organe bien déterminé de la cellule. Ces deux organes fondamentaux, dont les structures se ressemblent à bien des égards, ont déjà été rencontrés chez les êtres unicellulaires. Il s'agit du *chloroplaste,* siège de la photosynthèse, et de la *mitochondrie,* siège de la respiration. Deux ateliers moléculaires au sein de l'usine cellulaire.

1. Ces initiales seront explicitées plus loin.

1 MOLÉCULE
DE GLUCOSE   +   6 MOLÉCULES
D'OXYGÈNE

Du soleil en conserve

La première étape est la photosynthèse grâce à laquelle, à partir de gaz carbonique, d'eau et d'énergie, la cellule végétale fabrique du glucose [1].

Le *gaz carbonique,* matériau de départ de la photosynthèse, est une molécule contenant un seul atome de carbone. C'est l'élément de construction qui sert à la cellule pour fabriquer – comme par un jeu de Meccano chimique – des composés organiques complexes à plusieurs atomes de carbone.

L'*eau* est la source d'électrons (représentant en quelque sorte les « boulons » qui permettent de fixer entre elles les pièces de ce Meccano), ainsi que la source d'*oxygène gazeux.*

1. Les produits de la photosynthèse ne sont pas limités au glucose, mais incluent d'autres sucres, des graisses, des acides aminés et divers autres composés fabriqués à partir de matières minérales azotées puisées dans le sol. Cependant, le glucose peut être considéré comme le produit le plus important de la photosynthèse.

Le *glucose,* produit de la réaction, est une molécule plus complexe dont le squelette est constitué par six atomes de carbone.

D'autre part, à l'aide de cette même énergie solaire, la cellule végétale va « recharger ses batteries ». L'agent essentiel de cette « recharge » cellulaire est une molécule riche en énergie : l'ATP ou *adénosine triphosphate,* combustible universel de la vie.

L'ATP peut être comparée à un ressort comprimé, capable de céder très rapidement l'énergie qu'il contient en se détendant d'un seul coup. Le ressort comprimé, c'est l'ATP, molécule « chargée » ; tandis que le ressort détendu est l'ADP, molécule « déchargée ». Les initiales ATP et ADP renseignent sur la structure chimique de la molécule et indiquent où l'énergie est mise en réserve.

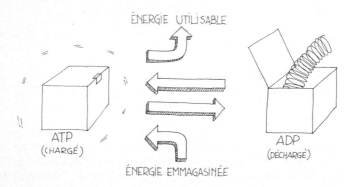

ÉNERGIE UTILISABLE

ATP
(CHARGÉ)

ADP
(DÉCHARGÉ)

ÉNERGIE EMMAGASINÉE

C'est ce que montre l'ensemble des dessins de l'Annexe 1.

Le catalyseur essentiel de la photosynthèse est un pigment vert : la molécule de *chlorophylle.* Pour mieux situer la chlorophylle dans l'atelier moléculaire qu'est le chloroplaste, et pour mieux situer à son tour le chloroplaste dans la cellule végétale, on peut partir de ce qui est directement accessible à l'observation (un arbre par exemple) et descendre, étage par étage, jusqu'au niveau moléculaire (voir dessin des pages 54 et 55).

Il reste maintenant à répondre aux questions sui-

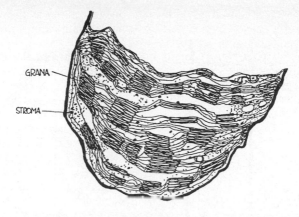

GRANA

STROMA

CHLOROPLASTE

vantes : par quel processus le glucose est-il fabriqué ?
Comment l'ADP est-elle rechargée en ATP ? Quel est le
rôle de la chlorophylle ?

Les molécules de chlorophylle, régulièrement rangées
dans le chloroplaste, sont comparables à de minuscules
unités photo-électriques, des sortes de biopiles. C'est
dans cette structure particulière que se produit le mécanisme électronique d'amplification de l'énergie lumineuse. En effet, les électrons de la chlorophylle peuvent
être portés à un niveau énergétique élevé par suite d'un
choc avec des photons émis par le Soleil. Ces électrons
excités abandonnent ensuite graduellement l'énergie
potentielle qu'ils avaient acquise et permettent ainsi le
déroulement des processus chimiques de la photosynthèse.

Pour bien comprendre ce phénomène, une analogie : la
transformation de l'énergie calorifique en énergie mécanique ou électrique [1].

Sous l'action de la chaleur du rayonnement solaire,
l'eau des mers s'évapore pour former des nuages. Les
molécules d'eau des nuages se trouvent à un niveau éner-

---

1. Cette analogie se rapporte à l'*ensemble* du cycle énergétique
photosynthèse et *respiration*.

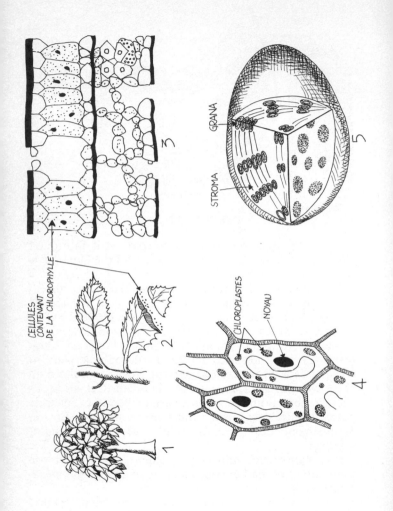

CELLULES
CONTENANT
DE LA CHLOROPHYLLE

1

2

3

4

CHLOROPLASTES

NOYAU

5

STROMA

GRANA

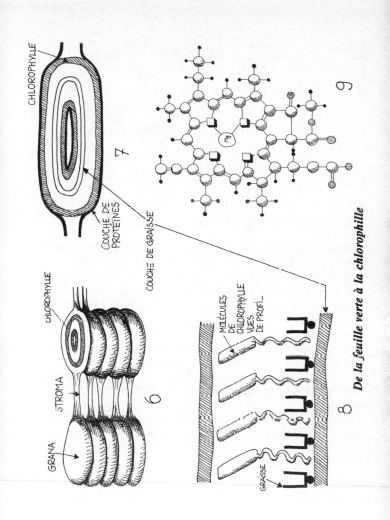

CHLOROPHYLLE

COUCHE DE
PROTÉINES

7

9

COUCHE DE GRAISSE

CHLOROPHYLLE

GRANA

STROMA

6

MOLÉCULES
DE
CHLOROPHYLLE
VUES
DE PROFIL

GRAISSE

8

De la feuille verte à la chlorophille

gétique plus élevé que celles qui restent à la surface de la mer : elles représentent de l'énergie potentielle. Les nuages sont poussés par le vent et l'eau retombe en pluie sur les montagnes. Les lacs d'altitude sont des réservoirs d'énergie. Les torrents peuvent servir à faire tourner une roue (énergie mécanique). Cette roue peut entraîner un générateur électrique. Les cours d'eau se jettent dans la mer : les molécules d'eau sont retournées à leur niveau de départ après avoir abandonné en route leur énergie.

Transportons-nous maintenant au niveau infra-atomique, où se produisent les sauts d'électrons qui nous intéressent.

Les atomes sont formés d'un noyau central autour duquel « gravitent » des particules électrisées : les élec-

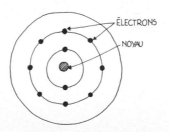

trons. Ces électrons occupent des orbites bien déterminées, correspondant à différents niveaux d'énergie.

Que va-t-il se passer si un électron reçoit un surplus
d'énergie sous forme de photons de lumière ou de chaleur ? Il saute brusquement sur une orbite plus éloignée
du noyau, orbite correspondant à un niveau énergétique
plus élevé. Mais, au bout d'un temps très court, cet électron retombe à son niveau énergétique de départ en resti-
tuant l'énergie qu'il avait reçue sous la forme d'un autre
photon.

Le phénomène « vie » s'est intercalé entre (1) et (2) en
forçant l'électron à retomber *dans sa propre machinerie*.
En effet, ces sauts d'électrons se produisent un nombre
incalculable de fois dans les molécules de chlorophylle
rangées dans le chloroplaste. Ils se répètent chaque fois
que la feuille est éclairée par les rayons du Soleil ou par
n'importe quelle autre source lumineuse. La particularité
de la chlorophylle est de faciliter ces changements
d'orbite (3). Cependant l'énergie des électrons excités
retournant à leur niveau énergétique de départ serait per-
due si ces électrons n'étaient pas « canalisés » dans des
structures adéquates (4).

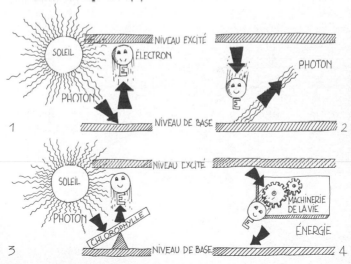

De la sorte, le faible courant électrique qu'ils créent peut être mis à profit (comme le torrent de l'exemple précédent) pour fournir de l'énergie sous une forme facilement utilisable, dans des *synthèses chimiques* par exemple.

Le dessin suivant illustre le processus complet, mais très simplifié, de la photosynthèse. Tout se passe à l'intérieur du chloroplaste symbolisé ici par une « usine miniature ».

Sous l'effet des photons solaires, les électrons de la chlorophylle sont portés à un niveau énergétique élevé (1). L'énergie de ces électrons excités sert, probablement, dans un premier temps, à couper en deux la molécule d'eau (2). Résultat : de l'oxygène gazeux se dégage dans l'atmosphère. Des électrons et de l'hydrogène « actif » sont collectés par des transporteurs chimiques (3).

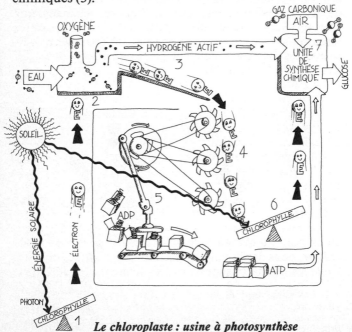

Le chloroplaste : usine à photosynthèse

Le flux des électrons, cascadant vers un niveau énergétique plus bas, abandonne graduellement son énergie à une chaîne de transporteurs d'électrons (figurés par les roues à aube) (4). Cette énergie sert à actionner la machine à recharger l'ADP en ATP (par l'intermédiaire du piston et du tapis roulant, évidemment imaginaires) (5).

Enfin, les électrons excités à nouveau – probablement par l'intermédiaire d'une autre molécule de chlorophylle (6) – sont utilisés avec les hydrogènes « actifs » et de l'ATP, dans l'unité de synthèse chimique (7). Ils servent à attacher les éléments de construction provenant du gaz carbonique pour former la molécule de glucose.

Un tel mécanisme demande du temps et un appareillage compliqué. Aussi laissons-nous d'abord les plantes faire le travail, pour nous contenter de manger ces plantes ou l'animal qui les aura mangées ! Les cellules des animaux extraient l'énergie contenue dans la molécule de glucose, par le processus de la respiration, deuxième étape du cycle de l'énergie solaire à travers le monde vivant.

La « chaudière » des cellules

La respiration, c'est en quelque sorte l'inverse de la photosynthèse : le glucose est « brûlé » en présence d'oxygène pour redonner de l'eau et du gaz carbonique et en libérant une quantité importante d'énergie.

L'énergie produite est en majeure partie stockée sous forme d'ATP par un processus analogue à celui de la photosynthèse, utilisant les mêmes chaînes de transporteurs et les mêmes types de réactions.

Contrairement à ce qu'on pense généralement, la respiration ne se fait pas au niveau des poumons ou des branchies, mais au niveau cellulaire et même *au niveau moléculaire,* dans des organites spécialisés : les mitochondries. Chez les animaux supérieurs, les aliments [1] et l'oxygène

---

1. Les aliments dont se nourrissent les animaux subissent une phase préparatoire indépendante de la respiration : la digestion. Les grosses molécules (protéines, graisses, sucres) sont coupées par des protéines digestives spéciales : les *enzymes*.

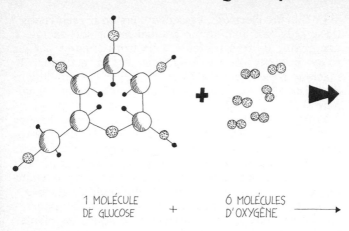

1 MOLÉCULE   6 MOLÉCULES
DE GLUCOSE   +   D'OXYGÈNE   ⟶

sont apportés au niveau des cellules par la circulation.
Chez les organismes primitifs, c'est l'eau environnante
qui véhicule les produits nutritifs et l'oxygène dissous.
Mais, dans les deux cas, produits nutritifs et oxygène dissous viennent aboutir à la mitochondrie, véritable centrale énergétique de la cellule.

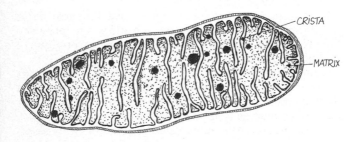

Cette mitochondrie, très grossie, appartient au même
type de cellule que celle qui figure page 42. On voit les
replis formés par la membrane interne, les *cristae* ou
crêtes mitochondriales.

L'un des principaux produits de la digestion est le
glucose. C'est son oxydation que l'on peut considérer
comme processus typique.

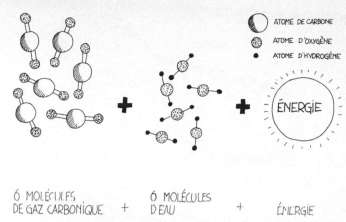

ATOME DE CARBONE
ATOME D'OXYGÈNE
ATOME D'HYDROGÈNE

6 MOLÉCULES
DE GAZ CARBONIQUE + 6 MOLÉCULES
D'EAU + ÉNERGIE

La triple fonction de la mitochondrie est d'abord d'arracher les électrons appartenant aux liaisons qui unissent les atomes de carbone, d'hydrogène et d'oxygène dans la molécule de glucose (c'est-à-dire d'oxyder cette molécule). Ensuite de canaliser ce flot d'électrons d'étape en étape jusqu'au niveau énergétique de base : l'eau. Enfin d'utiliser l'énergie ainsi produite pour recharger l'ADP en ATP.

La première fonction est assurée par la *matrix* à l'intérieur de la mitochondrie, tandis que la seconde et la troisième fonction s'accomplissent dans la *membrane*.

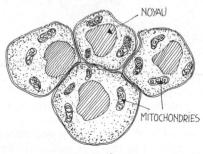

NOYAU

MITOCHONDRIES

CELLULES ANIMALES

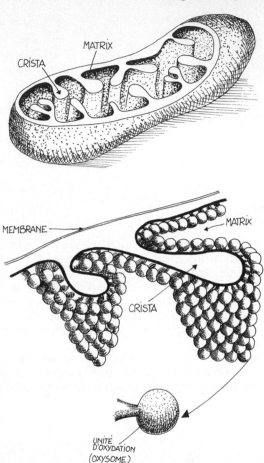

CRISTA

MATRIX

MEMBRANE

MATRIX

CRISTA

UNITÉ
D'OXYDATION
(OXYSOME)

Le dessin de la page ci-contre permet d'illustrer les différentes étapes de ce processus.

Le glucose provenant de la digestion subit une préparation en onze étapes, qui se produit en l'absence d'oxygène. C'est une réaction analogue à une fermentation et appelée *glycolyse* (1). A la fin de ce processus qui libère une faible quantité d'énergie, la molécule de glucose à 6 atomes de carbone est coupée en deux morceaux à

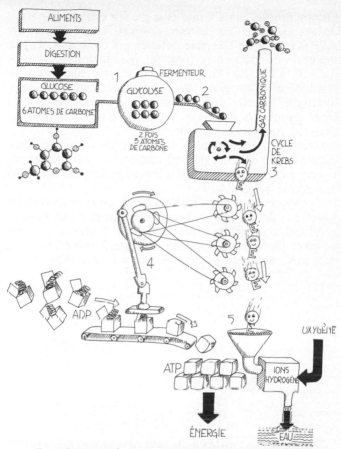

La mitochondrie : centrale énergétique de la cellule

3 atomes de carbone (2). Ces tronçons sont introduits dans une « machine à broyer les molécules », véritable « moulin » énergétique de la vie : le cycle de Krebs [1] (3). Il en sort du gaz carbonique – résidu à un atome de carbone – et des électrons, riches en énergie. Comme pour la

1. Du nom de Sir Hans Krebs, de l'université de Manchester, prix Nobel 1953 de médecine et de physiologie, qui l'a découvert.

photosynthèse, mais à une plus grande échelle, l'énergie de ces électrons est utilisée pour recharger l'ADP en ATP (4) (55 % de l'énergie initialement contenue dans la molécule de glucose se trouvent maintenant renfermés dans l'ATP). En fin de parcours, les électrons se combinent à l'oxygène, qui, à son tour, attire des ions hydrogène (c'est-à-dire des atomes d'hydrogène totalement dépouillés de leurs électrons) pour redonner de l'eau (5). Le cycle est bouclé.

L'énergie portée par un rayon de lumière, issu d'un astre éloigné de plus de 150 millions de kilomètres, se trouve maintenant emprisonnée dans le petit explosif biologique qu'est l'ATP.

En rapprochant et en fusionnant les deux dessins de la page 58 et de la page 63, et en éliminant la synthèse et la combustion du glucose, processus intermédiaire, le cycle complet de la circulation de l'énergie à travers tout le monde vivant apparaît dans sa merveilleuse simplicité :

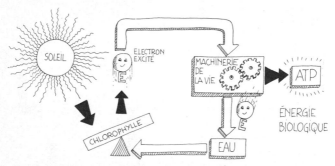

Des électrons, portés à un haut niveau énergétique par des photons solaires, retombent à leur niveau initial, abandonnant graduellement à travers le système vivant l'énergie qui fait « tourner » la machinerie de la vie. La vie est donc conduite essentiellement par des électrons. Or un électron qui se promène est, comme nous l'avons vu, un petit courant. Ce qui entretient et mène la vie est donc, comme le dit de manière poétique le grand biochimiste A. Szent Györgyi, « un petit courant électrique alimenté par le Soleil » !

L'autoreproduction : les secrets de l'ADN

Ainsi, l'énergie du Soleil peut faire tourner la machine vivante. Ce flux continuel qui traverse la cellule lui permet d'assurer le maintien de l'ordre dans ses structures et d'effectuer un travail. Parmi les formes diverses que revêt ce travail cellulaire, il en est une qui prend une importance particulière : le travail *chimique* représenté par la synthèse permanente au sein de la cellule de toutes les molécules qui lui sont essentielles.

La cellule est, en effet, une véritable usine moléculaire. Cette usine « miracle » est capable non seulement de veiller à son propre entretien, mais encore de fabriquer ses propres machines et même les conducteurs de ces machines ! L'« autoreproduction » correspond donc à deux fonctions précises de la cellule, fonctions accomplies sous la direction des *acides nucléiques*. La cellule peut se recopier (c'est par ce phénomène que la vie se propage) et contrôler de manière permanente son métabolisme [1] par la synthèse d'agents chimiques capables de réguler ce métabolisme : les *enzymes* (protéines).

Briques et plans des cellules

De même qu'une maison est faite de briques et de ciment, on peut dire que la cellule est en grande partie faite de molécules géantes : les protéines.

Les *protéines de structure* sont les matériaux de construction de l'usine cellulaire tandis que les *protéines-enzymes* sont les « chimistes » qui catalysent et contrôlent les myriades de réactions simultanées qui s'y déroulent.

Il existe probablement cinq mille familles différentes de protéines dans les cellules animales ou végétales. Chacune d'elles a un rôle déterminé. Voici quelques types de protéines de structure : la caséine du lait, la fibroïne de la

---

1. Le *métabolisme* est l'ensemble des réactions chimiques qui se déroulent dans la cellule.

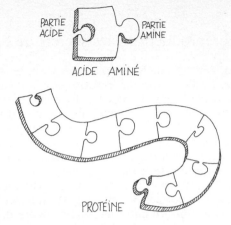

soie, la kératine des ongles, des cheveux ou de la laine ;
l'albumine de l'œuf. Mais aussi l'insuline, le collagène,
les anticorps, l'hémoglobine ou les toxines du venin de
serpent. Aussi différentes qu'elles puissent être, ces protéines sont toutes constituées des mêmes éléments de
base. Ces éléments (molécules relativement simples
comprenant quelques dizaines d'atomes) sont accrochés
les uns aux autres comme les wagons d'un train. Une
protéine typique en contient environ deux cents.

L'image du train, bien que très grossière, va pourtant
être utile. En effet, les wagons d'un convoi peuvent tous
posséder une fonction différente (wagon de marchan-
dises, de voyageurs, wagon-citerne, fourgon postal, etc.),
mais leur système d'accrochage, à l'avant et à l'arrière,
reste obligatoirement identique. Il en est de même des
molécules qui constituent les protéines : chacune possède
une forme et une fonction différentes mais le « système
d'accrochage chimique » *est identique pour toutes*. C'est
de ce « système » que ces molécules tirent leur nom : on
les appelle les *acides aminés*, car leurs extrémités *acide* et
amine réagissent l'une avec l'autre pour donner, après
élimination d'eau, un lien chimique solide (voir dessin
suivant).

Il existe chez les êtres vivants environ vingt types

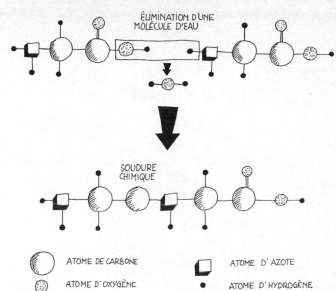

ÉLIMINATION D'UNE
MOLÉCULE D'EAU

SOUDURE
CHIMIQUE

ATOME DE CARBONE   ATOME D'AZOTE

ATOME D'OXYGÈNE   ATOME D'HYDROGÈNE

d'acides aminés différents [1]. Avec ces vingt acides aminés on peut fabriquer un nombre prodigieux de « trains » de protéines, de la même manière qu'un nombre incalculable de phrases différentes peuvent être écrites avec les vingt-six lettres de notre alphabet. C'est l'*ordre* dans lequel se rangent ces acides aminés qui confère à chaque protéine ses caractéristiques propres. En effet, cet ordre de succession détermine la structure en trois dimensions de la protéine (sa forme). De cette structure dépend sa fonction.

Quelle est la structure moléculaire d'une protéine ? Un exemple : l'*hémoglobine*.

L'hémoglobine est le constituant essentiel des globules rouges du sang. Son rôle : transporter l'oxygène frais des poumons, à travers les artères jusqu'aux tissus, où il

1. Voici les plus courants : glycine, alanine, valine, leucine, iso-leucine, sérine, thréonine, acide aspartique, asparagine, acide gluta-mique, glutamine, lysine, arginine, histidine, tryptophane, phényla-lanine, tyrosine, proline, cystéine, méthionine.

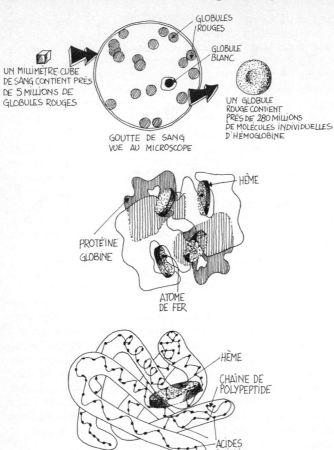

GLOBULES
ROUGES

GLOBULE
BLANC

UN MILLIMÈTRE-CUBE
DE SANG CONTIENT PRÈS
DE 5 MILLIONS DE
GLOBULES ROUGES

UN GLOBULE
ROUGE CONTIENT
PRÈS DE 280 MILLIONS
DE MOLÉCULES INDIVIDUELLES
D'HÉMOGLOBINE

GOUTTE DE SANG
VUE AU MICROSCOPE

HÈME

PROTÉINE
GLOBINE

ATOME
DE FER

HÈME

CHAÎNE DE
POLYPEPTIDE

ACIDES
AMINÉS

D'une goutte de sang à la cellule

intervient dans la respiration cellulaire ; puis aider à transporter le gaz carbonique formé, jusqu'aux poumons, par l'intermédiaire des veines. Pour mieux se représenter ses dimensions et sa forme, on peut la situer dans la hiérarchie des différents niveaux de complexité organique.

Cette macromolécule de protéine possède une forme

particulière en trois dimensions qui caractérise la
« famille » hémoglobine. Toutes les protéines ont ainsi
une structure moléculaire en relation étroite avec leur
fonction. Puisque les seuls éléments qui composent la
chaîne sont des petites molécules d'acides aminés, la
forme générale de la macromolécule, ses coudes, ses
pliures, ses circonvolutions ne dépendront que de l'*ordre*
dans lequel se suivent les acides aminés. Voici un
exemple en deux dimensions. Imaginons que l'on veuille
monter un parcours de train électrique d'enfant à l'aide
de rails droits longs, de demi-rails droits, de rails courbes
et de croisements. Il sera facile de refaire toujours le
même parcours à condition de posséder un plan indi-
quant simplement l'*ordre de succession des différents
rails :* quatre longs droits, un croisement, huit longs
droits, un courbe à gauche, un demi-droit, trois courbes à
droite, etc. Il suffit qu'un seul rail courbe ne soit pas à sa
place pour que *tout soit changé ;* le reste du parcours n'ar-
rivant pas, par exemple, à l'endroit du croisement. De
même, une seule erreur dans le montage de l'hémoglobine, un seul élément de construction remplacé par un
autre, et les personnes qui hériteront de cette hémoglobine malformée ne tarderont pas à mourir d'un type particulier d'anémie congénitale. Cette « erreur » traduit
l'effet dramatique d'une mutation génétique.

Mais où se trouve le plan de montage des milliers de
protéines qui sont fabriquées en permanence dans la cellule ? Comment un minuscule œuf humain fertilisé (se
présentant au départ sous la forme *d'une seule cellule*)
peut-il croître, se développer et se transformer en un être
humain complet possédant des milliards de cellules spécialisées, un cœur qui puisse battre, un cerveau qui
puisse penser... et jusqu'à la faculté de se reproduire à
son tour ? Pendant longtemps, ce mystère est resté un des
plus profonds de la nature. Déjà Aristote se demandait
quel pouvait être ce « principe actif » capable d'informer
un simple œuf de poisson pour le transformer en un poisson véritable.

On sait aujourd'hui (grâce, en particulier, aux travaux
de J.D. Watson, F.H.C. Crick, M.H.F. Wilkins, prix

Nobel de médecine et de physiologie en 1962) que l'immense quantité d'instructions nécessaires à la fabrication d'un organisme vivant complet – microbe, brin d'herbe, papillon ou être humain – se trouve *inscrite au niveau moléculaire,* dans le long filament de la macromolécule d'acide nucléique dont on a pu constater le rôle immense, aussi bien chez les virus que chez les bactéries ou les unicellulaires. Ce support universel, grâce auquel tous les êtres vivants sans exception transmettent de génération en génération les caractères de l'espèce, s'appelle l'ADN (acide désoxyribo nucléique).

ADN ouvre-toi !

L'ADN est une très longue molécule pelotonnée dans le noyau des cellules sous la forme des chromosomes ou bien enroulée librement dans la cellule bactérienne qui, elle, n'a pas de noyau. Si on arrivait à dérouler tout l'ADN d'une cellule humaine, la longueur du filament (invisible à l'œil nu) atteindrait 1,50 mètre. Quant à l'ADN de toutes les cellules de notre corps mis bout à bout, il formerait un filament unique d'une longueur égale à celle de la Terre à la Lune. Avec le grossissement d'un million utilisé lorsqu'une personne mesure 1 700 kilomètres, l'ADN d'une seule cellule aurait une longueur de 1 500 kilomètres, mais une épaisseur de 3 millimètres seulement ! Cet ADN s'enroule plusieurs fois sur lui-même et donne une structure complexe de câbles « tressés » associés à des protéines et visibles au micro-

scope ordinaire sous la forme de bâtonnets : ce sont les chromosomes. Il y en a 23 paires dans chaque cellule humaine. L'infrastructure d'un chromosome n'a pas encore été totalement élucidée, mais l'on peut tenter de relier le niveau microscopique au niveau moléculaire.

Dans le noyau de ces cellules humaines, on aperçoit les chromosomes, porteurs des caractères génétiques.

Ce noyau grossi et très schématisé est celui d'une cellule sur le point de se diviser (1). Les chromosomes sont facilement visibles au microscope ordinaire. Ils possèdent une forme particulière ; on peut les compter. Un chromosome très grossi (2). Il est constitué de fibres d'acide nucléique et de protéines (nucléoprotéines). Ces fibres sont serrées les unes contre les autres. Le « câble » moléculaire ainsi formé s'enroule sur lui-même comme un ressort à boudin (3). Les spires sont très serrées et donnent à l'ensemble un aspect compact.

Cette reconstitution (encore hypothétique) à une échelle plus grande permet de voir une de ces fibres. On estime que chaque fibre contient un seul filament d'ADN. Voici ce filament d'ADN (4). Il est constitué par deux brins moléculaires enroulés l'un autour de l'autre en une double hélice. Ce filament grossi des dizaines de millions de fois laisse voir les atomes qui le composent. C'est dans sa structure chimique que sont codées toutes les instructions nécessaires à la reproduction et au fonctionnement de la cellule (5).

La chaîne d'ADN ressemble à une échelle de corde torsadée sur elle-même dans le sens de la longueur. Cette échelle est formée par l'association de quatre « fiches » mâles ou femelles, de formes différentes :
  – une fiche « mâle » appelée A (pour adénine) ;
  – une fiche « femelle » appelée T (pour thymine) ;

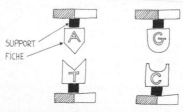

– une fiche « mâle » appelée G (pour guanine) ;
– une fiche « femelle » appelée C (pour cytosine).

Ces « fiches » représentent quatre substances chimiques identifiées et isolées. Elles sont fixées sur une section du montant de l'échelle qui sert à les souder les unes aux autres dans le sens de la longueur. C'est un système d'accrochage standard identique pour les quatre fiches. Dans la réalité, ce système est formé d'une molécule de sucre (le désoxyribose) qui agit comme support de la fiche ; et d'une molécule d'acide phosphorique qui réalise les liaisons entre chaque support (voir détails en Annexe 2).

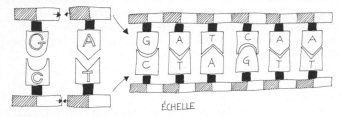

ÉCHELLE

Les fiches A, T, G et C peuvent donc s'attacher les unes aux autres et former un montant de l'échelle. On voit qu'il existe, dans une telle succession, la base d'un code chimique (par exemple la séquence ATTGCACGC-GAT différente de TCGAAGCTTCGA). Ces fiches se combinent deux à deux (en créant un couple « mâle »-« femelle ») pour former les barreaux de l'échelle, laquelle s'enroule finalement sur elle-même pour constituer la célèbre « double hélice ».

Grâce à sa structure particulière, la molécule d'ADN a deux propriétés principales :

– elle peut se dédoubler dans le sens de la longueur en donnant deux chaînes complémentaires. C'est de cette manière que le plan de fabrication de chaque organisme est recopié et transmis de génération en génération ;

– elle contient les instructions qui déterminent l'ordre rigoureux de succession des acides aminés dans les protéines ainsi que les systèmes de régulation qui contrôlent la synthèse des protéines (moins de protéines, plus de protéines, moins vite, plus vite...).

La molécule d'ADN est le support chimique des gènes. Un gène est une séquence de la molécule d'ADN qui renferme les instructions nécessaires à la fabrication d'une protéine donnée. C'est un véritable programme ultra-miniaturisé, fait d'une succession de « lettres » représentées par les quatre fiches A, T, G et C. On appelle chaque « lettre » une base et chaque « fiche », avec son support, un nucléotide.

Voici l'original.

La première propriété fondamentale de l'ADN, c'est de donner des copies identiques en se divisant en deux grâce à des enzymes.

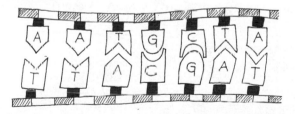

Les deux montants s'écartent comme une fermeture à glissière (voir dessin page suivante, en haut). Comme il existe à profusion dans l'environnement des modules de bases ATGC et que chaque montant conserve la succession des lettres, les nouveaux montants qui se reconstituent grâce aux enzymes conservent également l'ordre rigoureux de succession des lettres du code (voir dessin page suivante, en bas).

Voici les deux copies terminées. L'ouverture et le montage se font à la vitesse de 10 à 20 nucléotides par seconde.

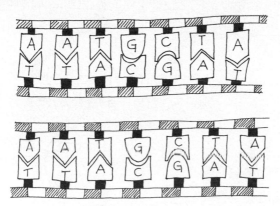

En fait, dans la réalité, les enzymes déroulent la double hélice et reconstituent les deux nouvelles chaînes (dessin page 76).

La machinerie cellulaire en action

Comment le code génétique est-il transcrit, puis traduit au niveau moléculaire ? Pour le comprendre, il faut déchiffrer le code secret de la vie, clef de la traduction du langage de l'ADN dans celui des protéines.

Quelle grille de décodage serait la mieux adaptée pour une telle traduction ? Quelle machine à traduire serait capable d'effectuer ce travail ? Quel dictionnaire utiliser ?

Certes, la succession des quatre bases le long de la double hélice d'ADN fournit la possibilité d'un tel code. Mais avec seulement 4 lettres (ATGC) on ne peut spécifier la position que de 4 acides aminés dans une chaîne de protéines. Or il y a 20 acides aminés. Comment faire ? Si l'on regroupe les lettres du code génétique deux à deux on obtient 16 combinaisons de codage (4 × 4), mais si on les groupe par trois on dispose de 64 combinaisons (4 × 4 × 4), nombre largement suffisant pour tous les

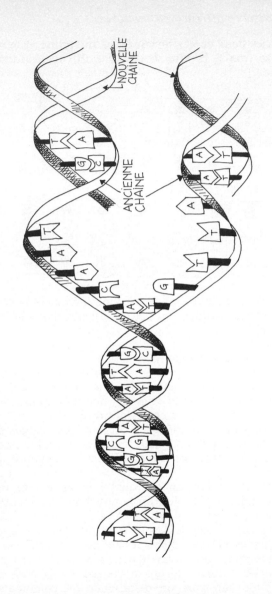

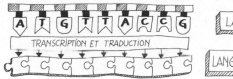

acides aminés et les « signes de ponctuation » du message
génétique. Ces groupes de trois lettres du code sont appelés « triplets » ou « codons ». Chaque codon spécifie la
place d'un acide aminé dans la séquence qui constitue
une protéine.

Les chercheurs ont réussi à décrypter la totalité du
code génétique. Surprise : il est le même pour tout ce qui
vit, du microbe à l'homme. En voici le tableau complet :

TRANSCRIPTION ET TRADUCTION

LANGAGE DE L'ADN

LANGAGE DES PROTÉINES

1ÈRE POSITION	2ÈME POSITION				3ÈME POSITION
	T	C	A	G	
T	PHE	SER	TYR	CYS	T
	PHE	SER	TYR	CYS	C
	LEU	SER	STOP	STOP	A
	LEU	SER	STOP	TRP	G
C	LEU	PRO	HIS	ARG	T
	LEU	PRO	HIS	ARG	C
	LEU	PRO	GLU	ARG	A
	LEU	PRO	GLU	ARG	G
A	ILE	THR	ASP	SER	T
	ILE	THR	ASP	SER	C
	ILE	THR	LYS	ARG	A
	MET	THR	LYS	ARG	G
G	VAL	ALA	ASP	GLY	T
	VAL	ALA	ASP	GLY	C
	VAL	ALA	GLU	GLY	A
	VAL	ALA	GLU	GLY	G

On voit que l'acide aminé histidine, par exemple (abréviation : HIS), est « codé » par CAT et CAC. La méthionine (MET), par ATG. Certains acides aminés ont plusieurs codons. On dit que le code est « redondant ». Une sécurité de plus dans les mécanismes d'évolution des espèces. Ce code universel permet donc la transcription et la traduction du langage de l'ADN dans celui des protéines. Mais pour réaliser ces délicates opérations il faudrait une « machine moléculaire » ressemblant à celle-ci :

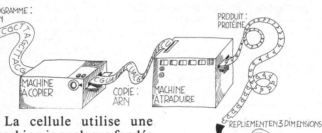

La cellule utilise une machinerie analogue fondée sur trois éléments essentiels : une machine à copier l'ADN, une autre pour traduire le message en protéine et un adaptateur-décodeur.

La machine à copier est un enzyme : l'ARN polymérase. Les copies sont une autre forme d'acide nucléique, l'ARN (acide ribonucléique), qui diffère de l'ADN par trois points principaux : il est constitué d'un seul montant de l'échelle (un seul brin) ; le support (sucre) est du ribose (au lieu du désoxyribose) ; enfin la lettre T (thymine) est remplacée par la lettre U (uracyle) mais elle se combine toujours avec A.

La machine à traduire s'appelle le *ribosome*. Constitué à la fois de chaînes d'ARN et de protéines, le ribosome est environ cinq fois plus gros et pèse cent fois plus lourd qu'une protéine. Il y a envi-

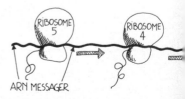

ron 10 000 ribosomes dans une bactérie et probablement plus de 50 000 dans une cellule animale. Les « machines à traduire-ribosomes » travaillent à la chaîne, lisant l'une après l'autre le message porté par l'ARN messager et fabriquant leur protéine, acide aminé par acide aminé.

L'adaptateur-décodeur est le cœur de la machine à traduire. Il s'appelle l'*ARN de transfert* et assure le placement rigoureux de chaque acide aminé dans la protéine en croissance. Pour cela il intervient, comme un dictionnaire, entre les deux langages, celui de l'ARN et celui de la protéine. Une de ses extrémités possède un « décodeur » en contact direct avec l'ARN messager (on l'appelle l'*anticodon*) et un « adaptateur » lié à l'acide aminé particulier auquel il s'attache de manière spécifique et qui est déterminé par le codon de l'ARN.

Il existe dans la cellule autant de familles d'ARN de transfert qu'il y a de codons pour chaque acide aminé. Pour que ceux-ci puissent s'accrocher les uns aux autres ils doivent être « activés » et placés à bonne distance. Ce placement « à la molécule près » est réalisé grâce à la reconnaissance du codon et de l'anticodon. Aucun acide aminé ne peut ainsi prendre la place d'un autre.

Le ribosome assure la mécanique d'ensemble. Il positionne l'ARN messager, laisse la place pour deux ARN de transfert, sert de matrice pour faire croître progressivement la protéine en construction, fait avancer le tout par un mouvement de « crémaillère », comme un film devant sa tête de lecture, et favorise l'apport d'énergie pour le fonctionnement de toute cette machinerie

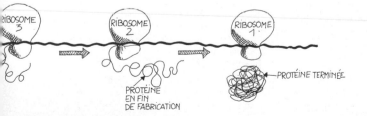

RIBOSOME 3

RIBOSOME 2

RIBOSOME 1

PROTÉINE EN FIN DE FABRICATION

PROTÉINE TERMINÉE

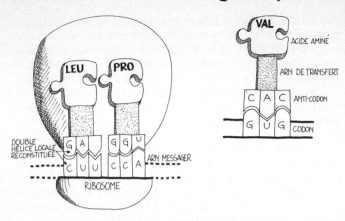

Voici le dessin complet de la synthèse d'une protéine sur le ribosome. Chaque ARN de transfert se fixe temporairement sur le ribosome, puis laisse sa place au suivant.

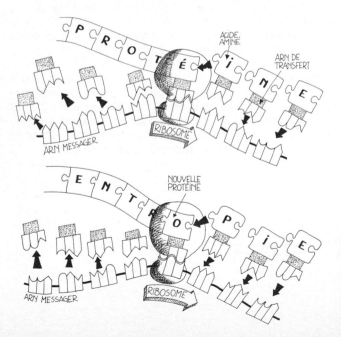

Pendant ce temps le ribosome parcourt le filament d'ARN messager en « lisant » le message qu'il porte. Il suffit de changer l'ordre des codons sur l'ARN messager pour fabriquer une autre protéine qui serait l'« anagramme » de la première (ENTROPIE au lieu de PROTÉINE).

Pour que ce mécanisme fondamental soit mieux compris, on peut aussi l'envisager sous la forme du fonctionnement global d'une « usine » imaginaire à fabriquer des protéines.

Le *noyau* de la cellule est figuré par le bureau du directeur. Dans ce bureau sont rangés les plans de montage des différentes sortes de protéines qui constituent la production de l'usine (la cellule). L'assemblage des protéines est assuré par des machines semi-automatiques programmées : les *ribosomes*. Voici le déroulement des opérations.

A la demande de l'usine, les plans correspondant à un type particulier de protéine sont recherchés dans des tiroirs (les gènes de structure). Ces plans se trouvent sous forme de bandes perforées (l'ADN). Les plans originaux ne quittent jamais le bureau du directeur. Car, s'ils se détérioraient dans l'usine, au cours des différentes manipulations, il serait impossible de les remplacer. La malformation serait alors indéfiniment transmise aux protéines fabriquées par l'usine. Des copies de ces plans sont donc immédiatement tirées sous une forme facilement maniable (l'ARN *messager*).

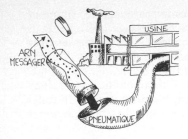

Les copies sont envoyées à l'usine par pneumatique.

Les différentes instructions portées par les bandes perforées servent à programmer les machines-ribosomes, où sont assemblées les protéines. Vingt pièces différentes entrent dans la composition des protéines (les vingt acides aminés). Ces pièces sont rangées dans le magasin de l'usine. Chaque magasinier est responsable d'une pièce particulière. Il doit aller la chercher au magasin et la porter jusqu'aux ribosomes. Les magasiniers s'appellent les *ARN de transfert*. La machine est alimentée en pièces détachées. Les différents types de protéines qui résultent de l'assemblage de ces pièces sont conformes au programme introduit dans la machine.

Les progrès des recherches ont montré ces dernières années qu'il existait des variantes importantes à ces mécanismes de transcription et de traduction. En particulier chez les virus ou dans les cellules supérieures, l'information biologique peut être « lue » de manière différente.

Certains petits virus, comme celui de l'hépatite B, ont « trouvé » un moyen particulièrement économique de coder plus d'informations dans leur matériel génétique : l'information portée par l'ADN n'est plus lue codon par codon pour produire l'ARN messager, mais lettre par lettre. Ce qui permet de coder trois fois plus d'informations dans l'ADN et donc de fabriquer trois protéines au lieu d'une seule dans les conditions normales. Le mécanisme est simple : la machine à copier (l'ARN polymérase) commence ses copies à des endroits différents de l'ADN. Il en résulte plusieurs ARN messagers distincts, avec, au départ, le même code génétique porté par l'ADN !

Chez les cellules supérieures, les biologistes ont découvert une organisation particulière des gènes qui constitue une des plus grandes découvertes de la biologie moléculaire et de la génétique de ces dernières années. Ce sont les gènes « en mosaïque ».

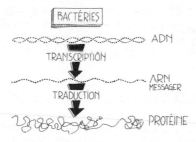

Dans les organismes inférieurs, comme les bactéries, les gènes sont contigus. Un gène donne une copie d'ARN messager de la même longueur. En revanche, dans les cellules d'organismes supérieurs (dites cellules eucaryotes), les séquences codant pour les protéines sont séparées par des zones non traduites. Afin de distinguer ces différentes zones, les séquences codant pour les protéines sont appelées les « exons » et les zones non traduites, les « introns ».

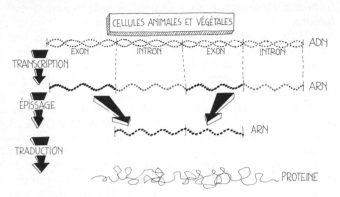

Cette séparation des gènes revêt une grande importance car elle permet la recombinaison de différents fragments les uns avec les autres, ce qui accroît la variété des produits fabriqués par les gènes. C'est en s'appuyant sur cette propriété des gènes en « mosaïque » que le prix Nobel de biologie 1987, Susumu Tonegawa, a pu montrer comment les cellules responsables des défenses immunitaires de notre corps (les lymphocytes B) parviennent à fabriquer des centaines de millions d'anticorps différents, à partir de seulement quatre cents segments d'ADN capables de se recombiner entre eux.

L'autorégulation : la gestion des cellules

La vie se maintient, se propage, mais comment parvient-elle à se contrôler elle-même ? D'après ce que l'on vient de voir, il apparaît que ce contrôle s'exerce par l'intermédiaire d'enzymes spécialisés. Mais quelle partie de la cellule « décide » de fabriquer tel enzyme et d'arrêter la synthèse de tel autre ? Des réponses à de telles questions ont été apportées par les travaux sur la régulation

cellulaire des trois lauréats du prix Nobel 1965 de médecine et de physiologie : les professeurs A. Lwoff,
J. Monod et F. Jacob, de l'Institut Pasteur.

Comment les organismes vivants peuvent-ils s'administrer eux-mêmes, ou, plus généralement, comment
une machine peut-elle se conduire elle-même ? C'est l'objet d'une jeune science : la cybernétique.

Les règles du « gouvernement » cellulaire

Un jour de l'automne 1787, à Albion Mills, usine en
construction du Nord de l'Angleterre, James Watt et
Mathew Boulton, les pionniers des machines à vapeur,
installent un prototype de machine continue destinée à
détrôner la machine à vapeur de Newcomen. Un problème fondamental se pose cependant : comment réguler
la vitesse de la machine qui s'emballe comme un cheval
fou ? Comment l'asservir à la volonté de l'homme ? Il
serait absurde, en effet, d'assigner à chaque machine –
comme c'était encore l'habitude – un jeune apprenti,
l'œil fixé sur le volant d'inertie, la main crispée sur le
robinet de vapeur, prothèse de chair dans l'acier de la
mécanique. Watt et Boulton appliquent à la machine à
vapeur une invention de Thomas Mead adaptée aux
moulins à vent. Des boules de métal mues par une poulie
branchée sur l'axe du moteur s'écartent lorsque le moteur
tourne trop vite. L'écartement des boules est transmis à
une tige fermant la vanne d'arrivée de vapeur. Le moteur
ralentit tandis que les boules retombent, ce qui a pour
effet de rouvrir l'arrivée de vapeur et d'accélérer la
machine. Une vitesse constante de rotation est donc
maintenue au cours du temps. C'est ainsi que fut inventé
le régulateur à force centrifuge, plus connu sous le nom
de « régulateur à boules », et baptisé par Watt et Boulton
governor.

Le *governor* a la même racine que « gouvernement »
(du grec *kubernetes*), qui signifie gouvernail ou timonier.
Kubernetes a donné le mot « cybernétique », qui, selon
Ampère, en 1811, signifiait l'« art de gouverner les
hommes ». Le mot cybernétique a été réinventé par Nor-
bert Wiener en 1945 dans son célèbre ouvrage *Cyberne-*

tics. Plus tard, le Français Couffignal lui donne une nouvelle signification : l'« art d'assurer l'efficacité de
l'action ». Pour la première fois, des machines complexes
fabriquées par l'homme sont dotées de la propriété d'autorégulation, caractéristique des organismes vivants. Elles
sont désormais capables d'adapter leur vitesse à un but
fixé d'avance. Une faible quantité d'information réintro-
duite dans la machine contrôle la libération de quantités
importantes d'énergie. La révolution industrielle ne date
pas seulement du jour où l'homme a su libérer l'énergie
fossile du charbon pour la transformer en vapeur, mais
aussi du jour où il a su réguler le fonctionnement des
machines par de l'information judicieusement répartie.
La première révolution industrielle est née du mariage de
la machine, de l'énergie et de l'information.

On confond souvent la cybernétique avec la technologie
des ordinateurs électroniques ou avec celle des « robots ».
En réalité son domaine est beaucoup plus vaste. La cybernétique touche en effet aussi bien à la biologie, à la socio-
logie, à l'économie qu'à la philosophie. On peut, à l'aide
d'exemples, dégager les lois générales de la cybernétique
pour les appliquer à la propriété d'autorégulation au
niveau moléculaire des organismes vivants.

Quelles sont les principales différences entre une
machine automatique à commande rigide et un servomécanisme [1] ?

Un bon exemple de machine automatique à commande
rigide est fourni par les fameux automates du XVIIIe siècle
de Vaucanson. Ces ingénieux mécanismes (joueur de
flûte, canard capable de digérer, etc.) étaient mus par un
mouvement d'horlogerie agissant sur un jeu de cames qui
entraînait les membres.

Un système de feux de croisement actionnés par une
armoire à contacteurs, ou une machine transfert usinant
des moteurs d'automobiles dans une chaîne de montage,
sont d'autres exemples de systèmes automatiques à
commande rigide.

1. Un servomécanisme est capable de modifier de lui-même son
comportement en fonction des informations qu'il reçoit de son environnement.

Les machines automatiques suivent donc une évolution *toute préparée d'avance*. Leur programme (arbre à cames, cartes perforées, disques, bandes magnétiques, rouleau de boîte à musique, etc.) doit être d'autant plus précis, et, par conséquent, nécessiter d'autant plus de données de départ, que la tâche accomplie par la machine est plus complexe. Le cycle des opérations effectuées par la machine se déroule à chaque fois identique à lui-même. On peut donc dire que la liberté du système est nulle : il ne peut s'adapter aux modifications de son environnement [1]. Quelles sont les propriétés des servomécanismes ?

Un exemple : une capsule spatiale. Cette capsule est munie d'un dispositif de guidage qui lui permet de réaliser dans l'espace un rendez-vous orbital. En plus de sa vitesse de mise en orbite, la capsule se meut à l'aide de petits jets de gaz, grâce auxquels elle s'oriente. La distance qui la sépare de son but est analysée par un radar. Les données sont transmises à un ordinateur de bord qui compare l'écart existant à un moment donné entre la distance réelle et la distance souhaitée et déclenche l'allumage des fusées de direction. Ainsi, la capsule se dirige « toute seule » vers le but qui lui a été assigné.

Un servomécanisme procède donc par essais et erreurs successifs, par tâtonnements. Plusieurs servomécanismes identiques pourront ainsi suivre des chemins différents et atteindre malgré tout le même but. Leur évolution peut se modifier en fonction des conditions extérieures, auxquelles ils s'adaptent. Il n'est donc pas nécessaire de leur fournir un programme détaillé ; il suffit de fixer le but sans ambiguïté. Ces systèmes possèdent donc une certaine autonomie dans l'accomplissement de leur tâche. L'impression de comportement « intelligent » qu'ils nous laissent est due à une de leurs propriétés fondamentales : la *rétroaction* (ou *feed-back*), une ingénieuse application technique qui consiste à réinjecter à la machine le résultat de ses expériences passées.

---

1. Même si le carrefour est embouteillé, les feux lumineux continuent à passer au rouge et au vert.

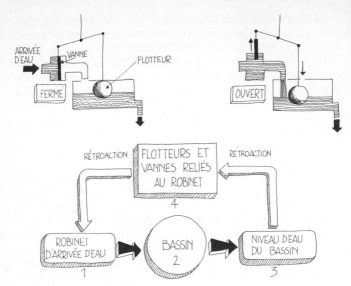

Les machines accomplissent certaines opérations se succédant dans un ordre logique, la cause précédant les effets et ne les suivant jamais. Ainsi, dans un automate, l'introduction du programme (1) et la mise en route du moteur (cause) (2) *précèdent* l'exécution de certaines tâches (effets) (3).

Les séquences 1-2-3 se suivent dans un ordre *chronologique*. Il nous semblerait impossible que 3 précédât 1 ou 2.

La cybernétique bouleverse nos habitudes de pensée en renversant l'ordre chronologique des phénomènes et en étudiant les systèmes dans lesquels *les effets sont reliés à leur cause*. Cette liaison s'appelle la *rétroaction*. On peut la mettre en évidence grâce à un système autorégulateur très simple : un bassin dont le niveau est maintenu constant par un flotteur relié au robinet d'arrivée d'eau.

Voici la suite chronologique des événements :

Ouverture du robinet d'arrivée d'eau (1). Le bassin se remplit (2). Le niveau du bassin monte (3). Le flotteur s'élève entraînant la vanne qui arrête l'arrivée d'eau (4).

Par l'intermédiaire du flotteur et du bras articulé, l'effet (le niveau du bassin) a réagi sur sa cause (le débit du robinet) pour la modifier [1].

Pour mieux faire comprendre le circuit général de la rétroaction on est parti d'un système à l'arrêt. Mais on comprend facilement que, une fois mis en route, ce système puisse fonctionner indéfiniment pourvu qu'il dispose de l'énergie nécessaire (l'arrivée d'eau dans cet exemple). En effet, par suite d'utilisation en aval, le niveau du bassin peut diminuer : le flotteur redescend, entraînant la vanne qui *ouvre* le robinet d'eau ; le niveau *remonte* dans le bassin, etc.

Ce système d'autorégulation tend à maintenir une valeur constante [2]. Il introduit un élément de *stabilisation* dans le système ; sans flotteur le bassin risque de déborder. Un mécanisme autorégulateur oscille donc indéfiniment autour d'une position d'équilibre stable en se corrigeant par petites touches pour réajuster cette position. L'analogie avec les organismes vivants est frappante.

Cependant la boucle de rétroaction peut être constituée par un appareillage moins grossier que le flotteur et la vanne du bassin de l'exemple précédent. En effet, ce qui circule le long de cette boucle est une *information,* un signal susceptible de déclencher une *action.* Cette information peut être conduite aussi bien par un fil électrique que par une onde électromagnétique, un son, un tuyau, ou par des *molécules* agissant dans la cellule comme des signaux. C'est la base de la cybernétique moléculaire.

Les réseaux de communication moléculaires

Le métabolisme – cette « micro-industrie cellulaire » – s'effectue par l'intermédiaire d'enzymes. Ces enzymes fabriquent, par un travail « à la chaîne », les substances

---

1. Il s'agit là d'une *rétroaction négative,* l'effet tendant à agir sur sa cause pour l'atténuer : nous aurions pu prendre un grand nombre d'autres exemples – allant du thermostat au régulateur à boules des machines à vapeur – car le dessin de base est identique.
2. Le niveau du bassin ou la température de la pièce dans le cas d'un système à thermostat.

chimiques dont la cellule a un besoin permanent et que l'on appelle *métabolites*. Quand la concentration de ces molécules dans la cellule atteint un niveau optimal, les chaînes de montage doivent pouvoir être bloquées. En d'autres termes, la production doit pouvoir être arrêtée dès que l'offre dépasse la demande et remise en route dans le cas contraire.

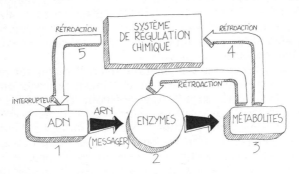

Le dessin de ce fonctionnement cellulaire *autorégulé* est identique à celui du bassin car *les lois qui régissent ces systèmes rétroactifs sont les mêmes*.

Les gènes de structure de l'ADN (1) transmettent, par l'intermédiaire de l'ARN messager, les instructions nécessaires à la fabrication des enzymes. Les enzymes, en travaillant à la chaîne (2), produisent les molécules essentielles à la vie cellulaire : les métabolites. La concentration de ces métabolites augmente dans la cellule (3). Les métabolites peuvent : soit bloquer directement la chaîne de montage qui les fabrique (4), soit agir sur un système de régulation chimique qui « ferme », sur l'ADN, l'« interrupteur » contrôlant les gènes de structure et, de ce fait, bloque la synthèse des enzymes (5). Les produits de l'usine chimique cellulaire ont arrêté *leur propre fabrication*.

Ce dessin est une simplification de celui des professeurs Monod et Jacob sur la régulation cellulaire. L'« interrupteur » de l'ADN est appelé *opérateur* : il contrôle les gènes structuraux. Cet opérateur est sous la dépendance d'un *répresseur*, grosse molécule, synthétisée conformément aux ordres d'un *gène régulateur*. C'est ce répresseur qui « détecte » dans la cellule la présence ou l'absence de molécules de métabolites, et bloque, ou débloque, l'opérateur.

En réalité, ce processus ne s'interrompt jamais (sauf à la mort). Dès que la concentration en métabolites d'un certain type baisse, le système de régulation chimique rouvre l'« interrupteur » qui commande, sur l'ADN, le « flux » d'informations nécessaires à la fabrication de tel ou tel enzyme. Ainsi ne sont fabriqués que les enzymes capables d'assembler le type particulier de molécules qui fait défaut.

C'est ainsi que la cellule adapte en permanence sa production à ses besoins. Comme tout être vivant, ou toute association d'êtres vivants, la cellule est un système complexe formé de circuits de rétroaction bouclés les uns sur les autres : tout *rétroagit* sur tout. La cellule peut ainsi se conduire elle-même.

En 1932, le biologiste américain Walter Cannon donnait un nom à cette propriété globale, caractéristique des systèmes complexes : « homéostasie » (du grec *homeos* – même, et *stasis* = rester). L'homéostasie permet de maintenir constantes une ou plusieurs valeurs essentielles à la vie de l'organisme (comme le taux de calcium ou de glucose dans le sang). Dès 1865, Claude Bernard avait déjà remarqué que « la constance du milieu intérieur était la condition essentielle d'une vie libre ».

La cellule vivante, l'organisme vivant sont des systèmes complexes dotés d'autonomie dans l'utilisation de l'énergie et de l'information, grâce notamment à la propriété d'homéostasie. C'est elle qui rend possible l'intégration des éléments constituants des êtres vivants : un réseau de communication très dense qui assure la cohérence des structures et des fonctions. Les molécules communiquent entre elles dans la cellule. Elles sont porteuses d'information. Cette information n'est autre, le plus souvent, que leur forme. Cette forme est reconnue par des récepteurs (des protéines, par exemple), portant « en creux » l'empreinte de cette molécule-signal. Ce qui déclenche une action. Un mécanisme analogue à la

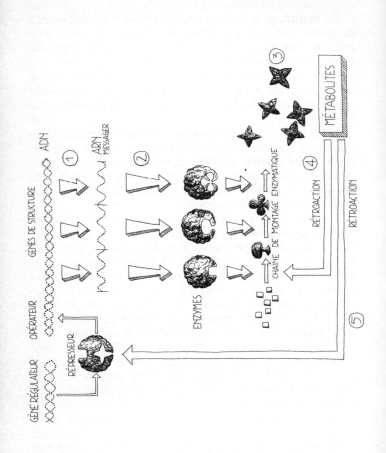

GÈNE RÉGULATEUR   OPÉRATEUR   GÈNES DE STRUCTURE   ADN

RÉPRESSEUR

ARN
MESSAGER

①

②

ENZYMES

CHAÎNE DE MONTAGE ENZYMATIQUE

④   RÉTROACTION

RÉTROACTION

⑤

MÉTABOLITES

③

reconnaissance d'une clef par une serrure. Or il existe un nombre infini de formes de clefs possibles et autant de serrures qui leur correspondent...

Les cellules communiquent également entre elles par l'intermédiaire de ces molécules-signaux. Elles assurent, par exemple, dans un tissu vivant (comme celui de la peau), la « régulation des naissances ». Les cellules ne se multiplient que pour reboucher une coupure ou une blessure. C'est la cicatrisation. On verra (page 191) que la cellule cancéreuse reste sourde aux signaux de régulation que lui envoient les autres cellules du corps.

A l'échelle de l'organisme entier, ces réseaux de communication moléculaire, cellulaire et intercellulaire s'intègrent en permettant à un être vivant de s'ouvrir sur son environnement et de se développer. Le développement harmonieux de l'embryon à partir d'un œuf fécondé, la transmission des informations entre les organes du corps par le système nerveux ou par les hormones, la défense de l'organisme contre les microbes grâce aux globules blancs et aux anticorps sont autant de fonctions essentielles à la vie, fondées sur la communication moléculaire et cellulaire. Chez l'homme, le système nerveux, le système hormonal et le système immunitaire constituent ainsi trois réseaux de communication interconnectés qui « s'informent » mutuellement. Leur dérèglement, provoqué par des changements brusques dans l'environnement, ou par un choc psychologique, peut être à la base de graves maladies.

Ces réseaux de communication relient les fonctions d'autoconservation, d'autoreproduction et d'autorégulation, jouant ainsi un rôle d'intégration sans lequel il n'y aurait pas de vie possible.

A l'issue de cette première partie – Qu'est-ce que la vie ? – on peut tenter d'esquisser le « portrait-robot » des premiers organismes vivants dont il va falloir maintenant retracer l'histoire. Voici quels ont pu être leurs principaux traits :

– Forme générale d'une petite goutte de cytoplasme de

quelques microns, entourée d'une *membrane* et constituée en grande partie de *protéines* et d'*acides nucléiques.*

– Composition chimique élémentaire à base de carbone, d'hydrogène, d'oxygène et d'azote (90 % de la matière vivante).

– Fonctions fondamentales d'autoconservation, d'autoreproduction, d'autorégulation, reliées par un réseau de communication.

Mais cette première partie conduit aussi à poser les questions suivantes, questions clefs de la biologie d'aujourd'hui :

Comment s'est constituée la structure cellulaire caractéristique des êtres vivants ?

Comment s'est amorcé le « petit courant électrique » qui fait tourner la machinerie de la vie ?

Comment les gènes de l'ADN ont-ils acquis l'information qu'ils renferment ?

Comment s'est agencé le « régulateur » qui permet à la cellule de maintenir son « niveau de vie » ?

DEUXIÈME PARTIE

D'où vient la vie ?

1. Les nouvelles approches de l'origine de la vie

Oparine et Teilhard : les pionniers

A la suite des travaux de Pasteur et de Darwin, il devenait de plus en plus difficile de concevoir la genèse des êtres vivants en dehors d'un développement évolutif de la matière.

Au cours des années vingt-trente, les nombreuses données scientifiques, provenant de disciplines les plus diverses, favorisent l'éclosion d'hypothèses fécondes et ouvrent des voies nouvelles de recherche. Pour la première fois, on peut sérieusement considérer la généralisation de la notion d'évolution à la matière inanimée ; rassembler en une vaste synthèse suffisamment d'éléments susceptibles, à la fois, d'unifier notre représentation de l'univers et de jeter un pont entre le monde physique et le monde biologique... En somme, une synthèse situant d'emblée le problème de l'origine de la vie dans un contexte évolutif.

Cette synthèse a été réalisée par le biochimiste soviétique A. I. Oparine, qui publia pour la première fois ses idées en 1924, et par le paléontologiste français P. Teilhard de Chardin, dont les travaux ne furent regroupés et publiés qu'à partir de 1955[1]. Ces deux auteurs vont permettre d'envisager le problème de l'origine de la vie sous son aspect théorique et sous son aspect expérimental.

Pour Teilhard de Chardin, la matière de l'Univers est organisée en une longue chaîne de complexité croissante. Cette chaîne débute avec les particules élémentaires ; se poursuit par les atomes, les molécules, les cellules et les organismes individuels ; et finalement s'étend aux grou-

1. Teilhard de Chardin pressentit l'essentiel de ses hypothèses dès 1916 *(La Vie cosmique)* et les formula au cours des années 1938-1950.

pements complexes constitués par les sociétés humaines. Chaque niveau de complexité fournit les éléments de construction à partir desquels se forme le niveau suivant, de complexité supérieure.

Teilhard de Chardin fut un des premiers, semble-t-il, à avoir insisté sur le fait que cette classification par ordre de complexité croissante correspondait aussi à une classification chronologique. Dans cette optique, pour comprendre la vie à son stade initial, il faut l'observer « par rapport à ce qui la précède plutôt que par rapport à ce qui la suit ».

> *Prise en descendant,* la cellule s'ennoie, qualitativement et quantitativement, dans le monde des édifices chimiques. Prolongée immédiatement en arrière d'elle-même, elle converge visiblement à la Molécule. [...] Les mégamolécules portent vraisemblablement en elles la trace d'une longue histoire. Comment imaginer en effet qu'elles aient pu, comme des corpuscules plus simples, s'édifier brusquement et demeurer telles une fois pour toutes ? Leur complication et leur instabilité suggèrent plutôt, un peu comme celles de la Vie, un long processus additif, poursuivi, par accroissements successifs, sur une série de générations. [...] Ainsi s'approfondit, en arrière de nous, cet abîme du Passé qu'une invincible faiblesse intellectuelle nous porterait à comprimer dans une tranche toujours plus faible de Durée – tandis que la Science nous force, par ses analyses, à la distendre toujours plus [1].

Comment se représenter la complexité ? Un système est d'autant plus complexe qu'il possède un plus grand nombre d'éléments étroitement dépendants les uns des autres. En ce sens, un cerveau humain composé de plusieurs milliards de cellules interconnectées (les neurones)

1. P. Teilhard de Chardin, *Le Phénomène humain*, Le Seuil, p. 81-87.

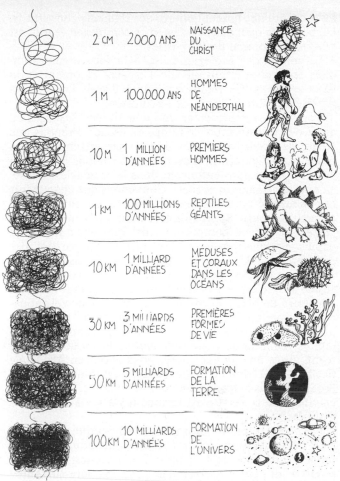

2 CM	2000 ANS	NAISSANCE DU CHRIST
1 M	100.000 ANS	HOMMES DE NÉANDERTHAL
10 M	1 MILLION D'ANNÉES	PREMIERS HOMMES
1 KM	100 MILLIONS D'ANNÉES	REPTILES GÉANTS
10 KM	1 MILLIARD D'ANNÉES	MÉDUSES ET CORAUX DANS LES OCÉANS
30 KM	3 MILLIARDS D'ANNÉES	PREMIÈRES FORMES DE VIE
50 KM	5 MILLIARDS D'ANNÉES	FORMATION DE LA TERRE
100 KM	10 MILLIARDS D'ANNÉES	FORMATION DE L'UNIVERS

est plus complexe qu'une bactérie, simple cellule isolée ; une macromolécule de protéine – comme l'hémoglobine –, plus complexe qu'un des acides aminés qui la composent.

Le nombre et la variété des *liaisons* qui intègrent les diverses parties qui constituent le tout sont plus importants encore que le seul nombre des éléments constitutifs. On peut dire que, dans les systèmes complexes, le tout est *plus* que la somme de ses parties [1].

La complexité biologique est, à la fois, organisation dans les trois dimensions de l'espace, et organisation dans le *temps*. Ce temps accumulé depuis les origines représente toute la durée de l'évolution.

Comment se représenter une telle durée ? Usons d'un artifice et transformons le temps en espace. Prenons une pelote de ficelle, attachons une de ses extrémités à un piquet (qui figurera le présent), et déroulons peu à peu cette pelote en nous enfonçant dans le passé (c'est-à-dire, en nous éloignant du piquet). Convenons que chaque fois que nous déroulerons *un centimètre* de ficelle nous aurons parcouru approximativement *mille ans vers le passé*. On se rend compte du vide immense qui s'étend depuis la formation de la Terre jusqu'à l'apparition des premières cellules vivantes. Que s'y est-il passé ?

Voici quelques points de repère : à 2 centimètres (2 000 ans), c'est la naissance du Christ. Il faut dérouler 10 mètres de ficelle (1 million d'années) pour voir apparaître les premiers hommes. Pour parvenir à l'époque des premières cellules vivantes, il faudra parcourir 30 kilomètres (3 milliards d'années) depuis le piquet. Finalement, après une longue route, nous avons en main une ficelle de 50 kilomètres de long : c'est toute la durée écoulée depuis la formation de notre planète. (On estime, en effet, que la Terre s'est formée il y a 4,5 à 5 milliards d'années.)

Les hypothèses du biochimiste soviétique A. I. Oparine contribuent à éclairer d'un jour nouveau cette immense période de la « pré-vie ». La question qui se posait à lui peut être formulée de la manière suivante : comment a débuté la vie, puisqu'elle ne peut naître que d'un autre être vivant ? Les partisans de l'origine évolutive de la vie à partir de la matière inerte se trouvèrent ainsi enfermés dans une série de « cercles vicieux », rap-

---

1. Ce qui peut se traduire par le fait que, même en connaissant les propriétés des parties et les lois de leur interaction, on ne peut prédire les propriétés de l'ensemble intégré.

pelant par certains côtés le fameux paradoxe de la poule et de l'œuf : on sait que toute poule sort d'un œuf et tout œuf d'une poule. Lequel des deux est arrivé le premier ? Si c'est l'œuf, qui l'a pondu ? Si c'est la poule, d'où vient-elle ? Voici quelques exemples de cercles vicieux :

– Les composés organiques essentiels de la vie : *sucres, graisses, protéines* et *acides nucléiques,* sont exclusivement fabriqués aujourd'hui par les êtres vivants. *Comment ont-ils pu apparaître en leur absence ?*

– Les animaux (hétérotrophes) ne peuvent vivre sans les aliments fabriqués par les végétaux (autotrophes). Or de tels organismes nécessitent à la fois un système d'extraction de l'énergie solaire et un système complémentaire d'utilisation de cette énergie. Ils auraient dû, dès l'origine, être *très complexes,* donc *très improbables.* Par ailleurs, l'agent essentiel de la photosynthèse est la chlorophylle, exclusivement fabriquée par les êtres vivants.

– Pour synthétiser en permanence des molécules complexes, base de la matière vivante, il faut de l'*énergie.* Or la source universelle d'énergie utilisée par la vie – l'ATP – est un produit des êtres vivants ; et sa fabrication à l'intérieur de la cellule exige un mécanisme chimique compliqué.

– Les réactions de base de la vie, même chez les organismes les plus simples, sont catalysées par des enzymes. Or les enzymes tirent leur information des acides nucléiques qui sont eux-mêmes assemblés par des enzymes ! *Qui était là le premier ?*

On était dans une impasse. L'immense mérite d'Oparine a été de proposer un moyen de briser la plupart de ces cercles vicieux, ouvrant ainsi la voie à toutes les expériences actuelles. Il publia pour la première fois en 1924[1] ses hypothèses sur l'origine de la vie, précédant de quelques années le biologiste anglais J.B.S. Haldane. Les travaux de celui-ci, menés indépendamment de ceux d'Opa-

1. L'ouvrage majeur d'Oparine, publié en anglais en 1938, puis en 1957, a été traduit en français sous le titre *L'Origine de la vie sur la Terre.* Il faut signaler l'importante contribution des chercheurs français à la première formulation des hypothèses d'Oparine : D. Berthelot et H. Gaudechon (1910), P. Becquerel (1924).

rine, furent rendus publics en 1929. A quelques détails
près, le point de départ des deux théories est le même.

Pour Oparine, les conditions qui régnaient à l'époque
de la formation de la Terre étaient tout à fait différentes
de celles que nous connaissons aujourd'hui. En particulier, l'atmosphère primitive de notre planète ne conte-
nait ni oxygène, ni gaz carbonique, ni azote, mais un
mélange « inhospitalier » d'*hydrogène*, de *méthane*,
d'*ammoniac* et de *vapeur d'eau*. Ce mélange, bombardé
par le rayonnement énergétique intense provenant du
Soleil, aurait donné naissance, selon Oparine et Haldane,
à une grande quantité de *molécules organiques*.

Cette hypothèse permettait donc de sortir du premier
cercle vicieux : des composés organiques ont pu, théoriquement, se former *en l'absence d'êtres vivants*.

Ces composés organiques devaient tomber dans les
océans et s'y accumuler pendant de très longues périodes,
constituant ainsi une véritable « soupe nutritive », qui
servit d'aliment aux premiers êtres vivants. A leur tour,
les cercles vicieux concernant l'origine des autotrophes et
de l'énergie biologique étaient théoriquement brisés : les
premiers organismes vivants furent probablement des
hétérotrophes. Ils puisaient leur énergie des combustibles
chimiques présents dans le milieu environnant. Ainsi, à
l'hypothèse autotrophe (des organismes complexes appa-
raissant dans un environnement simple), Oparine et Haldane opposent la théorie hétérotrophe : l'apparition
(beaucoup plus probable) d'*organismes simples dans un
environnement complexe*. Ces organismes très simples,
néanmoins complets, auraient été sujets, pendant des
millions d'années, à une « sélection naturelle », transposition logique, sur le plan inorganique, de la sélection
darwinienne. Seule alternative possible pour ces premiers organismes : « être ou ne pas être ».

A la lumière de ces hypothèses, on peut tenter de
décrire le déroulement probable des phénomènes qui ont
conduit à la formation des premières molécules organiques. Pour cela, il va falloir remonter jusqu'au début
du monde.

Dans les étoiles : les briques de la vie

L'Univers, pour beaucoup, c'est l'*espace*. Un espace infini parsemé de petits points brillants qui sont autant de soleils, et où la pensée comme le regard se perdent dans des profondeurs obscures et angoissantes.

Or l'Univers n'est pas que cela. L'Univers est un tout, un ensemble : l'énergie, les atomes, les molécules, les étoiles et les galaxies, la Terre, les vents, les marées, la vie, la pensée... Dans cet Univers, coexistent et se mêlent des formes qui se rangent sur une échelle de complexité croissante, parallèle à notre représentation de la durée du monde. L'Univers c'est donc aussi le *temps,* matérialisé par les constructions de plus en plus complexes de l'évolution.

En faisant abstraction des structures localisées de la vie, un premier regard sur l'Univers qui nous entoure indique que sa composition chimique est extrêmement monotone : 99 % d'hydrogène et d'hélium – les deux éléments [1] les plus simples et les plus légers – et 1 % seulement d'éléments plus lourds.

L'Univers a-t-il toujours été semblable à celui que l'on observe aujourd'hui ou, au contraire, a-t-il évolué ? Certaines sources radioélectriques et lumineuses très intenses, situées à plusieurs milliards d'années-lumière, permettent d'observer l'Univers dans sa jeunesse. De telles sources se nomment les *quasars (quasi stellar radiosources).* Pour certains cosmologistes, ils sont la preuve qu'à l'origine l'Univers était beaucoup plus dense qu'aujourd'hui. Cette densité diminuant, l'Univers serait donc en expansion : les galaxies s'éloignent les unes des autres avec, pour chacune d'elles, une vitesse relative proportionnelle à leur distance mutuelle. L'Univers résulterait donc de l'explosion d'une masse de matière originelle super-dense dont les quasars seraient des restes « fossilisés ».

---

1. Les éléments sont les types chimiques des atomes : il y a quatre-vingt-dix éléments naturels, de l'hydrogène, le plus léger, à l'uranium, le plus lourd.

Pour d'autres cosmologistes, l'évolution de l'Univers est cyclique : elle passe par des phases d'expansion et de contraction. Pour d'autres encore l'Univers est statique ; il n'évolue pas. Il n'a pas d'origine et n'aura pas de fin. On ne peut évidemment trancher de telles questions qui demanderont encore de nombreuses années de recherche, mais il apparaît aujourd'hui que le plus *ancien* dans l'Univers est aussi le plus *simple*. Puisqu'il ne peut y avoir de vie sans molécules, de molécules sans atomes, d'atomes sans particules élémentaires, comment se sont donc formés les atomes, support de tout ce qui existe ?

Sur la question de l'origine des éléments constitutifs de l'Univers, deux théories s'opposent. Pour la première, les quatre-vingt-dix éléments chimiques naturels se seraient formés en une seule fois au sein de la boule super-dense qui, en explosant, a donné naissance à l'Univers. Pour l'autre, seul l'hydrogène (le plus simple des éléments) constitue la matière originelle, les autres atomes, plus lourds, se formant en permanence dans les étoiles.

Une des proto-étoiles formée dans les bras d'une des nombreuses galaxies devait donner naissance à notre système solaire. On estime que le Soleil et ses planètes sont nés d'un de ces vastes nuages de gaz et de poussières cosmiques, résultant de la fragmentation interne des galaxies. Cette masse gazeuse se serait agglomérée et contractée en tournant de plus en plus vite sur elle-même, donnant naissance au Soleil et aux planètes. Le comportement de la partie gazeuse du nuage (hydrogène et hélium) a dû être différent de celui de la partie solide (poussières). En effet, l'hydrogène et l'hélium se sont échappés dans l'espace, tandis que les particules rocheuses et métalliques sont restées sur place. On estime que les planètes se sont formées par agglomération de ces poussières, grâce probablement à des matériaux à l'état liquide ou visqueux jouant le rôle de liant. Ces germes grossirent peu à peu en absorbant les agrégats plus petits qu'ils trouvaient sur leur trajectoire et passèrent de la taille d'un gravier à celle des planètes actuelles. Il ne resta plus dans l'espace entourant l'étoile que de grosses masses trop éloignées pour se gêner.

Au fur et à mesure que la masse de la Terre augmentait, les forces de gravitation tendaient à resserrer les unes contre les autres les particules rocheuses qui la constituaient [1]. Il en résulta un fort accroissement de température : les matériaux lourds en fusion sont descendus vers le centre pour former le noyau tandis que les composés légers migraient vers l'écorce. Les volcans déversaient, à la surface, des roches en fusion qui n'ont pas tardé à se solidifier. Au cours de ce processus, il dut se former une très grande variété de composés chimiques.

En voici la raison : les galaxies s'étaient formées à partir d'un nuage de composition extrêmement *homogène :* 99 % d'hydrogène et d'hélium. Or, après la formation du système solaire (et plus généralement sans doute de tout système planétaire), la situation *se trouve presque renver-*

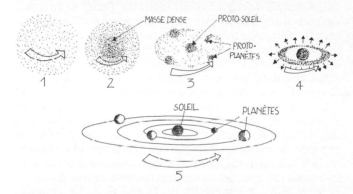

sée. En effet, à la suite du processus d'« écrémage cosmique », les matériaux *les plus rares* de l'Univers (1 %) se retrouvent concentrés en des points localisés (les planètes) autour d'une étoile centrale. Le système Soleil-Terre va désormais avoir une grande influence sur la vitesse de transformation de la matière vers des états de

1. Les planètes les plus proches du soleil (Mercure, Vénus, Terre, Mars) sont petites et essentiellement rocheuses (fer et silice), tandis que les planètes éloignées (Jupiter, Saturne, Uranus, Neptune) sont plus grosses et formées, en majeure partie, d'éléments légers (glace, hydrogène, méthane et ammoniac solide).

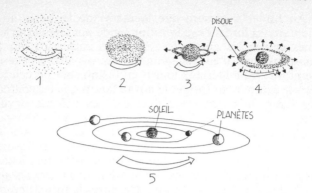

complexité élevée. Non seulement un véritable « réservoir » rempli de réactifs chimiques (la Terre) se trouve à « bonne distance » d'une puissante source d'énergie (le Soleil), mais ce *système ouvert* [1] reçoit en permanence de l'énergie « fraîche » qui va permettre l'apparition et la « survie » de composés chimiques complexes [2].

Un chimiste qui veut réaliser une réaction doit généralement opérer de la manière suivante.

Il doit d'abord s'assurer qu'il dispose d'une *source d'énergie* suffisante (bec à gaz, plaque chauffante électrique, calotte chauffante, etc.). Il lui faut ensuite un *appareil de synthèse chimique* (un réacteur). Cet appareil est généralement un ballon de verre destiné à concentrer les réactifs à l'endroit où est appliquée la source d'énergie et à recueillir les produits de la réaction. Le chimiste introduit les *réactifs* dans l'appareil et provoque la réaction en allumant le chauffage, ou en déclenchant toute autre source d'énergie. La *réaction* s'effectue selon les lois des combinaisons chimiques. La dernière opération

1. Un *système ouvert* échange continuellement de l'énergie ou de la matière avec son environnement. On ne doit donc plus lui appliquer les lois de la thermodynamique classique, valables pour les systèmes isolés, mais les lois de la thermodynamique des systèmes irréversibles.
2. Cette évolution nous semble unique parce qu'il s'agit de « notre » Soleil et de « notre » Terre. Elle est probablement commune dans l'Univers.

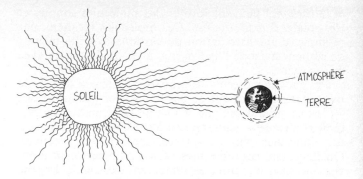

consiste à *séparer* les produits nouveaux qui se sont accumulés dans le ballon. Le système Soleil-Terre est analogue au ballon du chimiste. La *source d'énergie* est évidemment le Soleil. Les réactions thermonucléaires dont il est le siège produisent un rayonnement intense diffusé dans tout l'espace environnant : rayons ultra-violets, rayons lumineux, rayons infrarouges.

La Terre, en raison de sa taille et de sa masse, possède un champ de gravitation suffisamment important pour attirer et concentrer des molécules gazeuses qui se seraient autrement dispersées dans l'espace. Voilà donc le « réacteur » en place : une surface rocheuse limitée, susceptible de concentrer des réactifs chimiques à proximité d'une source d'énergie et de recueillir les produits d'une éventuelle réaction.

Expliquer comment a pu se « remplir » ce ballon revient à retracer l'histoire de la première atmosphère de la Terre.

Il faut rechercher les origines de cette atmosphère, à la fois dans le proto-Soleil et dans l'intérieur même de la Terre primitive.

Le Soleil, comme la plupart des étoiles, est entouré d'une atmosphère stellaire dans laquelle la température est très élevée, mais cependant inférieure à celle qui règne à l'intérieur de l'étoile.

Dans cette atmosphère, l'*hydrogène*, l'*oxygène*, l'*azote*

et le *carbone*[1] peuvent former des molécules simples et
très solides à *deux atomes*. Ces molécules résultent, par
exemple, d'une association de carbone avec lui-même ;
de carbone avec de l'hydrogène, avec de l'azote ou avec
de l'oxygène.

Dès que ces molécules tronquées s'éloignent de l'étoile
par agitation thermique ou par la pression des radiations
– c'est ce qui a dû se passer lors de la formation du système planétaire –, elles tendent à se stabiliser en donnant
des molécules plus complexes, mais moins réactives.
Quelles furent ces molécules ? On a pu récemment montrer que, dans un milieu extrêmement riche en hydrogène
et à une température relativement basse, le carbone (C),
l'azote (N) et l'oxygène (O) ne peuvent exister à l'état
libre et se trouvent sous leur forme hydrogénée. Or du

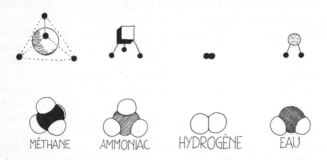

MÉTHANE   AMMONIAC   HYDROGÈNE   EAU

carbone uni à 4 atomes d'hydrogène, c'est une molécule
de *méthane* (CH_4). De l'azote lié à 3 hydrogènes, c'est de
l'*ammoniac* (NH_3). Enfin, de l'oxygène lié à 2 hydrogènes, c'est une molécule d'*eau* (H_2O). Ces molécules
sont très stables. Au début de l'année 1969, de vastes
nuages de gaz ammoniac, d'eau et de formaldéhyde (voir
page 120) ont été détectés par les radiotélescopes en certaines régions de la galaxie.

On estime, d'autre part, que ces mêmes gaz ont pu

1. Ces éléments sont, avec l'hélium, les plus abondants des étoiles
et très probablement de l'univers. Il faut noter qu'ils sont aussi (à
part l'hélium) les *quatre éléments fondamentaux de la matière
vivante.*

s'exhaler de l'intérieur de la gangue rocheuse de la Terre en cours de réchauffement [1].

Ces gaz sont, en quelque sorte, les « ancêtres » de la matière organique : ils vont en déterminer la composition chimique. Ces molécules légères flottent autour de la planète sans pouvoir se disperser, *directement offertes aux radiations solaires.*

Quelle fut l'action du rayonnement solaire sur une telle masse gazeuse ? Quel fut le mécanisme des premières synthèses organiques terrestres ?

On sait que les liens électroniques qui attachent les atomes les uns aux autres dans une molécule renferment de l'énergie ; cette énergie est libérée, par exemple, lors des réactions de combustion. Toute la chimie organique est fondée sur la possibilité d'ouverture ou de fermeture de ces liaisons entre atomes ; ce qui permet l'accrochage de morceaux de molécules et la fabrication d'une variété prodigieuse de corps organiques. Or l'ouverture ou la fermeture de liaisons chimiques est essentiellement une question d'énergie. Les radiations solaires (photons énergiques) seront capables de rompre les liens qui attachent les atomes d'hydrogène au carbone du méthane, à l'azote de l'ammoniac ou à l'oxygène de l'eau. Certaines molécules organiques simples ont déjà commencé à se former *avant même que la Terre ne soit totalement agglomérée.* Hypothèse récemment confirmée par l'examen des comètes, l'analyse de météorites et les observations au radiotélescope.

Ces « morceaux » de molécules, appelés *radicaux libres*, sont très réactifs ; ils se recombinent extrêmement vite, en donnant des molécules plus lourdes et plus complexes. Ces nouvelles molécules tombent vers la surface de la Terre et s'y accumulent en continuant de réagir les unes sur les autres.

Il est probable que le rayonnement solaire n'a pas été la seule source d'énergie : les volcans crachaient dans l'atmosphère, à de très grandes hauteurs, des matériaux et

---

1. A ces gaz se joignaient probablement de l'hydrogène sulfuré (SH_2) et de petites quantités de gaz carbonique (CO_2).

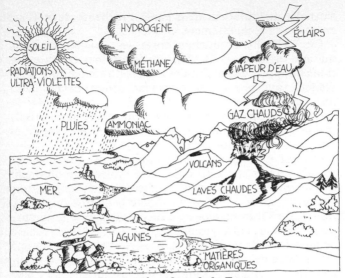

Les premiers âges de la Terre

des gaz extrêmement chauds ; des éclairs déchiraient sans cesse l'enveloppe gazeuse de la Terre, entraînant en une fraction de seconde la synthèse de nombreux composés organiques. Pendant ce temps, la vapeur d'eau se condensait dans les zones supérieures plus froides de l'atmosphère et retombait en pluie.

En plus de l'énergie du rayonnement ultraviolet, celle des éclairs et des volcans contribua pour une part importante aux premières synthèses organiques dans l'atmosphère primitive de la Terre.

Quels que fussent les corps intermédiaires formés, seuls s'accumulaient sur Terre des composés *capables de durer.*

Pendant des millions d'années, il « tombait ainsi du ciel » des composés que nous appelons « organiques » parce qu'ils font aujourd'hui partie des organismes vivants. A ce stade, ce n'étaient que des substances un peu plus complexes que les autres combinaisons chimiques de l'Univers, déjà plus anciennes. Désormais, deux caractéristiques de la vie sont à jamais fixées : les bases de sa composition chimique : carbone, hydrogène, oxygène et azote, et sa source permanente d'énergie : le Soleil.

Pourquoi ne pas chercher à reconstituer artificiellement, en laboratoire, les conditions – décrites par Oparine et Haldane – qui avaient dû régner aux premiers âges de la Terre ? C'était tentant ! C'est ce que réalisa Stanley L. Miller, un jeune chimiste de vingt-cinq ans.

La synthèse de la vie en laboratoire ?

L'expérience de Miller représente un tournant dans l'approche expérimentale du problème de l'origine de la vie, car il a réussi à recréer les conditions d'une « génération spontanée » de molécules organiques.

Au cours des années cinquante, Miller, alors jeune étudiant, travaille à l'université de Chicago sous la direction de Harold C. Urey, prix Nobel de chimie (1934). Urey s'intéresse alors aux diverses théories de la formation du système solaire, plus particulièrement à la composition chimique de l'enveloppe gazeuse qui avait dû entourer la Terre primitive. Les résultats de ses recherches le conduisent aux mêmes conclusions que celles suggérées par Oparine vingt-cinq années auparavant. Urey en discute souvent avec Miller au cours de « séminaires ».

Miller a l'idée, à la fois simple et extrêmement audacieuse, de simuler dans un ballon cette fameuse atmosphère primitive de la Terre et de la bombarder par des décharges électriques figurant les éclairs des violents orages des premiers temps. Il veut « voir » ce que cette expérience pourrait bien donner !

L'expérience était audacieuse, car, à partir du mélange des quatre gaz suggéré par Oparine, il peut, théoriquement, se former une telle quantité de produits chimiques différents que l'analyse de leur mélange aurait rebuté le chimiste le plus persévérant. Miller était, paraît-il, tellement conscient des critiques auxquelles il s'exposait de la part de ses collègues qu'il monta son appareil et fit son expérience en cachette (voir page suivante).

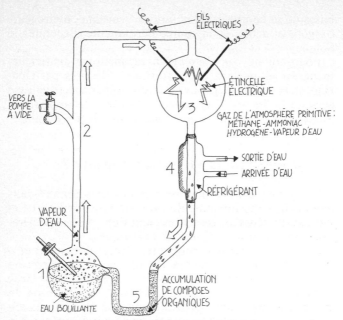

La synthèse des briques de la vie

Le vide est fait dans l'appareil. Miller y introduit du méthane, de l'ammoniac et de l'hydrogène. L'eau du petit ballon est portée à ébullition (1). Il y a production de chaleur et de vapeur d'eau ; les gaz sont forcés de circuler dans le sens des flèches (« atmosphère primitive ») (2). Le mélange passe dans un grand ballon où éclate pendant une semaine une étincelle produite par des décharges électriques de 60 000 volts (les « éclairs ») (3). La vapeur d'eau est refroidie et se condense dans un réfrigérant (« pluies ») (4). Les composés formés se rassemblent dans la partie du tube en forme de U (« océans ») (5).

Après une semaine, Miller examine le liquide contenu dans l'appareil. Le seul changement notable à première vue est qu'il a viré de l'incolore au rouge orangé. Que peut-il contenir ? Miller l'analyse soigneusement, isole par des méthodes très précises les divers produits de la réaction ; il s'aperçoit, non sans surprise, qu'il a ainsi synthétisé de nombreux composés organiques et, en particulier, des *acides aminés,* à partir desquels se construisent les protéines, matériau fondamental des êtres vivants (voir page 67).

La preuve est faite : des composés organiques de première importance – en l'occurrence des acides aminés – peuvent se former dans des conditions prébiologiques.

En 1953, paraît dans la revue *Science* un article intitulé : « Production d'acides aminés dans des conditions qui auraient pu être celles de la Terre primitive. » Il va rendre Miller célèbre.

Il faut situer cette expérience à sa juste place. N'a-t-on pas été jusqu'à dire que Miller avait « presque » réussi la synthèse de la vie ? Ou qu'il était parvenu, pour la première fois, à réaliser la « très difficile » synthèse de la vie ? Ou qu'il était parvenu, pour la première fois, à réaliser la « très difficile » synthèse des acides aminés [1] ?

Quelles sont donc les principales conséquences de l'expérience de Miller ? Miller n'a pas été, bien entendu, le premier chimiste a synthétiser des acides aminés ; mais il a brillamment démontré que la formation « spontanée » de ces molécules (ainsi que d'autres composés organiques), dans des conditions analogues à celles de la Terre primitive, était non seulement possible, mais *probable*. Il vérifiait ainsi la validité du premier argument sur lequel Oparine avait étayé toute son hypothèse et bouleversait les idées qu'on se faisait sur les chances d'apparition de molécules organiques complexes en dehors de la vie.

La « cause première » de la vie n'a pas été, comme on l'a trop souvent dit, la simple action du rayonnement ultraviolet sur l'atmosphère primitive de la Terre. Il faut en effet *expliquer comment s'est formée cette atmosphère.*

1. De telles attitudes tiennent encore à ce vieux sentiment de culpabilité que l'homme ressent chaque fois qu'il « dérobe » quelque chose à la nature. Le chimiste F. Wohler se heurta aux mêmes préjugés lorsqu'il réalisa pour la première fois, en 1828, la synthèse de l'urée. Jusqu'alors, on croyait cette substance organique essentiellement fabriquée – grâce à un « principe vital » – par les êtres vivants.

Et même remonter encore plus loin dans le temps... La formation massive de substances organiques, à un moment donné de l'évolution cosmique, n'est que le *maillon* d'une chaîne de causes et d'effets remontant bien *avant* la formation de la première atmosphère de la Terre et se prolongeant bien *après* dans un milieu modifié par l'apparition même de ces composés organiques.

En montrant que l'on pouvait facilement simuler en laboratoire les premiers âges de la Terre, Miller a ouvert la voie de la reconstitution expérimentale de l'évolution prébiologique [1], jetant les bases d'une discipline scientifique nouvelle : la *chimie prébiologique* ou *prébiotique*. A la suite du premier colloque international sur l'origine de la vie qui s'est tenu à Moscou en 1957, le nombre des équipes travaillant sur ce sujet n'a cessé de s'accroître. Comme un amnésique qui retrouverait son passé, l'homme commence à éclairer cette « ère oubliée du sub-vivant » à laquelle il doit la vie.

Comment les chimistes s'y prennent-ils pour reconstituer en laboratoire les diverses étapes de cette évolution moléculaire ? Il n'est évidemment pas question d'attendre que les réactions se fassent toutes seules. Il faut les accélérer – tenter ainsi de contracter le formidable laps de temps nécessaire à la nature pour passer des composés chimiques inertes de la Terre primitive aux premiers êtres vivants. Pour ces chimistes, voilà la règle d'or : *les composés indispensables à la vie actuelle l'étaient déjà à l'origine de la vie.* Toute molécule biologique, aussi compliquée soit-elle, doit posséder des « ancêtres » moléculaires très simples, composés de quelques atomes, comme les gaz des premiers âges de la Terre. Il n'existe aucune différence entre les acides aminés qui sont apparus pour la première fois il y a quatre milliards et demi d'années et ceux que l'on peut acheter aujourd'hui dans n'importe quelle maison de produits chimiques ! On ne peut pas refaire l'évolution biologique, mais on peut, théoriquement, en « court-circuitant » la nature, recréer l'évolution prébiologique.

1. Certains auteurs l'appellent : *évolution moléculaire* ou *évolution chimique.*

L'arbre de l'évolution de la page 21 – dont les racines tronquées s'accrochaient à grand-peine sur de la matière inorganisée – s'insère dans un faisceau qui se prolonge vers le bas, *jusque dans le monde atomique.*

Les chercheurs qui s'engagèrent dès 1953 dans la voie tracée par Miller tentèrent d'aller plus loin encore en faisant varier les conditions opératoires et en utilisant des méthodes nouvelles. Ils purent, en particulier grâce à des données astrophysiques ou géologiques plus nombreuses, déterminer assez précisément les caractéristiques chimiques du milieu ainsi que les sources naturelles d'énergie de la Terre primitive.

Le milieu devait être aqueux ou alternativement sec et humide ; à la température moyenne de 150°C ; réducteur (favorisant les synthèses chimiques) et riche en ammoniac. Tandis que les sources d'énergie, outre le Soleil, pouvaient être les orages, les volcans, la géothermie, les désintégrations radioactives. Le but des chercheurs était de reconstituer les trois étapes de base de l'origine des systèmes vivants :

– la formation des petites molécules de la vie (blocs de construction ou monomères) ;

– la formation des molécules géantes comme les protéines et les acides nucléiques (polymères) ;

– la formation de systèmes autonomes préfigurant les premières cellules.

Le Pr Melvin Calvin, de l'université de Berkeley en Californie, prix Nobel de chimie (1961), fut l'un des premiers à utiliser un cyclotron comme source d'énergie (1951). Il voulait simuler le rayonnement ionisant, provoqué par la désintégration de certains minerais radioactifs. En 1961, de manière à mieux suivre « individuellement » les atomes dans leurs réactions, Calvin utilisa – dans le mélange des gaz « primitifs » – du méthane dont le carbone avait été « marqué » par radioactivité. En exposant ce mélange à un flux d'électrons accélérés à grande vitesse par le cyclotron, il synthétisa des acides aminés, des sucres, de l'urée, des acides gras et d'autres corps organiques d'une grande importance biologique.

Cependant, d'autres expériences, désormais histo-

riques, devaient conduire à des résultats inattendus et
lourds de conséquences.

Dès 1960, le Dr J. Oró, de l'université de Houston
dans le Texas, s'intéresse aux réactions que peut donner
l'acide cyanhydrique avec de l'ammoniac [1]. Il mélange
ces deux gaz dans de l'eau et chauffe la solution pendant
vingt-quatre heures aux environs de 90°C. Il est surpris
de découvrir qu'il a ainsi fabriqué de l'*adénine,* composé
biologique essentiel, entrant dans la composition des
acides nucléiques, de l'ATP et de bien d'autres molécules
de grande importance (voir page 71). Convaincu qu'il
s'est trompé en analysant les produits de la réaction, Oró
ne recommencera pas son expérience avant six mois.

Dans la plupart des expériences entreprises par la
suite, on chercha de l'adénine et on en trouva. En 1963,
en irradiant pendant une heure, dans le cyclotron de Berkeley, un mélange simulant l'atmosphère primitive, le
Dr C. Ponnamperuma, de la division d'exobiologie de la
NASA (travaillant en collaboration avec Calvin), obtient
des quantités assez importantes d'un composé non vola-
til qui s'avère être de l'adénine. Dans une autre série
d'expériences, il obtient également des *sucres.*

Plus les expériences se répétaient et plus il apparaissait
que les premiers composés organiques qui se formaient
dans le mélange « primitif » étaient deux molécules très
simples : l'*acide cyanhydrique* et le *formaldéhyde* (voir
dessin page 120), et ceci, indépendamment de la nature
de la source d'énergie.

Ces deux gaz sont bien connus. L'acide cyanhydrique a
une triste réputation puisque, en raison de son extrême
toxicité, il était utilisé comme gaz asphyxiant. Quant au
formaldéhyde, on l'emploie souvent en solution dans
l'eau (formol) pour la conservation d'organes.

Ces deux molécules simples sont très importantes. En
raison de leur grande réactivité, elles furent très probablement les intermédiaires à partir desquelles se for-
mèrent les principales molécules biologiques.

---

1. On avait en effet décelé la présence de ces composés dans les
comètes.

Pour étayer cette hypothèse, Ponnamperuma a soumis de l'acide cyanhydrique en solution dans l'eau à l'action d'une batterie de lampes à ultraviolets pendant une semaine : il a obtenu, non seulement de l'adénine, mais encore de la *guanine,* une des quatre « lettres » du code génétique (voir pages 71 et 72), et de l'*urée.*

En répétant la même opération avec du formaldéhyde, Ponnamperuma et Oró, travaillant indépendamment, ont synthétisé en 1963 du *ribose* et du *désoxyribose*, les deux sucres à cinq atomes de carbone qui entrent dans la composition des acides nucléiques et de l'ATP (voir pages 71, 72 et 78). Par addition sur lui-même, le formaldéhyde conduit également à un sucre à six carbones que nous connaissons bien : le *glucose.*

Des expériences effectuées en 1968 et 1969 et mettant en jeu des phosphates et des polyphosphates inorganiques – également produits par simulation de l'environnement primitif – ont permis de démontrer que des réactions de condensation conduisant à des polymères d'intérêt biologique pouvaient se réaliser en solution aqueuse et à des températures compatibles avec celles de la vie actuelle.

Mais il fallut attendre 1978 et 1980 pour que soient réalisées deux expériences déterminantes, montrant comment il était possible de passer des petites molécules de précurseurs (monomères) aux molécules géantes de la vie (polymères). Noam Lahan, de l'Hebrew University de Rehovot, en Israël, et ses collaborateurs réussirent à produire des chaînes d'acides aminés (des peptides) de 20 à 30 unités à partir de glycine placée dans des conditions alternativement sèches et humides en présence d'argile. Dans des circonstances analogues, Leslie Orgel et R. Lohrman, du Salk Institute, à San Diego, obtinrent des chaînes courtes d'acides nucléiques (oligo-nucléotides) de 30 à 40 unités, capables à leur tour d'accélérer la formation d'autres chaînes plus longues. Ces expériences démontrent que l'on peut simuler l'évaporation, l'assèchement ou la réhydratation de lacs ou de mares qui ont pu se produire sur la Terre primitive (milieu sec et chaud le jour, froid et humide la nuit). Dans ces conditions, la succession de cycles réguliers et la présence d'argile (pour maintenir les molécules en place) permettent la formation de longues chaînes moléculaires préfigurant les protéines ou les acides nucléiques de nos cellules.

On peut considérer aujourd'hui que grâce aux travaux d'A. Katchalsky, L.E. Orgel, J. Oró, C. Ponnamperuma, J. Rabinowitz, C. Sagan ou G. Steinman, la grande majorité des types de molécules essentielles aux organismes vivants (y compris les lipides – graisses – dont l'importance est considérable dans l'origine de la vie) ont pu être synthétisés par voies purement abiotiques [1].

En même temps que les chimistes fabriquaient en laboratoire les « briques de la vie », les astrophysiciens découvraient avec étonnement (par l'observation des comètes, l'analyse des météorites, ou les mesures au radiotélescope) que l'Univers était peuplé de molécules organiques plus complexes qu'on aurait pu le penser. En une quinzaine d'années, ils réussirent à identifier près de soixante-dix molécules organiques dans l'espace, ayant des compositions aussi simples que celle de l'alcool ou du formaldéhyde, ou aussi complexes que celle du cyanotriacétylène ou d'un polymère de formaldéhyde (le POM ou polyoxyméthylène) détecté en mars 1986 par la sonde Giotto dans le noyau de la comète de Halley. La preuve de l'origine extra-terrestre de ces molécules organiques a été apportée en 1987 par l'étude des acides aminés trouvés dans le météorite de Murchison, qui tomba en Australie il y a dix-huit ans. Les chercheurs de Caltech et de l'université d'Arizona ont démontré que ces acides aminés contenaient des isotopes d'hydrogène et d'azote, rares sur la Terre, mais abondants dans les nuages de poussières interstellaires. La formation de biomolécules (ou tout au moins de certains de leurs composants) semble donc un phénomène largement répandu dans l'espace intersidéral.

Le dessin de la page 120 résume les réactions impor-

---

1. Polypeptides, bases nucléiques, polynucléotides, sucres, pigments, phosphates... Une bibliographie regroupant plus de mille références a été publiée par M.W. West et C. Ponnamperuma (voir la Bibliographie).

tantes reproduites dans les laboratoires. Il représente, en quelque sorte, les premières branches de cet « arbre de l'évolution moléculaire » que les chimistes cherchent à reconstituer et à raccorder avec l'arbre de l'évolution biologique.

Par souci de simplification, seuls les produits de départ et d'arrivée sont figurés. On voit que ces produits finaux (ceux qui vont durer et s'accumuler) résultent, globalement, de l'addition sur eux-mêmes du formaldéhyde ou de l'acide cyanhydrique, réactifs intermédiaires. On peut s'en assurer en comptant par exemple le nombre d'atomes de 5 molécules de formaldéhyde – 5 carbones, 5 oxygènes et 10 hydrogènes – et celui d'une molécule de ribose : ils sont identiques. Il en est de même pour l'adénine.

Pour alléger le dessin les autres composés de la même famille, obtenus dans des conditions prébiologiques (d'autres sucres ; une vingtaine d'acides aminés ; et d'autres bases : guanine, thymine, uracile, cytosine), ne sont pas représentés.

A la suite des importantes expériences qui viennent d'être rapidement décrites, une première constatation s'impose : si les seules molécules à se former en quantités notables sont « justement » celles de la vie (acides aminés, adénine, sucre...), c'est peut-être la preuve que de telles molécules ne demandaient qu'à apparaître ! Ce point est très important. Lorsque, dans une réaction chimique, certaines conditions sont fixées dès le départ, les diverses catégories de produits qui peuvent se former ne varient que dans des *limites très étroites.* Or c'était justement le cas de la Terre primitive, puisque la composition de son atmosphère et la nature de ses sources d'énergie dépendaient de la succession rigoureuse de phénomènes antérieurs. On peut donc dire que, dans des conditions données (celles de la Terre primitive), *la probabilité pour que se forment des acides aminés, de l'adénine ou des sucres était extrêmement forte,* beaucoup plus qu'on aurait pu le penser *a priori.*

D'autre part, le milieu dans lequel s'accumulent ces molécules n'est pas *statique :* il se modifie constamment grâce à l'apport continuel d'énergie provenant – sous

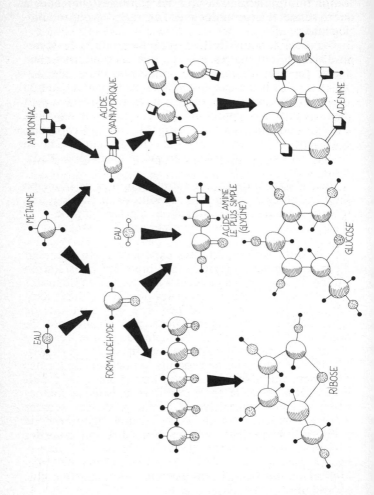

AMMONIAC

MÉTHANE

EAU

ACIDE CYANHYDRIQUE

EAU

FORMALDÉHYDE

ACIDE AMINÉ
LE PLUS SIMPLE
(GLYCINE)

ADÉNINE

GLUCOSE

RIBOSE

diverses formes – du Soleil. Dans ces conditions, comme l'a fait remarquer le Pr R. Buvet, des molécules complexes (et donc thermodynamiquement instables) qui se seraient décomposées dans un environnement statique (système isolé) peuvent *durer* et même se complexifier davantage dans le milieu dynamique qu'est la Terre primitive. L'adénine, par exemple, est une substance très stable. Elle résiste bien aux radiations ultraviolettes. Mais en absorbant ce rayonnement elle aura tendance à réagir avec d'autres molécules et à se débarrasser ainsi d'un excès d'énergie qui diminuait sa stabilité. L'adénine aura donc tendance, sous l'effet des radiations, à se complexifier.

Donc : seules les molécules capables de durer et d'entrer dans des combinaisons d'ordre plus élevé auront des chances d'être conservées par la sélection naturelle. Mieux vaudrait dire que ces molécules s'imposent ; car il s'agit bien d'une *autosélection*, et non d'un « choix » extérieur.

Malgré leur stabilité dynamique et leur pouvoir de complexification, ces molécules organiques devront cependant avoir le temps de réagir les unes sur les autres et de constituer ainsi une base suffisamment importante pour la suite de l'évolution prébiologique. Il est possible que d'autres caractéristiques du milieu aient favorisé une telle « survie » des molécules. En effet :

– Les composés lourds qui se forment dans la haute atmosphère tombent vers des couches plus basses et plus denses ; ils s'enfoncent dans l'eau ou s'accumulent dans des crevasses et des fissures du sol ; *ce qui les protège de la destruction* par les radiations ultraviolettes.

– Si certaines molécules jouent un rôle de *catalyseurs de transformation,* leur concentration en régime stationnaire peut augmenter très rapidement.

– *Il n'y a pas encore d'oxygène* dans l'atmosphère terrestre. Par conséquent, les composés organiques, qui aujourd'hui « pourrissent » rapidement par oxydation à l'air, pouvaient se conserver *beaucoup plus longtemps.*

– Enfin, *il n'existe aucun être vivant* capable de détruire, comme aujourd'hui, les matières organiques.

Rien ne pouvait donc empêcher les molécules organiques de s'accumuler sur la Terre, dans les lagunes ou dans les mers primitives, et de continuer à réagir pendant des centaines de millions d'années.

2. Des prototypes de cellules

Les molécules organiques, nouvellement formées et baignées dans le flux énergétique émis par le Soleil, continuent de réagir les unes sur les autres, de se complexifier et de modifier les conditions de l'environnement : la matière organique acquiert des propriétés nouvelles qui préfigurent celles du vivant. Pour les mettre en évidence, on peut choisir arbitrairement de considérer séparément quelques types de molécules complexes : des molécules capables de *grandir,* de *proliférer,* de *conduire de l'énergie à distance,* de *s'isoler de l'eau* et de *s'auto-organiser.*

Il est évident que la matière organique évoluait *dans son ensemble ;* aussi cette description rappelle-t-elle un peu celle qui consisterait à retracer l'histoire du piston, du carburateur et de la dynamo, pour expliquer la naissance du premier moteur ! Mais elle aura l'avantage de montrer comment les molécules essentielles à la vie et rencontrées dans la première partie ont pu apparaître dans le milieu primitif.

Ces molécules sont indissociables de l'environnement dans lequel elles se trouvent : mers, lacs, mares alternativement sèches et humides, crevasses les protégeant des radiations ultraviolettes. Mais surtout elles nécessitent la présence de structures particulières accélérant l'organisation de la matière organique. Ces structures sont des surfaces minérales positionnant les molécules dans l'espace, des vésicules creuses qui les isolent ou les concentrent. En leur sein peuvent se sélectionner les fonctions de bases de la vie : autoconservation par la transformation de l'énergie solaire ; autoreproduction par l'« invention » du code génétique ; autorégulation par l'interconnexion des réseaux des « ancêtres » des enzymes. Ces étapes clefs seront décrites plus loin. L'important est de garder présents à l'esprit environnement et molécules en évolution. A commencer par la jeune planète Terre.

La Terre mère

La Terre devait être encore très chaude à l'époque de sa formation, et les nappes de lave provenant des volcans encore mal refroidies. D'autre part, affleuraient vraisemblablement d'immenses couches de minerai capables de promouvoir et d'entretenir certaines réactions chimiques. Des synthèses de composés organiques plus complexes ont pu se produire à la surface même du sol, à proximité de zones d'activité volcanique.

L'eau des pluies devait rapidement entraîner toutes les substances organiques complexes qui se formaient sur la croûte terrestre. Conduites par les cours d'eau vers des lacs, des lagunes ou des mers en formation, elles s'y déposaient. Ce « bouillon » de matières organiques, riche en sels et en sucres dissous, le biologiste britannique J.B.S. Haldane le nomma « la soupe chaude primitive ».

Que se passait-il au sein d'une telle « soupe » ?

C'est dans ce milieu radicalement nouveau – à ce stade de l'évolution cosmique – que va se poursuivre et s'accélérer la transformation chimique de la matière organique.

L'eau, en effet, est un solvant universel. Elle dissout de nombreux composés organiques et minéraux, ce qui favorise les rencontres entre molécules individuelles et augmente les chances de réactions chimiques.

Cependant, les molécules organiques, qui réagissent et se complexifient, ne s'accrochent pas les unes aux autres en n'importe quel endroit : elles portent dans leur structure chimique certains groupements d'atomes plus réactifs que d'autres. On les nomme groupements fonctionnels. L'accrochage de deux molécules résulte le plus souvent du choc entre deux groupements fonctionnels. Cependant, dans la « soupe primitive », les probabilités de rencontre au « bon » endroit étaient extrêmement faibles car les chocs se répartissaient au hasard. Au contraire, dans les organismes vivants, les réactions vitales se déroulent en quelques fractions de seconde, les parties réactives des molécules étant maintenues en position, jusqu'à ce que la réaction se fasse, par des catalyseurs organiques : les enzymes.

Dans une première phase de l'évolution moléculaire, il est très probable que des catalyseurs minéraux aient joué ce rôle. Certaines surfaces minérales ou certains ions métalliques [1] ont en effet la propriété de fixer des molécules organiques et de les disposer dans un ordre qui facilite le déclenchement des réactions d'accrochage chimique. Des ions présents dans l'eau, tels les ions magnésium, zinc, calcium ou cuivriques, peuvent orienter des molécules d'acides aminés, par exemple, en structures ordonnées. Ils rapprochent certains groupements réactifs et jouent ainsi un rôle catalytique. On retrouve des ions métalliques dans la plupart des coenzymes, éléments associés aux enzymes et essentiels à leur fonctionnement. Dans ces zones localisées, que le physicien britannique J.-D. Bernal a appelé des unités « subvitales », il va donc régner une grande activité chimique. Des couches d'argile, de sable, ou de lave, ont pu jouer le rôle de surfaces activantes. En 1970, A. Katchalsky, du Weizman Institute (Israël), a fait ressortir le rôle de certains types d'argile comme la montmorillonite dans la condensation d'acides aminés en chaînes polypeptidiques, ce qui a été confirmé en 1978 par N. Lahan puis, en 1980, par Leslie Orgel pour les acides nucléiques. Il est possible, comme l'a encore suggéré Bernal, que l'action catalytique des argiles ou des quartz ait conduit, dès ce stade, à la formation de molécules dissymétriques, caractéristiques de la matière vivante [2]. Comme le dit

---

1. Un ion est un atome qui a perdu ou gagné des électrons.
2. De même qu'il y a une main droite et une main gauche, il existe des molécules droites et des molécules gauches ; leurs formules ne sont pas superposables. Les molécules qui constituent la matière vivante sont d'un même type. Les causes de cette dissymétrie moléculaire ne sont pas encore totalement éclaircies.

A. Dauvillier, « l'asymétrie moléculaire, base de la vie, aurait été ainsi conditionnée par l'existence préalable de l'asymétrie du réseau cristallin et ceci est bien en harmonie avec l'évolution géologique ». Il faut enfin mentionner le rôle essentiel des lipides (graisses) qui forment des gouttelettes en émulsion dans l'eau constituant d'innombrables vésicules creuses, dans lesquelles certaines molécules pourront se concentrer et réagir. Quels ont été les produits des myriades de réactions qui se déroulaient simultanément sur la Terre ou dans les mers ? Des molécules complexes dont les propriétés préfigurent celles de la vie.

Nos ancêtres les molécules

Des molécules « chimistes »

Les acides aminés (voir page 67) possèdent un double « système d'accrochage chimique » leur permettant de s'unir à des molécules simples du même type pour former de longues chaînes : les protéines. De nombreux laboratoires ont aujourd'hui réussi à démontrer que ces molécules géantes pouvaient se former en l'absence des êtres vivants par simple union en chaîne, sur des surfaces activantes, d'acides aminés fabriqués dans l'atmosphère primitive de la Terre.

Le Pr S.W. Fox, de l'université de Miami, en Floride, a obtenu des « ancêtres des protéines » (qu'il a appelé des protéinoïdes [1]) en chauffant un mélange d'acides aminés. Certains de ces protéinoïdes possèdent une faible activité catalytique. Fox estime que la sélection naturelle a conservé les catalyseurs les mieux adaptés à telle ou telle fonction chimique pour aboutir finalement à ces véritables automates moléculaires que sont les enzymes.

L'origine des protéines n'est pas encore totalement élucidée. Certains chercheurs considèrent que les protéines ont pu se former directement, sans acides aminés intermédiaires, à partir de l'union en chaîne de petites molé-

---

1. Un *protéinoïde* est une protéine *non biologique*.

cules réactives telles que l'acide cyanhydrique. D'autres ont suggéré que les protéines avaient pu évoluer par suite des redoublements successifs de motifs originels très simples, composés seulement de quelques acides aminés, et formés dans des conditions abiotiques. Comment a pu s'amorcer l'activité biologique des enzymes ? Une chaîne continue d'acides aminés soudés les uns aux autres peut être grossièrement comparée à un *support* souple, sur lequel seraient accrochés divers *outils*. Le support moléculaire est constitué par l'enchaînement régulier des acides aminés.

Or cette chaîne moléculaire et les « outils » qu'elle porte ne se disposent pas n'importe comment dans l'espace : dans les conditions normales, compatibles avec son existence, la chaîne s'enroule généralement sur elle-même en formant une sorte de « ressort ». Ce ressort s'appelle hélice α. Cette configuration particulière rend la macromolécule plus stable, donc augmente ses chances d'existence.

Le « ressort » est maintenu en position serrée par certains groupements d'atomes qui, se retrouvant périodiquement les uns en face des autres, jouent le rôle de petites agrafes. A son tour ce « ressort » (ou la chaîne

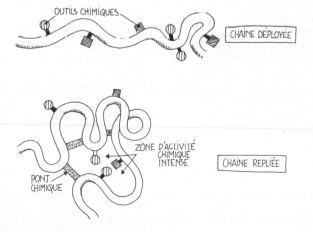

déroulée) peut se tasser en un minuscule globule possédant une morphologie propre à chaque type de protéine. Ce tassement est dû à certains acides aminés capables de créer par endroits des *ponts chimiques* entre des circonvolutions de la chaîne.

Mais voici le plus important. Cette pliure de la chaîne force certains « outils » chimiques, qui se trouvaient pourtant fort éloignés les uns des autres sur la chaîne déployée, à se retrouver groupés en un même endroit du globule : il pourra ainsi se créer un *site actif,* où certaines réactions chimiques s'effectueront à une vitesse prodigieuse. C'est la base de l'activité des enzymes.

Des molécules qui ont de la mémoire

On avait réussi à synthétiser de l'adénine et du ribose (voir page 117) dans des conditions prébiologiques. Il fallait maintenant démontrer que la formation d'un nucléotide [1] pouvait être obtenue par des méthodes « naturelles ».

En 1963, sur une suggestion du Dr Sagan, le Dr C. Ponnamperuma essaya d'irradier, à l'aide d'ultraviolets, une solution dans l'eau d'adénine, de ribose et d'acide phosphorique. Il constata que de l'*adénosine* se formait très rapidement.

Par la suite, en modifiant la nature du composé phosphoré et en irradiant l'adénosine, Sagan et Ponnamperuma réussirent à préparer avec des rendements satisfaisants de l'adénosine triphosphate, l'ATP, cette molécule très importante, à la base de toutes les réactions énergétiques vitales [2].

Il faut signaler que ces chercheurs ont laissé, en quelque sorte, l'ATP se faire « toute seule ». Ils se sont limités

---

1. Unité de construction à partir de laquelle s'édifient les acides nucléiques (voir Annexe 2).
2. En réalité, Sagan et Ponnamperuma ont obtenu en même temps de l'adénosine monophosphate (AMP), diphosphate (ADP), triphophaste (ATP) et tétraphosphate (A4P).

à recréer les conditions supposées originelles. L'ATP ainsi obtenue, par « génération spontanée », était en tout point identique à celle qu'on trouve chez les êtres vivants.

Plus récemment encore, C. Ponnamperuma a obtenu tous les nucléotides, généralement rencontrés dans les acides nucléiques. Les pièces détachées de ces immenses molécules – dont nous connaissons l'importance biologique – ont donc été préparées dans des conditions analogues à celles qui ont dû régner sur la Terre primitive. Il restait encore à démontrer comment ces pièces pouvaient s'assembler pour former un *polynucléotide,* « ancêtre » des acides nucléiques.

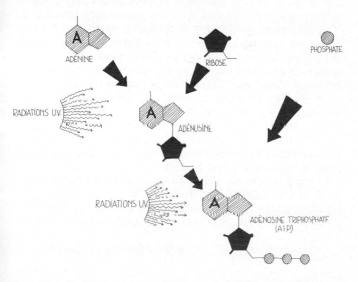

Le Pr G. Schramm, de l'institut Max-Planck, à Tübingen, en Allemagne, estimait qu'il devait exister d'importants gisements de phosphates dans les régions sèches de la Terre primitive. Il chauffa vers 60° des nucléotides avec un dérivé de l'acide métaphosphorique, et obtint des enchaînements moléculaires contenant des dizaines de nucléotides attachés les uns aux autres.

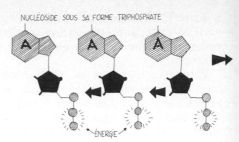

NUCLÉOSIDE SOUS SA FORME TRIPHOSPHATE

ÉNERGIE

Mais les expériences déterminantes devaient être réalisées à partir de 1980 au Salk Institute de San Diego par Leslie Orgel et son équipe. Ces chercheurs ont d'abord montré que des chaînes d'acides nucléiques longues de 30 à 40 unités, pouvaient se former à partir des 4 bases produites dans les conditions de la Terre primitive. Il fallait pour cela simuler les cycles d'assèchement et de réhydratation de mares ou de lacs et effectuer les réactions en présence d'ions métalliques de plomb ou de zinc.

Orgel démontra par la suite que des chaînes d'acides nucléiques « primitifs » (et même de protéines primitives) pouvaient catalyser la formation de nouvelles chaînes d'acides nucléiques plus longues. Un mécanisme permettant la naissance de la « mémoire » génétique des êtres vivants était ainsi élucidé.

Cependant l'ordre des séquences obtenues est évidemment anarchique. Il ne correspond à aucun « code » biologique. Entre les polynucléotides d'Orgel et un ARN biologique, il y a à peu près la même différence qu'entre

NO GVE NMI HA UESPEMRTS ONAEINEEA ETNLHEUT

et

LA VIE EST UN PHÉNOMÈNE HAUTEMENT ORGANISÉ.

Les lettres de chaque ligne sont pourtant identiques.

On est encore loin des trois millions de paires de nucléotides qui constituent l'ADN d'une bactérie et de la complexité du code génétique.

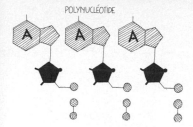

POLYNUCLÉOTIDE

Des molécules qui se reproduisent

Une réaction chimique peut être accélérée par des catalyseurs provenant de l'environnement. Mais il existe aussi des réactions qui s'accélèrent d'elles-mêmes : *les produits de ces réactions catalysent leur propre transformation !* Ce phénomène qui commence lentement et se termine parfois par une brutale explosion est bien connu des chimistes : c'est l'*autocatalyse*.

Un exemple type, celui d'une réaction qui a pu se produire dans des conditions prébiologiques : la synthèse des *porphyrines* [1]. Cette grosse molécule résulte de l'assemblage, par étapes successives, de petites unités très simples (sans doute apparues au cours des premières synthèses organiques) : un acide aminé, la *glycine* et l'*acide succinique* (voir dessin page suivante).

Des milliers de synthèses de ce type ont pu se faire simultanément dans le milieu original [2]. Il existait donc à la fois des éléments de départ et des « pièces détachées » intermédiaires, résultats d'étapes encore inachevées.

Certaines étapes pouvaient cependant être accélérées par des catalyseurs extérieurs comme du *fer,* présent dans le milieu. Mais, les rencontres entre molécules se faisant au hasard, les synthèses restent malgré tout extrêmement

1. La chorophylle (voir pages 54-55), l'hème de l'hémoglobine (voir page 68), les transporteurs d'électrons de la mitochondrie font partie de cette famille des porphyrines.
2. De telles synthèses, après s'être produites dans la « soupe primitive », ou dans l'argile, ont pu s'effectuer à plus grande vitesse *à l'intérieur* des systèmes limités par une membrane.

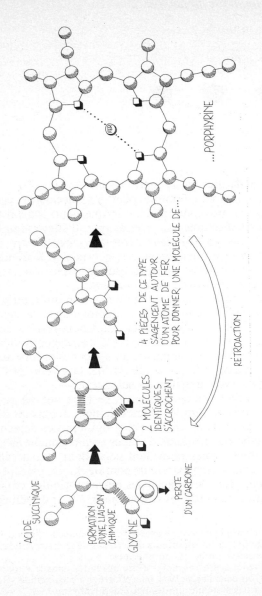

ACIDE SUCCINIQUE

FORMATION D'UNE LIAISON CHIMIQUE

GLYCINE

PERTE D'UN CARBONE

2 MOLÉCULES IDENTIQUES SACCROCHENT

4 PIÈCES DE CE TYPE S'AGENCENT AUTOUR D'UN ATOME DE FER POUR DONNER UNE MOLÉCULE DE....

FER

RÉTROACTION

...PORPHYRINE

lentes. Imaginons cependant qu'au bout d'une très longue durée une première molécule de porphyrine – comportant en son centre un atome de fer – soit achevée. *Étant elle-même un catalyseur d'une prodigieuse efficacité,* elle va immédiatement accélérer la formation d'une deuxième molécule identique. Ces deux porphyrines vont ensuite catalyser la formation de deux autres, qui à leur tour..., etc. Il se forme ainsi rapidement 4, puis 8, 16, 32 porphyrines à partir des « pièces détachées » présentes dans le milieu. Le nombre de molécules de cette espèce augmente très rapidement.

Il en va de même pour les molécules d'ARN qui peuvent accélérer leur propre formation à partir des « pièces détachées ». On peut dire que ce type de molécules se met brusquement à « proliférer ». Comme l'a fait remarquer Melvin Calvin, la notion d'autocatalyse, aussi banale soit-elle, est dans son essence le *concept biologique de reproduction* [1]. Aussi paradoxal que cela puisse paraître, la nature a ainsi « inventé » la reproduction *avant* les organismes vivants.

Des molécules qui conduisent de l'énergie

On a sans doute remarqué, sur les dessins représentant des molécules (voir page 120), que certains atomes étaient reliés par deux et même trois traits, tandis que d'autres ne l'étaient que par un seul. Cela signifie que les atomes peuvent s'attacher par l'intermédiaire d'une, deux ou trois *paires d'électrons,* mises en commun. Ces différents types de liaisons se nomment : liaison simple —, double =, ou triple ≡.

Parmi les quatre-vingt-dix éléments naturels, quelques-uns seulement sont capables de donner des liaisons doubles ou triples *stables.* Ces éléments sont justement ceux qui jouent un si grand rôle dans la matière et les réactions de la vie : le *carbone,* l'*azote,* l'*oxygène* et, dans une certaine mesure, le *phosphore* et le *soufre.*

Ces liaisons multiples sont d'une grande importance

1. Se refaire plus vite que l'original. De nombreux types de molécules originelles possédaient de telles propriétés autocatalytiques.

SQUELETTE, RIGIDE
DE LA MOLÉCULE

GLUCOSE

dans les mécanismes biologiques : la forme spatiale d'une molécule est déterminée par un *squelette rigide* formé de liaisons simples. Les électrons sont prisonniers de ces liaisons et ne peuvent se lâcher sans modifier aussitôt la forme de toute la molécule.

Par contre, dans une liaison double, deux électrons continuent à assurer le lien rigide entre les atomes. Mais les deux autres flottent, libérés, au-dessus et au-dessous de la liaison en constituant une sorte de *petit nuage électrisé* dont les propriétés sont tout à fait particulières.

En effet, plusieurs liaisons doubles peuvent se suivre dans une chaîne d'atomes. Si elles sont séparées les unes des autres par un intervalle régulier (correspondant à une liaison simple) et si elles se trouvent dans un même plan, les électrons de chaque nuage peuvent s'écouler *tout le long de la chaîne par une série de « relais »*.

Si la chaîne se ferme sur elle-même en un cycle (adénine, porphyrine...), les électrons se propagent en *circuit fermé*. Il en résulte un nuage unique, fluide et très mobile qui flotte de chaque côté du plan formé par la molécule plate.

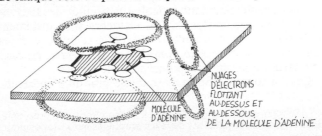

NUAGES
D'ÉLECTRONS
FLOTTANT
AU-DESSUS ET
MOLÉCULE   AU-DESSOUS
D'ADÉNINE   DE LA MOLÉCULE D'ADÉNINE

Des molécules qui possèdent un tel système de relais électroniques basé sur des liaisons multiples sont appelées *molécules conjuguées*. Ces molécules jouent aujourd'hui un rôle immense dans les réactions de la vie.

En effet, un déplacement d'électrons peut être assimilé à un faible courant électrique. Ces molécules conjuguées sont donc capables *de conduire à distance de l'énergie ou de l'information, sans que leur structure en soit modifiée ;* une réaction entre deux groupements fonctionnels, éloignés dans l'espace, pourra se déclencher par leur intermédiaire.

Le Pr D. Pullman, de l'Institut de biologie physico-chimique, à Paris, a remarqué que la quasi-totalité des molécules biochimiques essentielles sont constituées (totalement, ou en partie) de systèmes conjugués. Les *acides nucléiques,* les *protéines,* les *phosphates riches en énergie* possèdent tous – sous une certaine forme – un système de conduction électronique. Beaucoup de *pigments* et de *vitamines* sont également des molécules conjuguées. Comme le remarque le Pr Pullman : « La fluidité essentielle de la vie s'accorde avec la fluidité de la structure électronique de ses composés. » Seuls les *sucres* et les *graisses,* qui sont les réserves en combustible, ne sont pas conjugués.

On peut dire que ces molécules conjuguées préfigurent, à l'échelle moléculaire, la conduction d'énergie et d'information qui se produira à des niveaux plus élevés de complexité, par l'intermédiaire de microtubules ou de fibrilles nerveuses dans les cellules et de vaisseaux et de nerfs dans les organismes supérieurs.

Des molécules qui s'isolent de l'eau

Chacun s'en est aperçu : certains corps se laissent facilement mouiller ; d'autres non. Lorsqu'on veut, par exemple, mélanger de l'huile et de l'eau, on obtient de petites gouttelettes qui se fragmentent, mais ne se mélangent jamais intimement. Comme l'huile ou les graisses, de nombreux corps organiques possèdent des groupements chimiques – généralement porteurs de charges électriques – capables d'attirer les molécules d'eau (groupements hydrophiles) ou, au contraire, de les repousser (groupements hydrophobes).

Certaines molécules peuvent même posséder à la fois (en deux endroits différents ou sur des surfaces opposées) des parties hydrophiles et hydrophobes. En contact avec l'eau, de telles molécules ont des propriétés très particulières.

Prenons le cas des corps gras ou des huiles (les *lipides*). Ces longues molécules possèdent une « tête » hydrophile, constituée par du *glycérol*.

GLYCÉROL

ACIDE GRAS

A cette « tête », s'attachent de longues chaînes formées de nombreux atomes de carbone (les *acides gras*) et constituant la « queue » hydrophobe de la molécule.

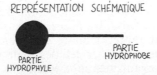

REPRÉSENTATION SCHÉMATIQUE

PARTIE HYDROPHYLE

PARTIE HYDROPHOBE

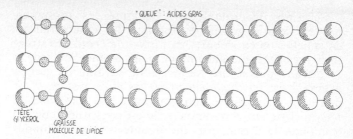

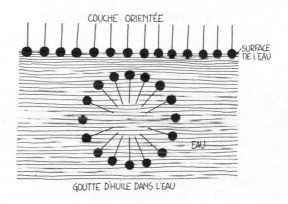

En présence d'eau, ces longues molécules s'orientent de manière que leur « tête » reste en contact avec les molécules d'eau, tandis que leur « queue » s'en éloigne le plus possible. En se serrant les unes contre les autres, ces molécules de lipides forment des couches minces, orientées, séparant le liquide en plusieurs phases.

COUCHE ORIENTÉE

SURFACE DE L'EAU

EAU

GOUTTE D'HUILE DANS L'EAU

Certaines macromolécules, comme les protéines, peuvent aussi se grouper en formant des « membranes » en lamelles ou en globules, et *s'isoler de l'eau.* Ces structures organisées ont une immense importance. Celle de la membrane qui sépare toute cellule vivante du milieu extérieur est *identique chez tous les êtres vivants.* C'est pourquoi son origine doit remonter *très loin dans le temps.* Cette structure universelle est constituée, comme le montre le dessin, par une double couche de lipides dans laquelle sont incluses des protéines.

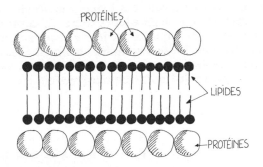

Des structures qui s'auto-organisent

Des molécules préfigurant les mécanismes de base de la vie comme celles que l'on vient de passer en revue peuvent aussi s'assembler en structures plus complexes, véritables édifices supra-moléculaires – par exemple, en couches minces structurées (couche de Langmuir-Blodgett), en nid d'abeille à la surface d'un liquide chauffé (phénomène de Besnard) –, et même s'organiser dans le temps sous la forme d'oscillateurs chimiques, reproduisant un cycle régulier, comme une sorte d'horloge moléculaire (réaction de Belouzov-Zhabothinsky). Pour que cette organisation dans le temps soit possible, il est nécessaire que de telles structures soient traversées en permanence par un flux d'énergie. L'auto-organisation, comme l'ont montré I. Prigogine et Manfred Eigen, du Max-Planck Institute, en Allemagne, est un des résultats de la « dissipation » de l'énergie par ces systèmes ouverts sur leur environnement. C'est ce que l'on appelle des « structures dissipatives ».

Avant d'esquisser l'arbre « généalogique » de l'évolution prébiologique, il faut se poser une question primordiale : comment se fait-il que des molécules aussi complexes que celles que nous venons de voir ne soient pas décomposées au fur et à mesure de leur formation ? On sait en effet que les réactions qui conduisent à la construction de macromolécules complexes sont toujours *réversibles :* elles peuvent se faire dans le sens de la synthèse comme dans celui de la désagrégation du produit formé.

Théoriquement, on aurait donc pu s'attendre à ce que les édifices chimiques qui se constituaient sur la Terre ou dans la soupe primitive se détruisent à la vitesse même à laquelle ils se construisaient. Or il n'en fut rien, la complexité de la matière prébiologique augmentant sans cesse.

Une fois de plus, le facteur essentiel va être la *stabilité dynamique* de ces édifices. Cette stabilité est due à l'apparition de propriétés nouvelles qui ne se manifestent *qu'à partir d'un certain niveau de complexité.* Voyons quelques-unes de ces propriétés :

— Les liaisons intermoléculaires, ou intramoléculaires, qui forcent, par exemple, les protéines à s'enrouler en un « ressort » (ou à se plier en un globule) stabilisent l'édifice tout entier.

— Si une molécule complexe est capable de catalyser la synthèse d'une autre molécule de forme identique, le nombre des individus de cette espèce moléculaire particulière peut augmenter à un taux plus rapide que celui qui correspond à leur vitesse de destruction.

— Si des réactions d'autocatalyse ou de catalyse en chaîne se trouvent incluses dans des cycles et des réseaux étroitement interdépendants, l'ensemble est doté d'une plus grande stabilité dynamique que les éléments indépendants.

La conjugaison stabilise les molécules et les rend à la fois plus solides et plus réactives. Comme nous l'avons vu pour les premiers composés organiques, la stabilité

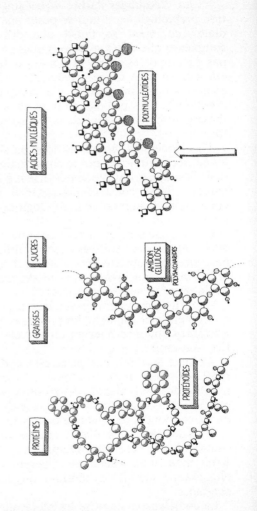

ACIDES NUCLÉIQUES

POLYNUCLÉOTIDES

SUCRES

GRAISSES

AMIDON
CELLULOSE
POLYSACCHARIDES

PROTÉINES

PROTÉNOÏDES

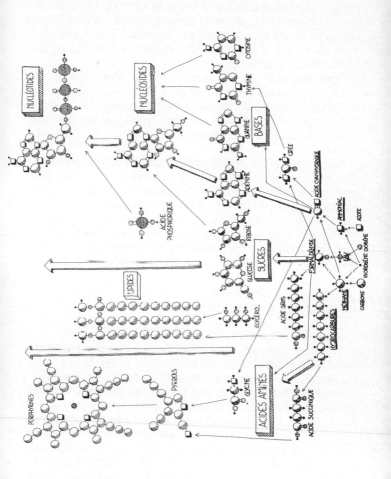

dynamique confère aux molécules *une plus grande probabilité d'existence,* et donc *un plus grand avantage évolutif.*
Les macromolécules, ou les molécules conjuguées, s'imposent, par autosélection, à toute la suite de l'évolution.

A la fin de 1971, de telles propriétés ont pu être quan-
tifiées et mises en équation par Manfred Eigen, ouvrant
ainsi la voie à l'étude mathématique de l'évolution au
niveau moléculaire.

Pour résumer les diverses réactions décrites dans ce
chapitre, et pour mieux suivre la complexification des
molécules organiques formées dans l'atmosphère et dans
l'hydrosphère primitives, on peut tenter de reconstituer
l'arbre évolutif de cette première période de l'histoire de
la vie.

Cet arbre a été établi grâce aux filiations prébiologiques récemment démontrées en laboratoire. Il ne pré-
tend pas rendre compte rigoureusement, et dans l'ordre
chronologique, de ce qui s'est effectivement passé aux
premiers âges de la Terre. Il donne cependant un aperçu
de la tâche que la biochimie évolutive aura à accomplir
(certains atomes – en particulier d'hydrogène – ne sont
pas représentés, pour éviter de surcharger le tableau).

D'étranges gouttelettes prévivantes

Les substances organiques complexes qui s'accumulent
sur le sol et dans les mers de la Terre primitive semblent
posséder des propriétés qui préfigurent celles de la vie. Et
pourtant... on est encore bien loin des premiers organismes vivants. Prenons une image : les pièces détachées
du premier moteur existent, mais ce n'est pas en les rassemblant en désordre dans une caisse que ce moteur va
se mettre à tourner. De même, il serait absurde de penser
que des macromolécules isolées aient pu se perfectionner, *indépendamment les unes des autres,* jusqu'à devenir
« vivantes ». Le perfectionnement de chaque pièce et de
chaque organe moléculaire du « moteur cellulaire » n'a
pu résulter que de la lente évolution d'un *ensemble intégré,* c'est-à-dire d'un *système.*

Une des étapes essentielles de l'évolution prébiologique a été l'intégration et la coordination – au sein de minuscules gouttelettes de matière organique – de réactions chimiques et de molécules fondamentales, présentes dès la formation de notre planète.

C'est au cours de l'évolution de ces gouttelettes prévivantes qu'ont sans doute été sélectionnés les processus de base du métabolisme et le code génétique communs à tous les êtres vivants.

Les hypothèses d'A.I. Oparine permettent, à partir de deux constatations, de franchir le fossé qui sépare les macromolécules des premières cellules :

– La vie n'est pas dispersée dans l'environnement. Tout être vivant est un individu autonome, séparé du monde extérieur par une membrane ou une peau.

– Les réactions chimiques qui se réalisaient au sein de la « soupe primitive » étaient désordonnées, anarchiques. Or la vie présente des suites *coordonnées* et *synchronisées* de réactions se succédant en séquences rigoureusement ordonnées dans l'espace et dans le temps.

Pour Oparine, c'est la preuve que les propriétés caractéristiques de la vie ont dû apparaître graduellement dans des systèmes très simples et microscopiques, mais néanmoins *complets,* séparés du monde extérieur par une membrane protectrice et assujettis pendant des millions d'années à la sélection naturelle. De ce fait, les systèmes capables de s'autoconserver – et donc de survivre – *se sélectionnaient d'eux-mêmes.*

Voici comment on peut envisager aujourd'hui la formation naturelle de ces prototypes de cellules.

Au sein de la « soupe chaude primitive », riche en substances organiques, dans les zones riches en argiles, certaines molécules sont capables de grandir rapidement, sous l'effet d'une source extérieure permanente d'énergie et de catalyseurs minéraux (voir page 117). Parvenues à une taille suffisante, ces macromolécules en solution ont la propriété de s'agglomérer les unes aux autres pour former des agrégats complexes, de deux cents à mille fois plus gros qu'une macromolécule isolée. Ce phénomène est celui de la *coacervation.* Les agrégats formés s'appellent des *coacervats.*

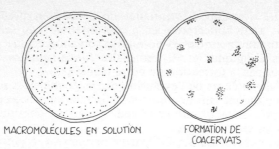

MACROMOLÉCULES EN SOLUTION   FORMATION DE
                                  COACERVATS

On connaissait ce phénomène depuis longtemps, et l'on savait parfaitement le réaliser en laboratoire. Mais c'est Oparine qui a attiré l'attention sur l'importance nouvelle qu'il prend dans le contexte de l'origine de la vie.

Grâce à la coacervation, toutes les macromolécules, qui se trouvaient auparavant dispersées dans la masse liquide, *se concentrent en des points localisés.*

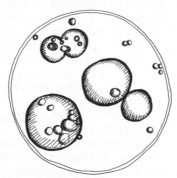

GOUTTELETTES DE
PROTÉINES HYDRATÉES
ANALOGUES À DES COACERVATS

Mais il est également fort possible, comme l'a suggéré S.W. Fox, que des molécules géantes se soient constituées à la surface de la Terre chaude et sèche, et non au sein de la « soupe primitive ». Ces macromolécules ont pu être ensuite entraînées par les pluies, et transportées dans les mers où elles se sont accumulées sous forme de myriades de *petits globules creux,* de la taille d'une bactérie.

Ces coacervats et ces globules peuvent-ils être obtenus en laboratoire ?

On les obtient facilement en dissolvant dans l'eau une protéine (comme la gélatine ou l'albumine) et de la gomme arabique. Si l'on ajoute un peu d'acide, le liquide se trouble ; des milliers de gouttelettes, visibles au microscope ordinaire, apparaissent : ce sont les coacervats. Leur formation est probablement due à l'existence de charges électriques portées par les macromolécules [1]. Ces charges attirent des molécules d'eau. Ces molécules forment à leur tour une « peau » capable d'isoler les agrégats du milieu.

La taille des coacervats est comprise entre celles des plus petites et des plus grandes cellules connues ; c'est-à-dire, entre deux microns et un demi-millimètre environ.

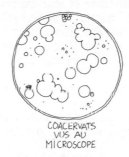

COACERVATS
VUS AU
MICROSCOPE

Pour Fox, les chances de formation spontanée de molécules géantes, comme les protéinoïdes, devaient être plus grandes sur la Terre chaude que dans les mers primitives. Pour confirmer cette hypothèse, il avait préparé des protéinoïdes en chauffant un mélange d'acides aminés ; mais son expérience allait plus loin.

Fox prit quinze milligrammes de protéinoïdes nouvellement obtenus et les plaça dans environ trois millilitres d'eau chaude, légèrement salée. En refroidissant cette solution, il constata la formation d'un *très grand nombre*

---

1. « Des molécules qui s'isolent de l'eau ». Les macromolécules de protéine possèdent des groupements hydrophiles et hydrophobes.

de petites sphères individuelles. Fox évalua leur nombre à environ cent millions à un milliard d'unités distinctes ; ce qui est considérable pour seulement quinze milligrammes de matière organique. Ces petits globules, Fox les appela des *microsphères.*

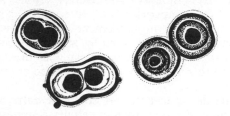

Ces microsphères ont un diamètre moyen d'environ deux microns. Leur taille et leur aspect rappellent étonnamment certaines bactéries sphériques appelées *cocci.* Les microsphères peuvent être observées au microscope ordinaire et au microscope électronique. Fox et ses collaborateurs ont remarqué l'existence de « doubles membranes ».

Différence essentielle entre les coacervats d'Oparine et les microsphères de Fox : les coacervats sont obtenus à partir de protéines biologiques, tandis que les microsphères se forment à partir de protéinoïdes non biologiques.

Les expériences de Fox ont mis en lumière deux faits inattendus : la capacité d'*auto-organisation* des protéinoïdes et la *rapidité* avec laquelle il est possible de passer des acides aminés aux protéinoïdes (quelques heures) et des protéinoïdes aux microsphères (quelques minutes). D'immenses quantités de globules protéiques ont donc pu se constituer *dès la formation de notre planète* (à partir d'une masse de matière organique autrement plus importante que les quinze milligrammes de Fox !) et dans des conditions de l'évolution géochimique qui furent, par la suite, irréversiblement modifiées.

Ces globules sont des structures pseudo-biologiques : elles présentent une certaine ressemblance avec les cellules vivantes mais sont dépourvues du dynamisme énergétique qui caractérise la vie. On distingue généralement les modèles obtenus en laboratoire (microsphères, coacervats) des systèmes naturels primitifs que l'on nomme *éobiontes* ou *protobiontes*. Pour simplifier, nous les appellerons : microgouttes.

Les microgouttes possèdent déjà des propriétés qui ressemblent à celles des cellules vivantes.

– Les microgouttes sont des individualités distinctes du milieu environnant. Jusqu'alors, l'évolution de la matière organique était fondue dans celle du milieu primitif. Avec les microgouttes apparaissent, pour la première fois, des *unités individuelles*.

– Il y a formation d'un *milieu intérieur*. Les réactions chimiques disséminées dans tout le volume aqueux vont se produire désormais entre *deux domaines distincts :* l'intérieur des microgouttes et l'environnement.

– Il se crée des échanges sélectifs de substances à travers la membrane rudimentaire.

– La structure chimique interne de chaque microgoutte lui est propre.

– Par conséquent, chacune pourra avoir, dans le temps, une destinée différente de celle de ses voisines. Chaque système pourra ainsi *durer, évoluer* ou *disparaître*.

Des microgouttes aux ancêtres des cellules

En se fondant sur la théorie d'Oparine, on peut considérer cinq étapes [1] successives de la transformation des microgouttes en organismes primitifs. La première sélection s'est sans doute produite entre les gouttes les plus stables, capables par conséquent de durer plus longtemps, et celles qui, trop fragiles, ont rapidement disparu. Certains systèmes se dissolvent et ne jouent aucun rôle dans la suite de l'évolution ; d'autres maintiennent

1. Ces étapes sont encore hypothétiques. Elles représentent cependant une base de travail solide et qui a reçu de nombreuses confirmations expérimentales.

au cours du temps la solidité de leur membrane et la constance de leur composition interne.

Les microsphères de Fox sont très stables. On peut les chauffer, les centrifuger, les découper en fines lamelles. Elles conservent leur forme pendant des semaines et, sans doute, indéfiniment. De plus, les microsphères réagissent différemment suivant les conditions physiques ou chimiques du milieu. Lorsqu'on les agite, elles se fragmentent en gouttelettes plus petites, comme de l'huile en émulsion dans l'eau. On peut donc penser, avec Oparine, que sous l'influence de *causes externes*, comme le vent, les vagues de l'océan ou des frottements de toutes sortes, le nombre de microgouttes statiques, mais très stables, augmentait sans cesse.

Cependant cette stabilité statique ne va pas durer. En effet, des substances chimiques traversent la membrane et réagissent à l'intérieur de la microgoutte en modifiant sa composition interne.

La « soupe chaude primitive » était probablement très riche en molécules organiques, proches de celles qui participaient à la structure même des gouttelettes. Certaines petites molécules comme l'eau, le glucose, ou les acides aminés, passaient facilement à travers la membrane ; d'autres, même en concentration importante à l'extérieur, ne pénétraient pas dans la goutte. Ainsi s'amorcent les réactions d'échange chimique, de diffusion et d'osmose propres aux cellules vivantes, et préfigurant la nutrition des êtres plus évolués. Les microgouttes peuvent être considérées comme les *premiers hétérotrophes*.

Quelles vont être les conséquences de cette pénétration de substances chimiques dans la goutte ?

En raison de la plus forte concentration des réactifs, certaines réactions – qui ne se réalisaient pas, ou qui se réalisaient très lentement, dans le milieu environnant – vont se produire plus facilement à l'intérieur de la goutte. Des produits nouveaux pourront s'y accumuler ou être rejetés à l'extérieur. Certaines réactions vont libérer de l'énergie ; progressivement, vont donc s'enclencher les premiers maillons d'un métabolisme rudimentaire.

Mais toutes ces transformations ont une profonde influence sur la destinée individuelle de chaque microgoutte.

En effet, la structure et la composition de chaque système pouvaient être légèrement différentes de celles du système voisin. Telle microgoutte contiendra des ions métalliques pouvant catalyser certaines réactions ; telle autre possédera une plus forte concentration en un type particulier de molécule. Il se crée ainsi une relation étroite entre l'*organisation interne* d'une microgoutte donnée et la *nature* de la transformation chimique qui s'y déroule. Des réactions trop fortes pourront *détruire* la microgoutte tandis que d'autres favoriseront sa stabilité dynamique, donc ses chances d'existence.

Seules les microgouttes qui possédaient les réactions chimiques internes et une organisation moléculaire *favorables à leur survie* pouvaient acquérir – dans les conditions qui régnaient dans le milieu primitif – *une existence plus ou moins longue*. On comprend comment ont été progressivement sélectionnés les processus de base qui permettent aujourd'hui à tous les organismes de se maintenir en vie.

Par un échange permanent de matière et d'énergie avec l'environnement, les microgouttes primitives s'affirment comme des *systèmes ouverts* caractéristiques des organismes vivants. Tous les organismes vivants sont en permanence traversés par un courant de matière et d'énergie provenant de l'extérieur, et grâce auquel ils se maintiennent en vie : c'est la propriété d'autoconservation. De

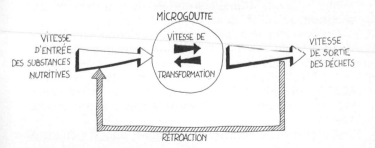

tels organismes s'appellent des *systèmes ouverts.* Cette notion est extrêmement importante. La Terre et les océans primitifs pouvaient aussi être considérés comme des *systèmes ouverts* au sein desquels des molécules complexes (et donc *improbables* au regard de la thermodynamique classique) pouvaient cependant s'accumuler, durer et se complexifier davantage. C'est une nouvelle thermodynamique dite des processus irréversibles et dont I. Prigogine a été à la base, qui s'applique à ces réactions se déroulant loin de l'état d'équilibre.

Dans les systèmes ouverts primitifs – déjà caractéristiques de la vie – que sont les microgouttes hétérotrophes, l'entrée de substances riches en énergie provenant de l'extérieur et le rejet dans ce même milieu de composés formés à l'intérieur, crée un *flux continu.* Ce flux compense en permanence – par un apport d'énergie « fraîche » – l'énergie « usée » par le système.

De façon plus technique, on pourrait dire que, grâce à l'entropie négative (ou à la neg-entropie) fournie par les « aliments », l'entropie interne des systèmes ouverts se maintient à un niveau relativement bas malgré l'accroissement irréversible de l'entropie de l'environnement. Ces systèmes peuvent *diminuer localement l'entropie,* et même évoluer vers des états de plus haute complexité.

Contrairement aux systèmes isolés où les conditions finales sont déterminées par les *conditions initiales,* des systèmes ouverts identiques peuvent atteindre un état final à partir de *conditions initiales différentes* et par des voies également différentes. Ces systèmes semblent donc tendre vers une « finalité » qui est le maintien de leur propre structure et, donc, de leur existence.

Les systèmes *stabilisés* par autorégulation avaient plus de chance, au cours de l'évolution prébiologique, d'être conservés par la sélection naturelle.

Les biochimistes ont réussi, en laboratoire, à induire dans des systèmes très simples, comme des microsphères ou des coacervats, des processus vitaux d'autoconservation.

A.I. Oparine a montré, par exemple, que, si l'on introduit dans un coacervat un catalyseur (qui accélère habituellement la transformation du glucose en amidon), le glucose-phosphate placé dans le milieu extérieur est rapidement « pompé » dans la goutte, tandis que de l'amidon s'accumule à l'intérieur.

Si on introduit ensuite dans la goutte un catalyseur qui détruit la chaîne d'amidon, on retrouve dans le milieu environnant du *maltose,* produit habituel de dégradation de l'amidon.

Si les deux catalyseurs sont en présence dans des proportions convenables, l'amidon se construit et se détruit à la même vitesse : le système ouvert formé est en *équilibre dynamique.* Un excès du premier, et l'amidon s'accumule : la goutte grossit de plus en plus. Un léger excès du second, et l'amidon se dégrade : la goutte est rapidement détruite.

En se fondant sur les théories d'I. Prigogine relatives à la thermodynamique des systèmes irréversibles, le Pr R. Buvet, du laboratoire de chimie générale de l'École supérieure de physique et de chimie industrielles de la ville de Paris, a induit dans des coacervats des réactions métaboliques élémentaires Il a constaté que des réactions de transport et de conversion entre le coacervat et son milieu, par simple équilibre d'échange, entraînaient des modifications électro-chimiques dans tout le milieu environnant et qu'il se créait ainsi un véritable proto-métabolisme.

Dans les systèmes ouverts il peut y avoir accumulation interne d'une substance chimique. La goutte pourra donc grossir et se fragmenter – cette fois en raison de *causes internes* – en gouttelettes plus petites. Toutes les gouttes nouvellement formées n'auront pas forcément la même composition chimique, ni la même structure. Dans certaines, les catalyseurs favorables à la croissance et à la conservation de la microgoutte pourront se trouver dans les « bonnes » proportions. D'autres auront hérité de composés défavorables et seront détruites. Seules les microgouttes les plus perfectionnées sont ainsi conservées et leur nombre ne cesse d'augmenter.

Il faut se représenter l'évolution de ces hétérotrophes

primitifs comme une gerbe d'évolutions individuelles. Ces systèmes simples n'ont pas encore de continuité génétique ; ils ne forment pas de lignées comme les espèces animales. Pourtant, dans une population de microgouttes – évoluant dans un environnement contenant une quantité limitée de matières nutritives –, une sorte de compétition se crée ; compétition passive, il est vrai, mais compétition tout de même. Car certains systèmes survivent et d'autres disparaissent à jamais. Ce sont là des principes de base de la sélection naturelle mise en évidence par Darwin.

Quand plusieurs espèces animales sont en compétition, les plus avantagées (par conséquent celles qui ont le plus de chances d'être conservées par la sélection naturelle) sont celles qui possèdent : une plus longue durée de vie ; un taux de prolifération rapide ; la possibilité de faire disparaître leurs concurrentes.

A un niveau extrêmement rudimentaire, ces caractères se retrouvent dans une population de microgouttes en évolution. C'est la « lutte pour la vie » avant la vie...

3. Le jaillissement des êtres vivants

Dans les océans originels, les populations de microgouttes continuent de croître et de se diviser. Déjà s'amorcent les premières chaînes d'un métabolisme rudimentaire. Peu à peu se dessinent, puis se précisent, les grandes fonctions d'*autoconservation,* d'*autoreproduction* et d'*autorégulation* qui sont la marque de la vie.

Pour mieux comprendre les grandes étapes de cette évolution – qui dura probablement de un à deux milliards d'années après la formation de notre planète – il faut distinguer trois parties essentielles [1].

La première étape aura trait à l'énergie. Elle permettra de voir comment les premiers organismes ont pu maîtriser, puis contrôler les processus énergétiques fondamentaux : fermentation, photosynthèse, respiration [2].

La seconde se rapportera à la vitesse et à la régulation des réactions chimiques internes. Elle mettra en évidence le rôle essentiel des enzymes.

Enfin, la dernière décrira la « prise en charge » de l'ensemble de ces processus par une « administration » modèle : celle des acides nucléiques. Elle montrera comment ont pu se perfectionner les mécanismes qui ont permis à la vie de se propager et d'évoluer.

Peu à peu, les microgouttes vont faire place aux proto-organismes, plus perfectionnés, ancêtres des bactéries et des algues.

---

1. Cette division a pour but de faciliter l'exposé. Elle ne correspond pas à une chronologie réelle, qui reste encore hypothétique.

2. Ces processus ayant déjà été décrits au chapitre « Comment fonctionne une cellule ? » (page 45), on ne considérera ici que leur ordre d'apparition et les modifications qu'ils ont entraînées dans le milieu.

L'amorce des grandes fonctions vitales

Au fur et à mesure que les structures et l'organisation intérieure et extérieure des microgouttes se perfectionnent, la quantité d'énergie « fraîche » destinée à maintenir l'ordre de l'ensemble devient de plus en plus importante. Cette énergie est représentée par les matières organiques dissoutes dans les océans primitifs. Ces substances pénètrent de façon continue dans le milieu intérieur des microgouttes. Elles s'y transforment chimiquement en libérant l'énergie qu'elles renferment. Généralement de telles réactions se font au hasard, par choc entre deux molécules. Plus la température est élevée, plus les molécules s'agitent et se bousculent, et plus les chances de choc efficace sont grandes. Cependant, une trop forte élévation de température (qui facilitait certaines réactions à la surface de la Terre chaude ou à proximité des volcans) risquerait désormais de détruire des édifices moléculaires fragiles comme les microgouttes. L'*énergie d'activation,* capable de promouvoir les premières réactions vitales, doit donc se situer à un niveau intermédiaire. Or des *activateurs chimiques* (comme l'ATP), ou des *catalyseurs,* peuvent abaisser cette énergie d'activation et permettre à ces réactions de se dérouler à une température très modérée, compatible avec la conservation des premiers organismes.

C'est grâce à eux qu'ont pu s'amorcer les processus d'autoconservation, premiers engrenages de la machinerie du métabolisme. On va retrouver deux molécules essentielles, le glucose et l'ATP, probablement très abondantes dans le milieu où évoluaient les premiers hétérotrophes.

Le point de départ est la molécule de glucose. Seule, cette molécule n'est pas assez réactive pour déclencher une réaction : elle doit être activée par l'ATP qui la transforme en *glucose-phosphate.*

Mais dans ce processus le précieux ATP a *cédé son*

énergie ; il s'est « déchargé » et se retrouve maintenant sous forme d'ADP (voir page 52). Comment pourra-t-il être rechargé ? Cela va être le rôle de la *fermentation,* combustion lente du glucose en l'absence d'oxygène. Cette réaction, grâce à laquelle se fabriquent le vin, la bière ou le cidre, était connue depuis fort longtemps, mais les premiers biochimistes qui l'étudièrent ne pensèrent sans doute pas qu'elle avait pu être une des premières réactions énergétiques vitales. Au cours de cette réaction, le sucre des jus de fruits se transforme en *alcool* avec production de *chaleur* et dégagement de *gaz carbonique* (voir détails en Annexe 3).

L'observation du déroulement de la réaction de fermentation conduit à deux remarques importantes :

La fermentation peut s'effectuer *en dehors de tout organisme vivant,* dans une simple solution contenant les onze enzymes qui catalysent les étapes successives de la dégradation de la molécule de glucose. Il est donc fort possible que cette réaction libératrice d'énergie se soit produite avant la vie, soit dans le milieu primitif, soit plus probablement dans les microgouttes hétérotrophes des anciens océans. Ce ne serait que progressivement que des catalyseurs de plus en plus spécifiques auraient accéléré chaque étape, permettant à l'ensemble de la réaction de se faire dans un temps très court.

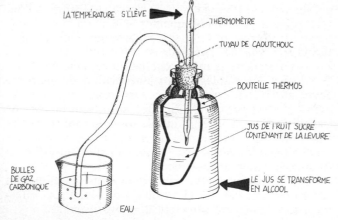

LA TEMPÉRATURE S'ÉLÈVE — THERMOMÈTRE

TUYAU DE CAOUTCHOUC

BOUTEILLE THERMOS

JUS DE FRUIT SUCRÉ CONTENANT DE LA LEVURE

LE JUS SE TRANSFORME EN ALCOOL

BULLES DE GAZ CARBONIQUE

EAU

La fermentation est identique au processus de *glycolyse,* première étape de la respiration (voir page 62), au cours de laquelle le glucose était transformé en deux fragments contenant chacun trois carbones. Glycolyse et fermentation se déroulent en l'*absence d'oxygène.* On peut ainsi penser que les réactions de fermentation ont débuté, alors qu'il n'y avait pas encore d'oxygène moléculaire sur la Terre ou dans les eaux. La respiration, plus récente, étant venue s'ajouter à des mécanismes déjà existants.

Les déchets de la fermentation (alcool, acide lactique, gaz carbonique) s'accumulent dans le milieu. Certains sont toxiques, d'autres contiennent une part encore importante d'énergie non utilisée. Cette modification du milieu va avoir d'importantes conséquences. La sélection et l'adaptation des organismes primitifs conduira progressivement à la photosynthèse et à la respiration.

Mais de telles réactions productrices d'énergie doivent être régulées. Dans la cellule, c'est le rôle des enzymes. Comment ces catalyseurs biochimiques ont-ils été peu à peu sélectionnés au cours de l'évolution prébiologique ?

Les différents enzymes qui agissent sur chaque étape peuvent être comparés à des ouvriers travaillant à la fabrication d'une importante molécule sur plusieurs chaînes de montage intégrées dans un réseau. Chaque ouvrier effectue un travail précis : il assemble les pièces qui lui arrivent d'un côté ; il les passe, de l'autre, à l'ouvrier suivant. On conçoit que non seulement la *vitesse de travail* de chaque ouvrier soit importante, mais aussi la *synchronisation* de cette vitesse avec celle de tous les autres ouvriers de la même chaîne. Et ce n'est pas tout : la vitesse d'assemblage dans une chaîne de montage devra aussi être synchronisée avec celle de *toutes les autres chaînes parallèles.* En effet, si un seul ouvrier ne travaille pas assez vite, il retarde toute la chaîne. Si une chaîne va trop vite, le produit semi-fini ne pourra être traité au même rythme par les chaînes suivantes. Il s'accumule. Il y aura engorgement.

Cette image peut être transposée dans la cellule, au niveau moléculaire. Là, des milliers de réactions s'effectuent simultanément sans retard ni engorgement.

Le rôle des enzymes est d'accélérer, de synchroniser et de réguler cet ensemble de réactions.

Le centre fonctionnel de l'enzyme, où se déroulent les réactions chimiques, est le *site actif.* En cet endroit particulier du « corps » de l'enzyme, les réactifs sont maintenus en place, à bonne portée des « outils chimiques » du site actif. Cela permet à la transformation de se faire à très grande vitesse, par simple réaction de voisinage entre deux groupements fonctionnels (plutôt que par choc désordonné) et sans une trop grande dépense en énergie d'activation.

Mais les enzymes sont très spécialisés. Chacun d'eux ne « sait » catalyser généralement qu'un seul type de réactions. Comment fait-il alors pour « reconnaître » et « trier » les molécules qu'il transforme habituellement ?

On a récemment démontré que les enzymes et leur *substrat* (les molécules sur lesquelles ils agissent) « communiquent » en échangeant de l'information par une sorte de « langage moléculaire ». Le support de ce proto-langage n'est autre que la *forme* géométrique des molécules. Les enzymes « reconnaissent » les informations qui les concernent, car ils en portent la « mémoire » inscrite dans leur site actif. Une serrure constitue aussi une sorte de « mémoire » qui conserve « en creux » la forme de la clef. Un enzyme particulier possède également « en creux », dans la structure chimique de son site actif, la forme des molécules sur lesquelles il agit : *l'un et l'autre sont complémentaires.*

A titre d'exemple, le dessin de la page suivante illustre le fonctionnement d'un enzyme.

Le substrat retrouve sa place complémentaire sur le site actif (1). La réaction de coupure se réalise dans un temps très court (2). Les nouvelles molécules quittent le site actif. L'enzyme libéré est prêt à réagir à nouveau (3) (la même réaction peut se faire à l'envers).

Une fois la molécule détachée du site actif, l'enzyme, inchangé, est prêt – comme tout catalyseur – à réagir à nouveau. Si le site actif est perturbé, l'enzyme devient inactif ; il ne « reconnaît » plus son substrat ; par contre, dans un tube à essai, un enzyme intact peut catalyser

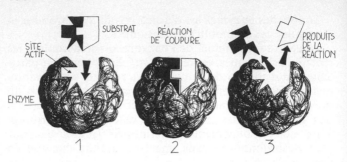

indéfiniment une réaction chimique identique à celle qui se déroulerait dans l'organisme.

La plupart des enzymes possèdent *plusieurs sites* pouvant se lier avec des molécules de formes différentes. Ces molécules jouent le rôle d'*activateurs* ou d'*inhibiteurs* du site actif proprement dit. Sous l'effet de ces molécules – agissant comme des signaux – ou sous l'effet d'« excitations » diverses (électrons ou photons) amplifiées par conjugaison électronique, les enzymes *modifient mécaniquement leur configuration spatiale :* ils se contractent ou changent de forme et de propriétés chimiques [1]. L'enzyme reçoit et intègre ainsi plusieurs informations en même temps. Il n'agit pas comme un interrupteur qui n'aurait que deux positions : ouvert ou fermé. Il « répond » de manière plus souple aux modifications de son environnement en modulant son activité [2].

Ainsi, les enzymes sont capables de mémoriser des informations, de modifier mécaniquement leur structure en fonction d'informations reçues, ou de restituer des informations modifiées. On pourrait les comparer à des micro-ordinateurs biologiques. Comment ces automates moléculaires, produits d'une lente évolution, ont-ils été sélectionnés ?

1. De tels enzymes sont dits *allostériques.* La théorie de l'*allostérie,* proposée par le Pr J. Monod, de l'Institut Pasteur, a déjà été éprouvée avec succès.
2. On comprend maintenant comment peut fonctionner le système de *régulation chimique* (répresseur-opérateur) dont nous avions parlé pages 90 et 91.

En se fondant sur les propriétés d'auto-organisation des protéinoïdes et les mécanismes de sélection des microgouttes, on peut esquisser un dessin d'ensemble. Une fois de plus, le facteur déterminant va être la *vitesse des réactions.*

Les composés chimiques qui participent, dans un même système, à des réactions parallèles, sont transformés dans la direction où ils peuvent *réagir le plus rapidement.* Il y a, en effet, une immense différence entre deux réactions de même nature, mais qui se feraient l'une en quelques millièmes de seconde et l'autre en dix ans ! Dans un organisme vivant ou prévivant, la réaction qui se fait lentement ne joue aucun rôle dans le métabolisme. Cette règle fondamentale se répercute sur tout le système. Dans un milieu fermé où des myriades d'organismes primitifs coexistent et sont en compétition passive, le flux de matière et d'énergie le plus important traversera le système le plus dynamique, c'est-à-dire celui qui possédera *la plus grande vitesse globale de transformation chimique interne.*

Si leur dynamisme est compatible avec leur auto-conservation, ces systèmes vont ainsi drainer à leur profit une grande quantité de matières organiques nutritives, « affamant » littéralement les « concurrents » à métabolisme plus lent. Ces « concurrents » ne tarderont pas à être *éliminés.* Seuls les organismes les plus dynamiques, *possédant par conséquent les catalyseurs les plus efficaces,* ont été conservés par la sélection naturelle.

L'origine du code génétique

Parmi les myriades de proto-organismes en évolution, les premiers capables de se reproduire en donnant deux copies exactes d'eux-mêmes imposèrent définitivement leur organisation à toute l'évolution ultérieure de la vie. En proliférant, ils écrasèrent sous leur nombre les autres organismes moins évolués et incapables de se reproduire. La première question qu'il faut se poser est la suivante : les étonnants mécanismes de duplication de l'ADN, de la transcription du code génétique, de la synthèse des protéines peuvent-ils se manifester *en dehors des êtres vivants ?* Une telle question est capitale : si la réponse est négative parce que ces processus dépendent d'un « principe vital », alors il est inutile de rechercher comment ces mécanismes ont pu apparaître pour la première fois en l'absence de la vie. Leur origine restera à jamais un mystère. Par contre, si la réponse est affirmative, le champ qui s'ouvre à l'observation et à l'expérience est immense.

Des expériences désormais historiques ont démontré que ces processus essentiels pouvaient se faire dans une éprouvette.

Cette brillante série commença en 1957 avec la célèbre expérience d'A.L. Kornberg, prix Nobel de médecine 1959 (à cette époque à l'université Washington, à Saint Louis). Il réalisa dans un tube à essai l'autoréplication de l'ADN, à partir de ses constituants chimiques, d'un enzyme et d'une petite quantité d'ADN, utilisée pour « amorcer » la réaction. Pour illustrer cette technique expérimentale, propre à la biologie moléculaire, voici, en quelques dessins, deux expériences analogues : celle de

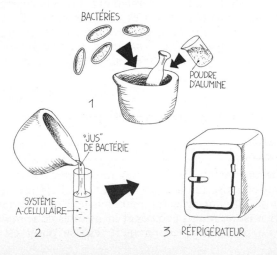

M.W. Nirenberg (1961), du National Institute of Health (États-Unis), qui a permis de déchiffrer le code génétique, et celle de S. Spiegelman (1965), de l'Université de l'Illinois, qui a été à la base des découvertes sur les virus à ARN et leur rôle dans certains cancers (voir les dessins pages 161 à 163).

Des cellules de colibacille sont finement et soigneusement broyées dans un mortier, avec de la poudre d'alumine (1). Le « jus » formé est placé dans un tube à essai (2). Ce « jus » est appelé : système a-cellulaire *(cell-free system)*. Il contient tous les ingrédients nécessaires à la fabrication d'une protéine [1]. Fortifié avec des substances riches en énergie (ATP), il attache des acides aminés en une protéine. Cette synthèse peut être stoppée par destruction chimique de l'ADN et de l'ARN de l'extrait, et déclenchée à nouveau par addition d'ARN messager. Ce système a-cellulaire peut être stabilisé et conservé plusieurs semaines sans perdre son activité (3).

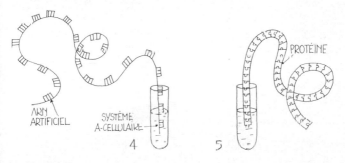

Nirenberg synthétise un ARN artificiel, comportant uniquement – au lieu des quatre bases habituelles A, G, C et U – la base uracile (poly-U). Donc le seul « triplet [2] » possible est UUU. Quel est l'acide aminé qui correspond à ce code ? L'ARN artificiel est introduit dans le système a-cellulaire. Sur les 20 acides aminés présents, un seul est

1. ADN, ARN, ARN de transfert, acides aminés, ribosomes, enzymes, sels minéraux.
2. Un triplet est un « mot » du code génétique formé d'un groupe de 3 bases et correspondant à un acide aminé particulier.

marqué par radioactivité. Les 19 autres sont normaux (il y a donc 20 tubes : chacun renfermant un acide aminé marqué – différent dans chaque tube – et 19 normaux) (4). Une protéine est synthétisée par le système, conformément au code artificiel introduit dans le tube (5). Cette protéine est constituée par l'enchaînement d'un seul type d'acide aminé : la _phénylalanine_. Dans le code de la vie phénylalanine s'écrit : UUU.

Le virus Q-bêta attaque la bactérie _Escherichia coli_. Ni le virus ni la bactérie ne contiennent l'enzyme qui sert à la reproduction du virus (1). Cet enzyme (la _réplicase_) apparaît dans la bactérie, dès qu'elle est infectée par le virus (2). L'enzyme « réplicase » est extrait de la bactérie et soigneusement purifié (3).

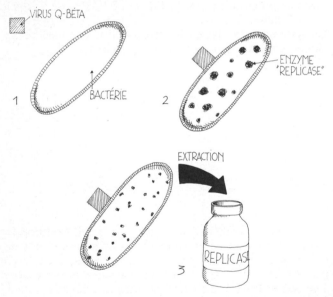

La « réplicase » purifiée est placée dans un tube à essai. On y ajoute les quatre nucléotides – à partir desquels se construit l'ARN – puis des sels de magnésium (4). Spiegelman ajoute à ce mélange très simple une faible quantité d'ARN infectieux du virus Q-bêta (5). Cet

ARN se reproduit à plusieurs exemplaires avec catalyse par la « réplicase » et à partir des quatre sortes de pièces détachées (les quatre nucléotides). Cette réaction est autocatalytique.

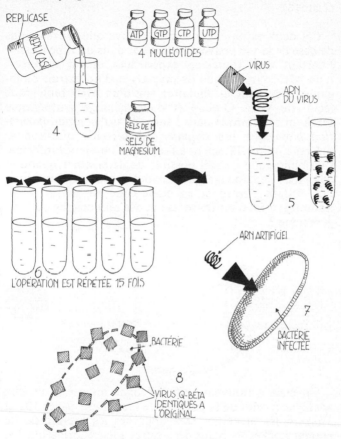

Cette expérience est répétée quinze fois. A chaque fois l'ARN artificiel est introduit dans un mélange identique où il sert de « germe » (6). A la fin de la quinzième opération, les chances pour qu'il y ait encore de l'ARN original sont nulles. L'ARN artificiel fabriqué dans le quinzième tube est soigneusement purifié, puis injecté à la bactérie *Escherichia coli* (7). Cet ARN a conservé tout son pouvoir infectieux : la bactérie est rapidement envahie par les virus Q-bêta identiques à l'original : puis elle éclate (8).

Ces deux expériences sont la preuve que les réactions de base de la vie peuvent s'effectuer dans un tube à essai. Pourtant, dans toutes ces expériences, on est parti, soit d'un ARN synthétique (le poly-U) et d'un extrait biologique (le système a-cellulaire), soit d'un ARN biologique (celui du virus Q-bêta) et d'un mélange synthétique. Dans un cas comme dans l'autre on utilise une *information biologique préexistante.* La seconde question se présente immédiatement à l'esprit : d'où vient l'information biologique ? Est-il possible de déterminer quand et comment l'engrenage vital, acides nucléiques-protéines, l'un codant l'autre et en étant codé en retour, a pu s'amorcer ? En d'autres mots : quelle est l'origine du code génétique ?

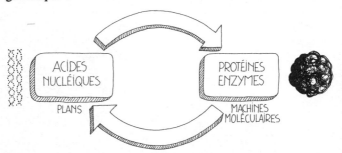

On était à nouveau enfermé dans un cercle vicieux analogue à celui de la poule et de l'œuf (voir pages 101 et 102). Si les protéines sont apparues les premières, où étaient stockés les plans nécessaires à leur fabrication ? Si ce furent les acides nucléiques, comment les informations précises qu'ils renferment ont-elles été assemblées à l'échelle moléculaire, sans les protéines ?

C'est récemment que des expériences déterminantes ont permis de briser ce cercle vicieux. En janvier 1986, un article appelé à faire date dans l'histoire de l'origine de la vie paraissait dans la revue américaine *Science*. Deux chercheurs, Thomas R. Cech et Arthur J. Zaug, de l'Université du Colorado, démontraient pour la première fois que la molécule d'ARN peut être à la fois le support de l'information génétique et un enzyme intervenant dans sa propre transformation. C'est-à-dire qu'une même molécule peut être une mémoire biologique et un catalyseur. Alors que, jusqu'à présent, le monopole de la catalyse biologique était accordé sans discussion aux protéines. Cette découverte constitua un bouleversement fondamental, permettant de considérer sous un jour nouveau l'origine des mécanismes de reproduction biologique et de codage de l'information génétique.

La découverte de Cech

Les chaînes d'ARN (voir pages 78 et 79) peuvent être découpées dans les organismes supérieurs *(slicing),* pour donner naissance à des chaînes plus courtes, traduites en protéines. Dans le cas d'un micro-organisme appelé *Tetrahymena,* la chaîne d'ARN des ribosomes s'autodécoupe, se réassemble et s'ouvre à nouveau en des points précis jouant un rôle catalytique que l'on croyait réservé aux enzymes.

ARN — RÉACTION DE CYCLISATION — ARN CYCLIQUE

ARN — ARN — RÉACTION DE COUPURE — CHAÎNE D'ARN RECOLLÉE — MORCEAU D'ARN ÉLIMINÉ

Depuis la publication de T. Cech, de nombreuses autres fonctions catalytiques de l'ARN ont été découvertes par les chercheurs. Pour illustrer la nouvelle fonction « enzymatique » des acides nucléiques, Walter Gilbert, prix Nobel 1980, proposa, en février 1986, d'appeler ces ARN des ribozymes, éléments déterminants dans l'origine de la vie. Voici comment, par une série de dessins simples, on peut illustrer l'évolution progressive des systèmes de codage et des mécanismes de traduction de l'information biologique.

1. Dans la soupe primitive ou sur des argiles, les bases nucléiques fabriquées par synthèses abiotiques (voir page 116) s'assemblent en courtes chaînes d'ARN primitif (ayant probablement une structure chimique plus simple). A leur tour, ces premières chaînes catalysent la formation de nouvelles chaînes plus longues, au cours des cycles successifs d'assèchement et de réhydratation des zones où elles se trouvent (voir les réactions autocatalytiques analogues à la reproduction moléculaire, page 132).

2. Par suite de recombinaison entre chaînes et mutations chimiques, de nouvelles fonctions naissent. Les lois de la sélection naturelle peuvent jouer, par exemple, au sein des microgouttes. Walter Gilbert a fait remarquer que ces combinaisons par éléments transposables entre plusieurs chaînes d'ARN (on les appelle des « transposons ») peuvent être considérées comme l'équivalent moléculaire de la reproduction sexuée chez les animaux.

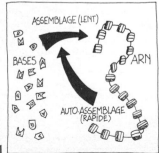
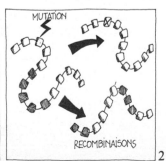

3. La relation entre la forme des acides aminés et celles des « creux » et des « bosses » formés dans les chaînes d'ARN conduit peu à peu à la sélection des premières « lettres » et « mots » du code génétique : une relation spécifique entre une succession des bases des acides nucléiques et une succession d'acides aminés.

4. L'activité enzymatique des chaînes d'ARN se perfectionne par association avec des éléments extérieurs (ions métalliques, transporteurs d'électrons). Les chaînes d'ARN peuvent alors catalyser la formation de chaînes de protéines, d'abord directement, puis par l'intermédiaire de courtes chaînes d'ARN auxquelles sont liés des acides aminés (précurseurs des ARN de transfert) et qui « alignent » les acides aminés dans un ordre facilitant les réactions de polymérisation [1].

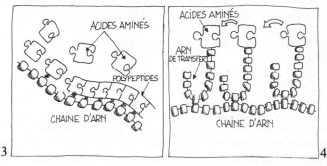

5. Les protéines fabriquées plus rapidement qu'au cours des synthèses « au hasard » sur les matrices catalytiques minérales, se révèlent progressivement meilleurs catalyseurs biologiques que les chaînes d'ARN. La variété des réactions qu'elles accélèrent s'accroît. Ainsi, les premiers enzymes s'autosélectionnent et relèguent les ARN au second plan.

1. Les travaux récents de Y.M. Hou et P. Schimmel du Massachusetts Institute of Technology indiquent la possibilité d'un système de codage plus simple (à partir de deux bases) et plus ancien que le code actuel. Ce « code », appelé à tort « deuxième code génétique », permet la reconnaissance de l'ARN et de l'acide aminé correspondant par l'intermédiaire d'un enzyme « connecteur ».

6. Enfin, les chaînes d'ARN, aidées par les enzymes, donnent naissance à la double hélice d'ADN présentant des avantages décisifs pour le codage de l'information biologique : plus grande stabilité, mécanisme de correction des erreurs permettant cependant mutations et recombinaisons. L'ARN est relégué à la fonction d'intermédiaire qu'il occupe aujourd'hui dans les systèmes vivants (voir pages 78 et 79).

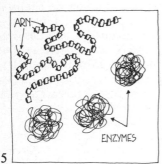
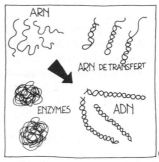

5   6

Un cercle vicieux est brisé et un dogme tombe : les protéines (enzymes) ne sont pas nécessaires à l'origine de la vie puisque l'ARN peut être à la fois support de l'information génétique et catalyseur, non seulement de son propre assemblage, mais aussi de l'assemblage des chaînes de protéines. Le code génétique est sans doute né des interrelations successives entre ARN, ARN de transfert, protéines, puis ADN, au sein de systèmes autonomes en évolution (les microgouttes) soumis à la sélection naturelle.

G. Schramm a proposé un modèle ingénieux, capable de servir de base de recherche et d'aider à mieux comprendre les mécanismes de sélection naturelle au niveau moléculaire. Certaines molécules comme l'ARN peuvent catalyser leur propre formation. Mais il se peut également qu'une telle catalyse soit *réciproque* et s'exerce sur deux et même trois systèmes distincts.

En effet, une chaîne d'ARN en croissance dans le

milieu primitif accélère la formation d'une autre chaîne complémentaire ; celle-ci, en retour, accélère des millions de fois la formation de la chaîne initiale. Il y a catalyse réciproque. Si maintenant une de ces matrices moléculaires est capable d'informer un catalyseur organique (une protéine, par exemple) *qui, à son tour, contrôle la synthèse de la matrice de départ...*, il y a alors catalyse réciproque, portant sur trois édifices moléculaires différents, *chacun étant indispensable à l'existence des deux autres.* L'auto-organisation dans de tels réseaux conduit à l'autosélection.

Ces trois systèmes étant irréversiblement liés l'un à l'autre, seuls les systèmes de codage et de catalyse les plus efficaces seront conservés par la sélection naturelle.

Un tel processus a pu se produire au sein des microgouttes. Quand ces systèmes primitifs grossissaient puis éclataient, ceux qui héritaient d'une information codée – aussi rudimentaire fût-elle – avaient de plus grandes chances de survivre. L'origine de ces processus ne peut donc être comprise que dans le cadre d'une approche intégrée, considérant des « systèmes prébiotiques ». De tels systèmes résultent de l'interdépendance de plusieurs facteurs : transfert de l'énergie, transfert d'information, matrices catalytiques minérales puis organiques, autoréplication moléculaire, présence d'argile et d'ions métalliques, rôle des microgouttes contenant les molécules et jouant un rôle protecteur qui favorise la sélection naturelle.

On peut aussi penser, avec N H Horowitz, que les premiers organismes capables de se reproduire trouvaient dans le milieu environnant les pièces « nécessaires à leur construction ». Il leur suffisait de les assembler. Quand une de ces pièces disparaissait, les seuls organismes capables de se reproduire furent ceux qui, par des synthèses internes de plus en plus élaborées, fabriquèrent les pièces nécessaires à leur reproduction. *Les autres étaient éliminés.* Ces organismes primitifs parvinrent finalement à se refaire en entier dans un environnement qui ne comportait plus aucun des éléments de construction originaux.

De nombreuses autres hypothèses sont en cours de vérification. On peut cependant dégager *deux grandes tendances*. Pour certains, les acides nucléiques formés dans des conditions prébiologiques ont déterminé, par mutation et sélection, toute la suite de l'évolution. Pour d'autres, c'est la fonction d'autoconservation qui prit le pas. Le système de codage de l'information, très simple au début, ne se serait perfectionné qu'au fur et à mesure que se complexifiaient les premiers organismes, pour aboutir à l'ARN puis à l'ADN actuel ; mais cela beaucoup plus tard.

Dans l'orientation des recherches actuelles, certains auteurs – les chimistes en particulier – semblent accorder une trop grande importance au seul aspect *structurel* de la vie au détriment de son aspect *fonctionnel*. D'autres estiment plus fécond de rechercher quels ont pu être les processus chimiques élémentaires de la vie dans des systèmes très rudimentaires, mais possédant « en germe », au niveau moléculaire, les fonctions fondamentales des êtres vivants actuels. Comme le fait remarquer le biologiste américain P. Weiss : « La vie est un processus dynamique [...] les éléments d'un processus ne peuvent être que des *processus élémentaires* et non des particules élémentaires ou autres unités statiques. » C'est à partir de l'étude chimique de ces processus dynamiques abiotiques qu'il deviendra sans doute possible de mieux comprendre la lente évolution au cours de laquelle se sont perfectionnés les biocatalyseurs, les réactions du métabolisme et le système reproducteur.

Y a-t-il eu un seul type d'organisme capable de se reproduire, conduisant ainsi à une seule lignée ? Ou bien (et c'est plus probable) de nombreux organismes, évoluant en parallèle, seraient-ils parvenus à acquérir un système de reproduction analogue basé sur le mode de codage le plus efficace ? On ne peut encore se prononcer. Mais cette dernière hypothèse permettrait peut-être d'expliquer pourquoi l'arbre généalogique des êtres vivants est déjà ramifié *avant* les « premières cellules » que l'on plaçait jadis à l'origine de la vie.

Photosynthèse et respiration :
le capital de la vie

Les premiers organismes hétérotrophes ont un « appétit » dévorant. La « soupe primitive », jadis riche en matières organiques, se dilue de plus en plus. Les synthèses organiques qui continuent probablement à se produire dans la haute atmosphère sont trop lentes pour équilibrer l'épuisement rapide des réserves énergétiques des océans.

Dans de telles conditions, seuls vont survivre les organismes capables de fabriquer leurs propres aliments à partir des molécules simples du milieu et de l'énergie solaire. Ces synthèses sont désormais possibles car du gaz carbonique, déchet de la fermentation, apparaît en grande quantité et se dissout dans l'eau. Cette molécule simple à un atome de carbone représente un élément de construction utilisable dans la fabrication de composés plus complexes. D'autre part, la lumière du Soleil pénètre assez profondément les océans, tandis que les radiations ultraviolettes les plus énergiques – et par conséquent les plus nocives – sont filtrées par l'écran aqueux. Cyril Ponnamperuma a démontré en 1982 que les coacervats et les microsphères jouaient aussi un rôle de protection contre les radiations ultraviolettes. L'adaptation des premiers organismes autotrophes à ce nouveau milieu a été vraisemblablement rendue possible par les mutations et la sélection naturelle. Il est probable en effet que les mécanismes de reproduction étaient – à ce stade – déjà assurés.

La chlorophylle est capable de stocker de l'énergie et de la restituer sous une forme facilement exploitable (voir page 57) [1]. Dans certains organismes, grâce à cette nouvelle source d'énergie interne, une réorganisation

---

1. Bien avant les porphyrines on pense que la perredoxine, petite protéine contenant une cinquantaine d'acides aminés et possédant un site actif constitué par une association de soufre et de fer, a joué un rôle fondamental dans les processus de catalyse photochimique.

d'anciennes chaînes de réactions métaboliques a pu se produire. Les organismes qui se dotèrent de ces mécanismes de photosynthèse acquièrent un immense avantage évolutif.

Comme la fermentation, la photosynthèse va modifier irréversiblement le milieu. Les composés organiques riches en énergie (comme le glucose), qui commençaient à faire défaut dans les océans primitifs, réapparaissent en abondance car ce sont des produits de la photosynthèse. Selon Oparine, certains organismes purent ainsi revenir à leur ancien mode de nutrition : *l'absorption de substances chimiques toutes faites puisées dans le milieu.* Cependant, ces hétérotrophes perfectionnés [1] dépendent entièrement des aliments que leur fabriquent les autotrophes nouvellement apparus. On perçoit, ainsi, tout au début de la vie, les racines de cette divergence fondamentale, mais néanmoins complémentaire, dont il était question au début de ce livre, entre végétaux (autotrophes) et animaux (hétérotrophes).

Un des principaux sous-produits de la photosynthèse est l'*oxygène*. Ce gaz, constituant essentiel de notre atmosphère actuelle, disparaîtrait très vite si la vie s'arrêtait sur la Terre. L'apparition de cet oxygène va bouleverser les conditions de vie. En effet, dans la haute atmosphère, sous l'effet des rayons ultraviolets, l'oxygène donne naissance à de l'ozone [2]. Une couche protectrice se forme à environ trente kilomètres de la surface de la Terre. Elle filtre les rayons du Soleil et absorbe les radiations ultraviolettes les plus énergétiques. L'origine et la date de formation de cette couche d'ozone restent encore discutées. Pour certains, elle se serait formée, *avant* l'apparition des réactions de photosynthèse, par lente accumulation et addition sur lui-même de l'oxygène résultant de la photo-dissociation de la vapeur d'eau [3].

1. Les hétérotrophes de la « première génération » étant les microgouttes.
2. Molécule formée de 3 atomes d'oxygène (O_3) et dont l'existence est menacée aujourd'hui par les chlorofluorocarbones contenus notamment dans les bombes aérosols.
3. La vapeur d'eau est dissociée dans la haute atmosphère, sous l'action des rayons ultraviolets, en oxygène et en hydrogène.

En arrêtant certaines radiations ultraviolettes, la couche d'ozone aurait aussi stoppé les synthèses organiques. Seuls les organismes capables de fabriquer leurs aliments par photosynthèse auraient survécu à cette pénurie de matières nutritives.

Quoi qu'il en soit, la couche d'ozone, en absorbant les radiations nocives, a définitivement permis aux organismes vivants de conquérir la terre et les airs.

L'acquisition des mécanismes de photosynthèse par les premiers autotrophes, c'est un immense pas en avant. Les organismes vivants ne dépendent plus désormais de réserves limitées de matières organiques accumulées au cours de centaines de millions d'années. Plus autonomes, capables de fabriquer par photosynthèse les composés essentiels à la vie et de produire par fermentation l'énergie dont ils ont besoin, les organismes primitifs vont pouvoir survivre plus facilement et plus longtemps. Mais il faudra encore une très longue évolution pour que se perfectionne et s'achève la petite usine à photosynthèse qu'est le *chloroplaste*...

A côté de la photosynthèse, une autre réaction essentielle à la vie s'amorce : la transformation de l'azote de l'air en ammoniac par des bactéries fixatrices d'azote. Cet ammoniac est un élément déterminant dans la fabrication des acides aminés. Ce sont en définitive les bactéries vivant en symbiose avec les racines des plantes légumineuses, qui permettent aux animaux (ayant mangé ces plantes) d'obtenir les acides aminés essentiels à la fabrication des protéines dans leurs cellules.

Il est intéressant de constater que deux simples réactions chimiques sont aujourd'hui à la base du développement de la vie sur la Terre, en fournissant aux êtres vivants énergie et protéines : la transformation du carbone minéral (CO_2) en sucres par la photosynthèse et celle de l'azote minéral (N_2) en groupement ammoniac (NH_{4+}) par les bactéries fixatrices d'azote.

Les réactions de fermentation sont peu efficaces sur le plan énergétique. De plus, de nombreux composés incomplètement « brûlés » s'accumulent dans le milieu. Avec l'apparition de l'oxygène, tout va changer ; les vieux processus de la fermentation sont subitement « rajeunis ».

L'oxygène est très avide d'électrons ; il les arrache aux corps qui en possèdent au cours de réactions quelquefois très violentes (combustions, explosions). Ces réactions sont des oxydations. Fermentation et respiration sont, comme nous l'avons vu, des combustions lentes.

La respiration permet à un organisme de tirer beaucoup plus d'énergie de la molécule de glucose, en la « brûlant » plus à fond. De plus, les produits de la réaction peuvent être éliminés sans danger dans l'environnement puisqu'il s'agit d'*eau* et de *gaz carbonique*.

La respiration constitue une révolution par rapport à la fermentation. Le dessin de la page ci-contre permet de comparer ces deux processus :

La respiration vient se surimposer aux réactions déjà existantes : le fragment à trois carbones, l'*acide pyruvique* – résidu de la fermentation – va être dégradé en un fragment à deux atomes de carbone, l'*acide acétique*[1], et introduit comme combustible dans la minuscule « chaudière » que nous avons appelée le « moulin de la vie » (son nom technique est cycle de Krebs). Voici avec un peu plus de détails ce qui se passe (voir dessin page 177). Ce cycle « tourne » sans jamais s'arrêter, le fragment à quatre atomes de carbone se combinant en fin de parcours avec un fragment nouveau à deux carbones apporté par les aliments.

Toutes ces réactions successives sont, bien entendu, accélérées, contrôlées et régulées par des enzymes spécifiques. Elles ne se font pas en désordre mais dans des structures très organisées, façonnées peu à peu par l'évolution et dont la forme perfectionnée est celle des *mitochondries*.

Avec les simples réactions de fermentation, mettant en œuvre du glucose, de l'ATP et des enzymes, les premiers organismes avaient été à même d'assurer leur

---

1. En réalité il s'agit de l'*acétyl coenzyme A,* fragment biologique de grande importance. Il peut être fourni directement par les réserves nutritives (graisses, protéines).

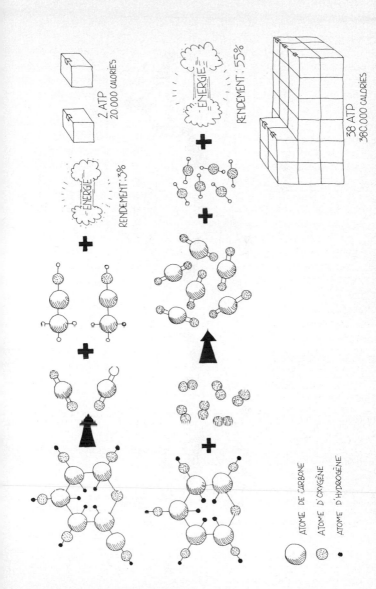

2 ATP
20 000 CALORIES

RENDEMENT : 3%

ÉNERGIE

RENDEMENT : 55%

ÉNERGIE

38 ATP
380 000 CALORIES

○ ATOME DE CARBONE

◉ ATOME D'OXYGÈNE

• ATOME D'HYDROGÈNE

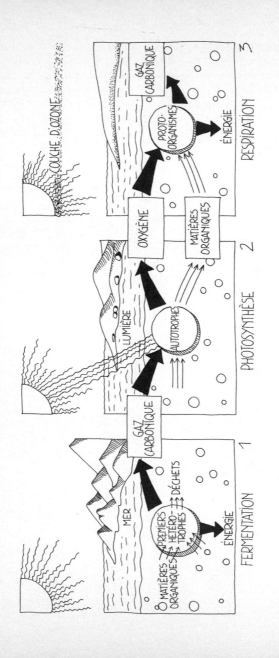

« minimum vital ». La photosynthèse, couplée avec les réactions de fermentation et utilisant le gaz carbonique nouvellement libéré, leur a assuré définitivement l'*auto-conservation*. Enfin, avec la respiration, les organismes primitifs – utilisant l'oxygène libéré par la photosynthèse – eurent à leur disposition toute l'énergie dont ils avaient besoin, à partir d'une faible quantité de matière organique nutritive. Mais ce n'est pas tout : ils se trouvèrent à

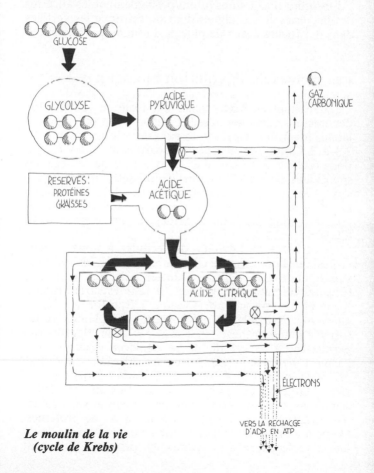

Le moulin de la vie
(cycle de Krebs)

la tête d'un *capital,* d'un surplus énergétique qui devait permettre toute la suite de l'évolution (voir le dessin de la page 175).

Ainsi se trouvèrent peu à peu sélectionnés des organismes doués d'autoconservation (fermentation, photosynthèse, respiration), d'autorégulation et d'autoreproduction, pouvant être définitivement qualifiés de « vivants ».

Ces proto-organismes furent probablement les ancêtres des bactéries et des algues dont on retrouve les vestiges dans des roches âgées de plus de 3 milliards d'années.

Les racines de l'évolution biologique

J.M. Schopf et B.M. Packer ont isolé en juillet 1987 des micro-organismes fossiles : ce sont les plus anciens jamais identifiés et préservés dans des sédiments âgés de 3,3 à 3,5 milliards d'années, appartenant à des formations rocheuses d'Australie. La structure de ces cellules sphériques, de 8 à 20 microns de diamètre, indique qu'il s'agit de bactéries autotrophes, capables de photosynthèse et donc productrices d'oxygène. Des êtres vivants complexes existaient déjà à une époque aussi lointaine.

Qu'en est-il de l'origine des cellules à noyau (eucaryotes) que l'on retrouve chez les animaux et les végétaux supérieurs ? Ces cellules contiennent des organites (organes miniatures) essentiels à leur fonctionnement. Exemple : la mitochondrie (usine à transformer l'énergie ; voir page 60), le chloroplaste des plantes vertes (usine à photosynthèse ; voir page 53) ou les flagelles qui permettent à la cellule de se déplacer (comme chez l'algue *Chlamydomonas ;* voir page 30). Une hypothèse originale et particulièrement féconde, proposée par Lynn Margulis, de l'université de Boston, en 1970, semble aujourd'hui confirmée par l'analyse sur ordinateur des séquences d'acides nucléiques ou de protéines. On peut en effet retracer à partir de ces séquences l'évolution moléculaire des organismes primitifs d'où sont issues les cellules supérieures (travaux de M.O. Dayhoff et R.M. Schwartz). Pour Lynn Margulis, les mitochondries étaient jadis des bactéries indépendantes et les chloroplastes, des algues unicellulaires photosynthétiques autonomes. Ces micro-organismes sont venus vivre en symbiose dans les protocellules en évolution. Quant aux flagelles, ils descendraient de bactéries filiformes (spirochètes) qui auraient colonisé les protocellules à une époque de leur évolution (voir page suivante).

Cette hypothèse de la symbiose permet également d'expliquer pourquoi les mitochondries et les chloroplastes possèdent un ADN indépendant de celui du noyau de la cellule dans laquelle ils vivent, ce qui permet leur multiplication autonome à l'intérieur de cette cellule.

La cellule complexe des organismes supérieurs serait ainsi née de l'association symbiotique d'entités autonomes partageant un environnement commun et contribuant au maintien dans le temps de cet environnement protecteur et nourricier.

Ce concept d'environnement protecteur et nourricier peut être étendu à la planète tout entière. Comment se fait-il, par exemple, que la température moyenne du globe se situe juste dans la zone propice au développement de la vie, soit entre 10° et 20° ? parce que la vie, dans son ensemble, adapte en permanence l'environnement aux conditions qui lui sont les plus favorables. La biosphère (la totalité des êtres vivants), l'atmosphère, l'hydrosphère (mers, lacs, océans) et la lithosphère (les roches et sédiments) sont en interaction permanente selon des constantes de temps très diverses. Les nuages, la couleur de la Terre, la présence de gaz comme le CO_2, le méthane ou l'ammoniac, qui contribuent à réfléchir ou à absorber la chaleur du Soleil, sont influencés par la vie (végétation, plancton, bactéries, algues).

De gigantesques mécanismes cybernétiques autorégulateurs sont à l'œuvre à l'échelle de la Terre. Dans cette optique, notre planète ressemble à un organisme vivant, cherchant à maintenir son homéostasie (voir page 91). Pour symboliser l'entité cybernétique Terre, J.E. Love-

D'où vient la vie ?

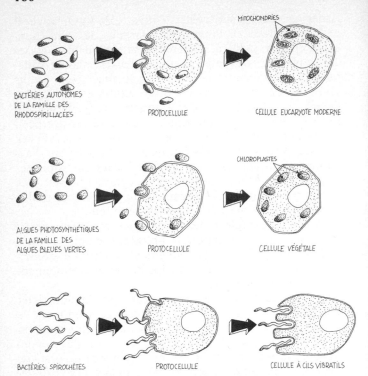

lock a proposé en 1967 d'appeler Gaïa (la Terre mère en grec) ce gigantesque « organisme » planétaire.

C'est le destin de Gaïa que les hommes mettent aujourd'hui en danger en modifiant des mécanismes rééquilibrateurs par l'accroissement de la teneur de l'atmosphère en gaz carbonique (dû à l'utilisation croissante des combustibles fossiles), par la diminution de la couche d'ozone, la pollution radioactive ou chimique ou la déforestation.

Guerre atomique ou génie génétique... L'homme met en danger sa propre espèce, son environnement planétaire également. Comment a-t-il pu, en si peu de temps, acquérir de tels pouvoirs ?

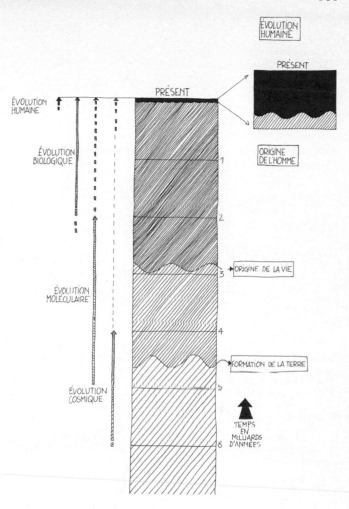

Durée de l'évolution

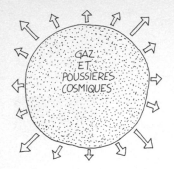

Formation de l'univers

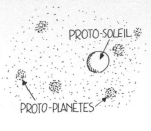

Formation du système solaire

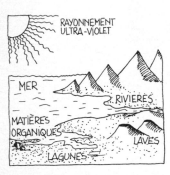

Accumulation de matières organiques. Complexification des molécules. Formation de la « soupe » primitive

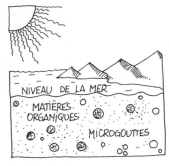

Formation de microgouttes de matière organique

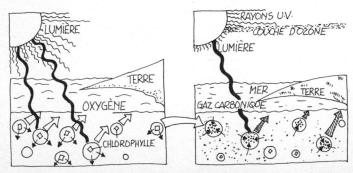

Apparition des processus de photosynthèse

Apparition des processus de respiration. Séparation entre autotrophes et hétérotrophes

Système Soleil-Terre

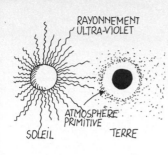

Synthèses organiques dans l'atmosphère primitive de la Terre

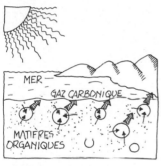

Apparition des processus de fermentation. Premiers hétérotrophes

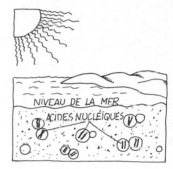

Apparition des mécanismes de reproduction

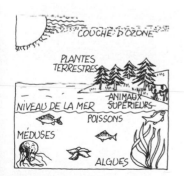

Évolution biologique

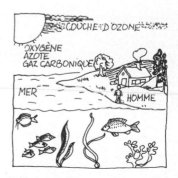

La Terre actuelle

TROISIÈME PARTIE

Où va la vie ?

1. La révolution biologique : espoirs et menaces

L'évolution continue. Longtemps la vie semble hésiter entre colonies d'individus et individus indépendants. Bientôt les cellules s'assemblent, s'organisent et se différencient en tissus et en organes hiérarchisés, peu à peu intégrés en une véritable société de cellules : l'organisme vivant.

Par le jeu des mutations et de la sélection naturelle, les êtres vivants se perfectionnent, s'adaptent et se complexifient en un prodigieux foisonnement et une infinie richesse de formes et de fonctions. Les espèces luttent pour vivre. Certaines s'éteignent à jamais ; d'autres naissent. Parmi les plus récentes, il s'en trouvera une dont les représentants, munis d'un cerveau suffisamment complexe et volumineux, auront la curiosité de se pencher un jour sur le mystère de leurs origines...

Cette espèce, c'est l'homme. Un être vivant doté de curiosité, mais aussi un conquérant et un prédateur. Son comportement risque de mettre en danger non seulement sa propre espèce mais sa planète. Car il a désormais la responsabilité de conduire l'évolution biologique, ayant mis le doigt sur les ressorts mêmes de cette évolution. De lui dépend en grande partie l'avenir de la vie.

En quelque trente années, la biologie a connu une extraordinaire révolution : découverte du code génétique, des mécanismes de régulation du fonctionnement des cellules, de la structure de la cellule et des organes moléculaires qui la constituent, du rôle de la membrane cellulaire et des communications entre cellules ; percée de disciplines nouvelles : immunologie, neuro-endocrinologie, chimie du cerveau, génie génétique ; meilleure

compréhension de l'origine moléculaire des cancers.
Cette révolution a conduit à la mise au point de nouveaux outils et méthodes qui placent entre les mains des
biologistes une lourde responsabilité : pour la première
fois l'évolution biologique n'est plus seulement déterminée par le jeu des mutations et de la sélection naturelle.
Elle peut l'être par l'homme. Capable de fabriquer de
nouvelles espèces animales et végétales, il devient ainsi
« ingénieur de l'homme », véritable « magicien des
gènes » qu'il peut reprogrammer à volonté. Un tel pouvoir, acquis en un temps aussi bref, pose des problèmes
éthiques : la reproduction *in vitro* ou le traitement des
maladies génétiques... Il est aussi à l'origine d'un essor
industriel sans précédent fondé sur une science jeune,
aux retombées encore mal connues et qui a favorisé le
développement des biotechnologies.

Comprendre les langages de la vie

Qu'est-ce qui a permis une telle révolution, un tel
développement ? Une découverte particulière ? non : une
convergence de progrès scientifiques et techniques. La
révolution biologique que nous vivons depuis une vingtaine d'années est en fait une révolution dans le *traitement de l'information biologique.* L'homme a compris le
langage de base de tous les êtres vivants. Puis a appris à
le « parler » et à l'« écrire ». Cette information biologique est stockée à l'échelle moléculaire sous une forme
qui se prête particulièrement bien au traitement par les
machines automatisées et les ordinateurs : celle des
macromolécules de protéines et d'acides nucléiques – des
messages codés écrits à l'aide des « lettres » que sont les
acides aminés pour les protéines ou les nucléotides pour
l'ADN.

Cette révolution s'est opérée en trois grandes étapes :
l'avènement de la biologie moléculaire (1955-1965) qui a
permis de mieux comprendre les processus de la vie en
termes moléculaires ; la biologie cellulaire (1965-1975)
qui s'est focalisée sur la cellule et ses capacités de

communication ; le génie biologique (1975-1985), comprenant le génie génétique, l'immunotechnologie, les biotechnologies. Ces étapes se chevauchent et s'interpénètrent aujourd'hui, mais chacune a joué un rôle déterminant dans la révolution biologique : la compréhension des communications et interactions moléculaires dans et entre les cellules.

La découverte et l'utilisation du langage moléculaire de la vie a suivi un déroulement analogue à celui de la traduction d'une langue étrangère ou d'un code secret. Il a d'abord fallu décrypter le code génétique. Tel Champollion déchiffrant le secret des hiéroglyphes égyptiens, J. Watson et F.H.C. Crick découvrent la structure du code de la vie. Tandis que M. Nirenberg, en 1961, établit l'universalité du code génétique.

Puis les biologistes ont réussi à « lire dans le texte » les messages de la vie. Ceci grâce aux machines automatiques mises au point en 1965 par F. Sanger et P. Edman pour les protéines (le séquenceur) ; puis par A.M. Maxam et W.A. Gilbert, qui ont développé en 1977 une méthode chimique de découpage et d'analyse des acides nucléiques. La machine automatique à « lire » l'ADN a été mise au point en 1985 par M.W. Hunkapiller et L. Hood, de la société Applied Biosystems.

Il ne manquait plus que les « machines à écrire » la vie, c'est-à-dire des machines automatiques permettant d'abord de synthétiser des protéines (ce qui fut réalisé par Merrified en 1963 avec son synthétiseur), puis des gènes, capables de fonctionner dans des cellules vivantes. Les premières *gene machines* firent leur apparition en 1981 avec les travaux de K. Itakura et L. Hood. Elles envahirent alors les laboratoires de génie génétique où elles sont aujourd'hui indispensables.

Déchiffrer, lire, écrire, mémoriser, traiter, sélectionner, trier, reprogrammer l'information biologique..., telles sont les fonctions déterminantes pour l'avenir de la vie que les biologistes sont désormais capables d'exécuter. Et ceci avec l'aide de plus en plus efficiente de l'informatique. Il existe en effet une grande complémentarité entre les outils informatiques et les outils du laboratoire. On le verra dans des exemples illustrant les percées de la biologie moderne et des biotechnologies.

La révolution biologique n'est pas seulement une révolution dans le traitement de l'information biologique. Elle l'est aussi dans la compréhension des codes, mémoires, réseaux et systèmes de régulation qui permettent le fonctionnement des êtres vivants. La cellule est une machine à communiquer constituée (comme on l'a vu) de macromolécules porteuses d'information, capables de se « reconnaître » mutuellement ; les acides nucléiques et les protéines, au premier chef, mais aussi celles que l'on oublie souvent, les sucres (polysaccharides) : ils jouent par exemple un rôle clef dans la reconnaissance des cellules entre elles. C'est le cas des globules rouges dont la membrane est « hérissée » de chaînes de polysaccharides, principaux déterminants des groupes sanguins. L'information portée par ces macromolécules est écrite sous une forme linéaire, comme les lettres qui constituent les mots d'une phrase. Mais la manière dont ces chaînes s'enroulent dans l'espace constitue aussi une information globale qui permet de nombreuses communications intermoléculaires. Un des grands problèmes de la biologie moderne est de comprendre comment une information écrite sous forme linéaire, telle celle portée par l'ADN, permet cependant de constituer des êtres vivants en trois dimensions (un arbre, une fleur, un éléphant, un dauphin, un papillon ou un être humain).

Sans communications la vie est impossible. Des signaux de régulation sont échangés en permanence dans les cellules pour assurer la coordination des myriades de réactions chimiques qui s'y déroulent. Observée au microscope électronique, la cellule ressemble à une ville vue d'avion avec ses voies de circulation, ses échangeurs, ses nœuds d'interconnexions. Les éléments essentiels de la communication cellulaire sont les *réseaux*, les *molécules-signaux* et les *récepteurs*.

Les réseaux sont de microscopiques canaux traversant l'ensemble de la cellule. Des molécules synthétisées en un endroit sont transportées dans la zone où elle seront actives. On a récemment découvert que les molécules ainsi exportées étaient étiquetées au préalable avec un « code postal » moléculaire spécifiant l'endroit où elles devaient être envoyées.

La circulation d'informations se fait par l'intermédiaire de molécules-signaux, reconnues par des récepteurs. Ces molécules, comme les hormones, sont à la fois messager et message. En effet, leur forme est en elle-même une information. C'est cette forme qui est reconnue par le récepteur, de la même manière qu'une clef est reconnue par la serrure qu'elle ouvre.

Les récepteurs, généralement placés sur la membrane des cellules, sont des molécules de protéines possédant des cavités de forme complémentaire de celle de la molécule-signal qu'ils reconnaissent. Celle-ci viendra s'y encastrer, maintenue par des liaisons chimiques faibles, et déclenchera la réponse du récepteur.

En quelques années les biologistes ont réussi à intercepter les signaux que s'envoient les cellules et à comprendre peu à peu « ce qu'elles se disent ». Leurs informations servent à toutes les fonctions de base de la vie. Particulièrement à la communication à distance (neurobiologie, hormonologie), à la différenciation cellulaire lors du développement d'un être vivant (embryologie), à la mobilisation des défenses de l'organisme en cas d'agression ou pour éliminer des cellules anormales (immunologie). La cellule cancéreuse, quant à elle, est sourde à ces informations. Elle perturbe le réseau de communication de la vie.

La bataille contre le cancer

En biologie, peu de domaines illustrent mieux les extraordinaires percées réalisées ces dernières années que la recherche sur le cancer. Certes, beaucoup reste encore à faire pour empêcher une tumeur de se développer et enrayer le déroulement de la maladie. Mais on comprend mieux l'enchaînement des événements moléculaires qui conduisent une cellule à devenir cancéreuse. Ces progrès

sont dus en grande partie aux recherches fondamentales
des années cinquante et soixante.

Lorsque Jacques Monod, François Jacob et André
Lwoff mirent en évidence les mécanismes de contrôle de
la synthèse des protéines dans la cellule (voir page 92),
les médias et le grand public leur demandèrent si la
découverte de l'« opéron lactose » permettrait un jour de
« guérir le cancer ». Ils refusèrent bien entendu de se prononcer sur une question aussi directe. Vingt ans plus
tard, cependant, leurs travaux faisaient faire un pas
considérable vers la compréhension du mécanisme de
régulation de la croissance cellulaire et de sa perturbation
par les « gènes du cancer » (les oncogènes).

Aujourd'hui, que sait-on des conditions qui amènent
une cellule normale à devenir cancéreuse ? La réponse à
cette question fait appel à de nombreux domaines de la
biologie moderne : biologie moléculaire, biochimie, bio-
physique, génétique, virologie, immunologie, endocrino-
logie. Ceci démontre la nécessité d'une approche multi-
disciplinaire. Essayons de résumer les principales
conclusions des biologistes. En commençant par ce que
l'on connaît de la cicatrisation.

Quand on se coupe, les cellules des tissus de la peau
sont brusquement séparées les unes des autres. Elles ne
sont plus en contact direct. Cet événement provoque
la synthèse d'un facteur de croissance cellulaire, une
substance chimique (généralement un peptide), qui
« informe » les cellules situées de part et d'autre de la
blessure qu'elles peuvent désormais se diviser. Elles se
reproduisent jusqu'à combler le « fossé » créé par la coupure. C'est la cicatrisation. Revenues en contact les unes
avec les autres, elles sécrètent alors une substance qui
inhibe leur reproduction. Une sorte de régulation automatique des naissances. C'est cette « inhibition de
contact » qui conduit des cellules vivant en société à ne
se reproduire que pour réparer des tissus abîmés.

Les cellules cancéreuses, quant à elles, sont sourdes à
ces signaux d'inhibition de la reproduction. Elles se
comportent comme des cellules en train de cicatriser une
plaie... mais qui ne s'arrêteraient plus. Une cellule cancé-

reuse se multiplie sans que les mécanismes normaux de contrôle et de régulation puissent intervenir.

Quatre points importants sur la cicatrisation sont à retenir :

– quand l'inhibition de contact est rompue (par exemple lors d'une coupure), les cellules fabriquent des *facteurs de croissance* (*Growth Factors* ou GF) ;

– ces facteurs de croissance sont « reconnus » par des *récepteurs* placés à la surface des cellules. Les récepteurs ainsi stimulés envoient dans les cellules des signaux capables de déclencher les mécanismes de la division ;

– les facteurs de croissance ne sont fabriqués qu'à un certain moment. Puis leur production s'arrête. Les cellules ne se divisent plus ;

– les cellules normales ne se divisent qu'un certain nombre de fois au cours de leur vie (entre quarante et cinquante fois). Ensuite elles meurent. La cellule cancéreuse est « immortelle » ; elle se reproduit un nombre illimité de fois : tant qu'elle trouve de quoi se nourrir. Et tant que l'organisme qui l'abrite est vivant.

Sur la piste des « gènes du cancer »

Il semble que les cellules normales se comportent selon deux « modes ». Soit elles sont « socialisées », elles exercent une spécialisation (un « métier », dans la société de cellules) ; alors elles communiquent entre elles, subissent l'inhibition de contact et ne se reproduisent plus. Soit elles sont « embryonnaires », non spécialisées, en reproduction active ; donc capables de proliférer. Certains gènes contrôlent cette prolifération embryonnaire essentielle à la vie. Ils « s'endorment » ensuite quand les cellules deviennent adultes. Il semble que la cellule cancéreuse soit une cellule embryonnaire, subitement « réveillée », donc dotée du pouvoir de prolifération nécessaire à la vie. Mais désormais incontrôlable. La cellule cancéreuse est une cellule « désocialisée » qui n'obéit à aucun ordre de la communauté dans laquelle elle vit.

Qu'est-ce qui peut conduire une cellule normale à enfreindre toutes les règles de la vie en « société cellulaire » ?

Depuis quelques années les biologistes ont découvert les « gènes du cancer », ou « oncogènes ». Ces gènes existent dans les cellules normales (on les appelle alors « proto-oncogènes) et dans le génome de virus cancérigènes. On a dénombré à ce jour près de cinquante oncogènes, dont une trentaine dans les cellules. Certains sont présents dans le noyau, d'autres dans le cytoplasme. Les oncogènes portent l'information génétique « codée » de certaines protéines, aujourd'hui bien identifiées. Question fondamentale : comment les oncogènes et les protéines qu'ils « codent » peuvent-ils transformer une cellule normale en cellule cancéreuse ?

Il y a plusieurs réponses. Toutes résultent d'un formidable travail de recherche à l'échelle internationale. Les oncogènes, cibles des chercheurs, portent les noms étranges de *myc, ras* ou *erb*. Les virus incriminés sont le SV 40, le polyome, l'adénovirus et même le virus de l'hépatite B. Il semble que lors d'une infection virale, les oncogènes portés par le virus viennent s'insérer dans l'ADN d'une cellule normale, à côté de proto-oncogènes dont ils prennent le contrôle. Les proto-oncogènes jouent un rôle essentiel dans la régulation de la division et de la croissance des cellules normales. Mais les oncogènes viraux perturbent ces mécanismes, qui échappent alors à toute régulation.

En 1983, Russell F. Doolittle, chercheur de l'Université de Californie à San Diego, recherchait sur ordinateur les ressemblances possibles entre des séquences d'oncogènes viraux et des séquences codant pour des facteurs de croissance. Il découvre avec surprise une grande analogie entre la séquence d'un facteur impliqué dans la cicatrisation des plaies (le PDGF ou *Platelet Derived Growth Factor*) et celle d'un virus provoquant des cancers chez le singe ou le poulet. Pour la première fois un lien était établi entre une substance essentielle à la vie, présente dans les cellules, et un oncogène viral. Une simple erreur de codage peut donc donner naissance à un signal mal interprété par la cellule, lui donnant l'ordre de se reproduire, alors qu'elle n'avait aucune nécessité de se multiplier.

On peut maintenant résumer les principales hypothèses de la cancérisation au niveau moléculaire. Avec cette réserve importante : le rôle des oncogènes (associé souvent à d'autres facteurs venant de l'environnement, tels que les agents mutagènes par exemple) ne constitue qu'une première étape de la cancérisation aux niveaux moléculaire et cellulaire. On connaît mal le processus ultérieur de développement des tumeurs *in vivo*. C'est pourquoi on se concentrera ici sur ce que l'on sait des étapes initiales de la cancérisation. Tout commence probablement au niveau d'une seule cellule. Trois principales hypothèses sont aujourd'hui proposées par les chercheurs. La perturbation des mécanismes de régulation peut affecter le *signal*, le *récepteur*, ou le *transmetteur*.

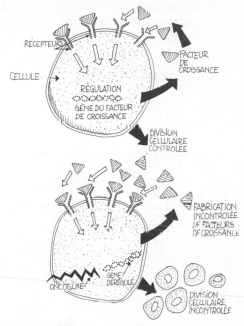

Le signal moléculaire qui commande les mécanismes de division cellulaire est, on l'a vu, un facteur de croissance (GF). Les cellules embryonnaires prolifèrent si le facteur de croissance est présent dans le milieu. Les cellules tumorales, quant à elles, acquièrent une autonomie totale ou partielle vis-à-vis de ce facteur. En 1980, G.J. Todaro et M.B. Sporn ont proposé le mécanisme de l'autostimulation cellulaire : par suite de l'insertion d'un oncogène viral ou de la modification d'un proto-oncogène, la fabrication du facteur de croissance par une cellule tumorale échappe progressivement à tout contrôle. Les récepteurs portés par cette même cellule sont stimulés en permanence et la cellule fabrique encore plus de facteurs de croissance. Une boucle de rétroaction positive s'établit.

Les récepteurs protéiques placés à la surface des cellules détectent normalement la présence du facteur de croissance et stimulent les mécanismes internes de division. Si ces récepteurs sont modifiés – par suite d'une

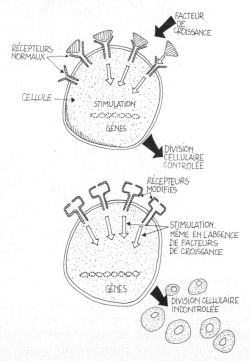

altération du gène qui code leurs plans de fabrication par exemple –, ils peuvent devenir hypersensibles et détecter la présence de facteurs de croissance alors que le milieu en est exempt. Le récepteur modifié envoie ainsi en permanence à la cellule des signaux de stimulation de croissance. Celle-ci devient une cellule cancéreuse.

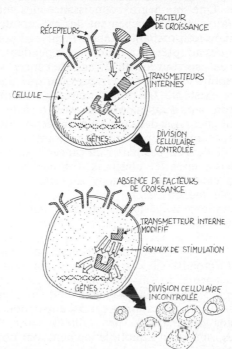

Les informations émises par les récepteurs sont décodées par des transmetteurs internes, molécules jouant le rôle d'agents de liaison entre les récepteurs et les mécanismes cellulaires de la division. Ces transmetteurs agissent souvent au niveau de l'ADN. Cependant, ils peuvent être modifiés et envoyer des signaux de division même en l'absence de stimulations venant des récepteurs. Une fois encore, la cellule va échapper à tout contrôle et se mettre à proliférer indéfiniment.

Une coalition internationale

Une formidable lutte sur le front du cancer se livre actuellement dans des centaines de laboratoires à travers le monde. Elle constitue un enjeu considérable à l'échelle internationale, tant pour l'industrie pharmaceutique que pour le prestige des grands pays industrialisés qui l'ont engagée. Une meilleure connaissance des mécanismes moléculaires de déclenchement des cancers devrait permettre dans les prochaines années la mise au point de thérapeutiques adaptées. La prudence, cependant, s'impose. On ne peut, surtout lorsqu'il s'agit du cancer, susciter de vains espoirs en donnant l'impression que des remèdes miracles existent. Les voies nouvelles décrites ici ne conduiront sans doute à des diagnostics ou à des thérapeutiques efficaces que dans plusieurs années. C'est pourquoi il est important de rappeler les cinq points suivants :

– on ne devrait pas parler *du* cancer mais *des* cancers. Il en existe en effet plusieurs dizaines de formes différentes (cancers des poumons, du sein, du foie, des os, de la peau, leucémies...) ;

– les cancers ne résultent pas d'*une cause déterminée*, mais de *plusieurs causes interdépendantes* échelonnées dans le temps, et faisant intervenir la génétique, le terrain, le mode de vie. Les processus de cancérisation peuvent s'étendre sur dix, vingt et même trente ans ;

– les cancers ne surviennent pas en *une seule étape* mais en *une succession d'étapes* dont les premières ne conduisent pas nécessairement à l'apparition d'un cancer. Dans notre corps, des cellules cancéreuses sont détruites, sans doute quotidiennement, par nos défenses naturelles ;

– il n'existe pas *un* remède contre le cancer mais *des combinaisons de moyens thérapeutiques* (chirurgie, radiothérapie, chimiothérapie, immunothérapie...), auxquelles s'ajoutent la prévention et le dépistage systématique ;

– la médecine guérit aujourd'hui un cancer sur trois. Le nombre de morts par cancer s'accroît, en partie parce que l'on vit plus vieux mais aussi parce que certaines formes sont dues à nos modes de vie (tabagisme, habitudes alimentaires, risques professionnels...).

Les moyens d'action ne peuvent donc être que globaux, interdépendants, faisant intervenir aussi bien la prévention que le dépistage et les traitements.

On sait désormais que des oncogènes peuvent être « activés » par des produits chimiques. Un moyen de prévenir certains cancers consiste donc à détecter le plus tôt possible les produits cancérigènes. On connaît près de 6 millions de produits chimiques. Nous sommes régulièrement exposés à plus de 60 000 d'entre eux (pesticides, additifs alimentaires, produits cosmétiques, médicaments, dioxine, pyralène...). La plupart d'entre eux n'ont jamais été testés pour leurs effets cancérigènes éventuels, surtout en raison du coût prohibitif des tests. Seuls quelques centaines d'entre eux figurent sur la liste noire des organismes spécialisés.

Heureusement, des technologies nouvelles apportent l'espoir d'une détection améliorée. L'informatique, par exemple, peut aider à prédire le potentiel cancérigène d'une substance donnée à partir de sa structure chimique et à établir les relations entre familles de produits à risque. Des bactéries ont été modifiées par les techniques du génie génétique afin d'être rendues sensibles aux mutations. Elles sont aujourd'hui à la base de tests (test d'Ames) permettant de détecter des produits cancérigènes. Les grandes entreprises chimiques et pharmaceutiques commencent à soumettre systématiquement leurs nouveaux produits à des tests de ce type.

Les techniques de dépistage précoce des cancers ont également progressé. Les résultats obtenus grâce au scanner et à la RMN sont spectaculaires. Des tests de diagnostic précoce sont mis au point dans de nombreux laboratoires. Ils se fondent sur les propriétés des molécules biologiques de se reconnaître entre elles avec une grande spécificité et de s'attacher à certains « marqueurs » caractéristiques de cellules cancéreuses. C'est ainsi que des chercheurs britanniques ont pu démontrer en 1987 que le cancer du côlon pouvait être lié à l'absence d'un fragment de gène sur les deux paires du chromosome n° 5. Ce type de technique permettra d'administrer suffisamment tôt des traitements adaptés, de préconiser certaines modifications des habitudes alimentaires ou des modes de vie.

Pour lutter efficacement contre les cancers, les cancérologues utilisent de plus en plus les « biothérapies » à côté de l'arsenal classique (chirurgie, radiothérapie et chimiothérapie). Il s'agit de modulateurs de la réponse biologique (biomodulateurs) comme l'interféron, l'interleukine, ou les « tueurs naturels » des tumeurs, tels que le TNF. Ces produits naturels, obtenus aujourd'hui par les techniques du génie génétique, permettent d'agir de manière plus spécifique en stimulant par exemple les défenses naturelles de l'organisme ou en tuant localement les cellules malades. Ainsi la biologie moléculaire fondamentale permet-elle aujourd'hui de prendre le cancer « en tenaille » (comme entre les pinces du crabe qui le symbolise) ; grâce aux progrès réalisés sur les oncogènes, sur la compréhension de certains des mécanismes qui les « réveillent », sur le rôle des biomodulateurs ; mais aussi par le biais d'une judicieuse utilisation du génie génétique et de l'immunologie : deux domaines déterminants – on le verra – pour l'avenir de la vie. Avant la fin des années quatre-vingt-dix, des médicaments efficaces contre certains types de cancers seront commercialisés. Des vaccins contre des cancers, provoqués en partie par des virus, seront mis au point. La grande et nouvelle bataille qui se livrera alors concernera les processus mêmes du vieillissement : un des grands défis de la biologie pour le début du XXIᵉ siècle.

2. Les outils
de la révolution biologique

Les magiciens des gènes

Le « rêve » d'une cellule, disait François Jacob dans son très beau livre *La Logique du vivant*, c'est de se diviser. Le rêve secret des biologistes fut pendant longtemps de reprogrammer la vie. Avec le génie génétique c'est aujourd'hui non seulement possible, mais c'est le fondement même d'une industrie en développement.

On le sait : une des bases du fonctionnement des ordinateurs réside dans leur programme. Grâce à des programmes différents on peut « apprendre » à un ordinateur des fonctions diverses : contrôler une usine, lancer une fusée, établir la paye d'une entreprise, composer de la musique, dessiner les plans d'une maison, communiquer par le réseau téléphonique avec un autre ordinateur. Quelle serait la situation s'il fallait utiliser un ordinateur différent pour chaque fonction ? La lourdeur de l'informatique rendrait impossibles les principales activités techniques industrielles ou économiques de la société. La situation était pourtant comparable dans l'industrie agroalimentaire ou pharmaceutique avant le génie génétique. On y utilisait des micro-organismes pour des tâches précises : telle souche de *Lactobacillus* pour fermenter le lait et préparer des fromages ; telle autre pour faire du vinaigre, de l'ensilage, de la bière, du vin, ou assurer la conservation du saucisson. Telle levure pour faire monter la pâte qui fera le pain, telle moisissure pour produire des antibiotiques... Aujourd'hui, le génie génétique permet de modifier le programme héréditaire d'un micro-organisme (bactérie ou levure) ou de cellules plus complexes comme des cellules animales ou végétales. Mais aussi de leur faire produire les substances recherchées. Ainsi, une bactérie comme *Escherichia coli* (voir page 32), un *bacillus,* ou une bactérie de la famille des *Pseudomonas* peuvent devenir des « micro-usines » programmées capables de fabriquer indéfiniment de l'insuline, de l'interféron, de l'indigo ou même de la soie !

Pour reprogrammer la vie il faut être capable de réaliser une sorte de « greffe » à l'échelle moléculaire en insérant un morceau de programme génétique étranger dans celui de la cellule réceptrice. Dans une greffe classique (une greffe de rein, par exemple), il y a trois acteurs principaux : le donneur, le transporteur et le receveur.

Il en est de même pour une « greffe moléculaire » réalisée avec les techniques du génie génétique. Le donneur c'est une cellule dont on a isolé, purifié, extrait, copié ou synthétisé tout ou partie du gène que l'on veut « greffer » dans une autre cellule. Exemples : le gène de l'hormone de croissance humaine, le gène de l'insuline, celui du facteur VIII (produit naturel utilisé pour traiter l'hémophilie) ou de l'interleukine (produit utilisé dans le traitement de certains cancers). Le transporteur s'appelle le « vecteur » : un véritable « cheval de Troie » moléculaire qui permet d'introduire le gène étranger dans la cellule réceptrice (clonage). On utilise pour cela de courtes chaînes d'ADN circulaires, les plasmides. Ils existent dans les bactéries, mais les biologistes les transforment pour les rendre plus efficaces et mieux contrôlables. Enfin, le receveur qui sera transformé en micro-usine programmée, c'est une bactérie (*E. coli,* ou *bacillus*), une levure, ou une cellule en culture (cellule de souris, de singe, ou d'autre animal), capable d'« exprimer » le gène, c'est-à-dire de lui permettre de diriger la synthèse de la protéine recherchée.

CELLULE DONNEUSE   VECTEUR   CELLULE RÉCEPTRICE

Vecteur, clonage et *expression* sont les maîtres mots du génie génétique. Pour réaliser ces opérations de « microchirurgie moléculaire », les biologistes doivent disposer d'outils ultra-miniaturisés et ultra-performants mis au point au cours de l'épopée du génie génétique. Ce sont principalement des enzymes, véritables machines moléculaires, pour couper, coller, effacer, reproduire, transférer les séquences d'instructions chimiques qui constituent les langages de la vie. Grâce aux travaux de W. Arber, prix Nobel, les ingénieurs des gènes ont pu progressivement mettre au point des panoplies d'enzymes à couper et à coller. On en compte aujourd'hui plus de cent, portant les noms de code de Hind III, Bam II1, Eco R1 ou Pst 1 et qui permettent de découper l'ADN à des endroits précis et en fragments connus. Ceci permet de les analyser, de les stocker ou de les assembler sur ordinateur. D'autres enzymes, comme la ligase, servent à coller entre eux les morceaux de programmes génétiques afin de composer des séquences portant des instructions précises. Enfin, des machines automatiques permettent de synthétiser des gènes artificiels, lesquels seront reconnus et « lus » par l'usine cellulaire comme s'ils étaient des gènes naturels.

L'extraordinaire capacité de démultiplication de l'information biologique, tenant à la rapidité de reproduction des bactéries, permet le passage des techniques du laboratoire à l'usine. En un peu plus de 3 heures, une bactérie comme *E. coli* (elle se divise toutes les 20 minutes) voit son nombre multiplié par 1 000, ou plus exactement par 1 024 : il y a en effet 3 divisions par heure, donc 10 divisions en 3 heures et 20 minutes ; $2^{10} = 1\ 024$. A partir d'un milieu de culture contenant quelques dizaines ou quelques centaines de milliers de bactéries on peut ainsi passer en quelques heures à un fermenteur de 100 000 litres.

Le dessin ci-contre retrace le processus de fabrication d'un produit comme l'insuline, l'hormone de croissance ou l'interféron par les techniques modernes de génie génétique.

Les progrès du génie génétique ont depuis cette date donné naissance à l'industrie du gène, fer de lance des biotechnologies. Mais le génie génétique ne se cantonne pas au domaine pharmaceutique. Il permet la création de nouvelles espèces de plantes, la fabrication de biopesticides, le traitement de défauts génétiques, la conception de nouvelles espèces animales ou de biopolymères à usage industriel. Ce qui n'était qu'outil de laboratoire en 1975 est non seulement en passe de révolutionner les industries chimique, biologique, pharmaceutique et agroalimentaire, mais ouvre aussi la voie vers la compréhension et la guérison de maladies comme le cancer et le sida.

Les alliés invisibles

Les progrès de la biologie fondamentale, comme ceux des biotechnologies, sont dus en grande partie à des outils moléculaires d'une grande efficacité : en premier lieu les enzymes (machines moléculaires) ; mais aussi les anticorps monoclonaux (têtes chercheuses moléculaires), les sondes d'hybridation (outils de tri des molécules d'ADN) et les marqueurs radioactifs ou enzymatiques (étiquettes attachées aux molécules que l'on veut suivre à la trace).

Ces outils de découpage, d'assemblage, de tri ou de marquage utilisés par les biologistes se fondent sur la propriété de reconnaissance de molécules entre elles : les protéines avec d'autres protéines ; les acides nucléiques avec des protéines, ou des segments d'acide nucléique avec d'autres segments d'acide nucléique. Les formes de leurs sites de reconnaissance sont complémentaires. Des

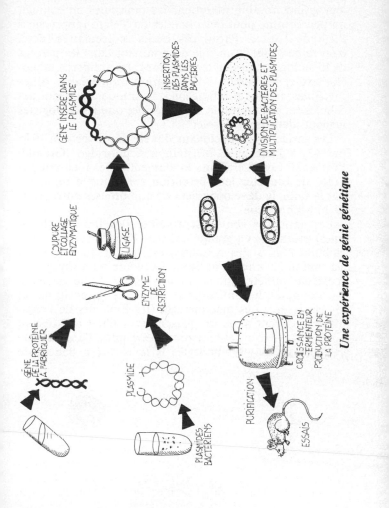

GÈNE
DE LA PROTÉINE
À FABRIQUER

PLASMIDE

PLASMIDES
BACTÉRIENS

ENZYME
DE
RESTRICTION

COUPURE
ET COLLAGE
ENZYMATIQUE

LIGASE

GÈNE INSÉRÉ DANS
LE PLASMIDE

INSERTION
DES PLASMIDES
DANS LES BACTÉRIES

DIVISION DE BACTÉRIES ET
MULTIPLICATION DES PLASMIDES

CROISSANCE EN
FERMENTEUR
PRODUCTION DE
LA PROTÉINE

PURIFICATION

ESSAIS

Une expérience de génie génétique

liaisons se créent ainsi entre des groupements chimiques placés à bonne distance. Chaque liaison est faible, mais leur grand nombre maintient les molécules en contact, un peu comme pour deux bandes de Velcro rapprochées l'une de l'autre. Parmi ces outils moléculaires, deux d'entre eux jouent un rôle déterminant dans les percées de la biologie et des biotechnologies : les anticorps monoclonaux et les sondes d'hybridation moléculaire. Alliés invisibles, fiables et infatigables, ils traquent au cœur des cellules les structures ou les molécules que les biologistes veulent identifier ou isoler.

Les anticorps monoclonaux ont été découverts en 1975 par G. Köhler et C. Milstein à Cambridge (Grande-Bretagne). Ces chercheurs fondamentalistes n'eurent pas l'idée de breveter leur invention sur laquelle reposera, par la suite, le développement de nombreuses entreprises de biotechnologie.

Les anticorps sont des protéines (les immunoglobulines) produites en grande quantité dans le sang par des globules blancs (les lymphocytes B). Lorsqu'un animal est immunisé par un antigène (protéine ou autre grosse molécule caractéristique d'un virus ou d'une bactérie, par exemple), les anticorps se fixent sur les antigènes et les inactivent. Les macrophages (les éboueurs de l'organisme) peuvent alors les phagocyter. Köhler et Milstein voulaient obtenir des anticorps spécifiques d'un antigène en cultivant des lymphocytes B *in vitro* (en dehors de

ANTICORPS

LYMPHOCYTE

MACROPHAGE

l'organisme vivant). Malheureusement les lymphocytes ne se développent pas dans ces conditions. En revanche, des cellules cancéreuses d'un myélome (cancer de la mœlle osseuse) « croissent » et prolifèrent *in vitro*. Elles sont immortelles. Pourquoi ne pas tenter de fusionner, d'hybrider ces deux types de cellules pour tirer parti de la capacité de production d'anticorps des lymphocytes B et des propriétés de culture *in vitro* des cellules de myélome ? C'est ce que tentèrent Köhler et Milstein en produisant ainsi des hybridomes, cellules hybrides ayant les propriétés des deux cellules fusionnées. Avantage supplémentaire : il devenait possible de marquer biochimiquement, donc de trier, les clones (population issue d'une même cellule) d'hybridome, chacun d'entre eux fabriquant un seul type d'anticorps très spécifique appelé anticorps monoclonal (issu d'un seul clone). Désormais on n'obtient plus, dans le sérum d'un animal immunisé, des populations, des mélanges, d'anticorps différents dirigés contre une multitude d'éléments caractéristiques de la protéine antigénique. Mais on peut, par cette technique, isoler des anticorps monoclonaux dirigés contre un seul élément (un épitope), et pas un autre : comme si, au lieu de reconnaître l'ensemble d'un visage, un système de détection reconnaissait le coin d'un œil, une ride de la joue ou la forme d'une oreille.

Le dessin des pages 208 et 209 explique la production des anticorps monoclonaux.

On comprend pourquoi les anticorps monoclonaux sont d'extraordinaires outils de dissection moléculaire. On peut, en effet, accrocher à ces têtes chercheuses de grosses « étiquettes » (métaux lourds, isotopes radioactifs, enzymes) produisant une réaction colorée – marquage immuno-enzymatique – pour repérer, trier, isoler des biomolécules.

Les applications des anticorps monoclonaux sont nombreuses. Dans le domaine du diagnostic, ils permettent, par exemple, de détecter dans l'organisme la présence de virus (hépatite B, herpès ou sida), des bactéries, responsables de maladies sexuellement transmissibles, ou des cellules tumorales (cancers du sein, du côlon, de l'ovaire).

Couplés à des toxines puissantes, ils permettent de détruire sélectivement des cellules malades (immunotoxines). On peut les cultiver pour occuper la place d'un agent infectieux, sur son récepteur cellulaire, et lui fermer ainsi la porte d'entrée des cellules. Pour séparer et isoler des protéines, les anticorps monoclonaux peuvent être accrochés à des supports plastiques placés dans des colonnes de verre et « saisir » au passage les molécules recherchées (chromatographie d'affinité). Ils sont aussi des sentinelles qui permettent de prévenir à temps le rejet d'une greffe.

Les anticorps monoclonaux, outre leur immense intérêt dans la recherche fondamentale, sont aujourd'hui au cœur d'une industrie florissante. On estime qu'un tiers des entreprises de biotechnologie dans le monde commercialise des produits à base d'anticorps monoclonaux. Köhler et Milstein ont eu le prix Nobel pour l'importance de leur découverte. Et les responsables des organismes britanniques chargés de la valorisation des recherches regrettent amèrement de ne pas avoir pris à temps un brevet sur ces étranges cellules hybrides appelées hybridomes..

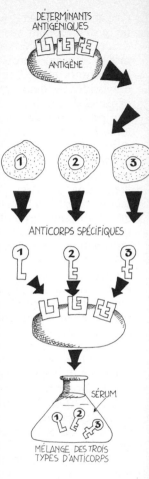

DÉTERMINANTS ANTIGÉNIQUES

ANTIGÈNE

ANTICORPS SPÉCIFIQUES

SÉRUM

MÉLANGE DES TROIS TYPES D'ANTICORPS

Les sondes d'hybridation représentent elles aussi une révolution. Sans elles, la plupart des grandes découvertes contemporaines sur les oncogènes (les gènes du cancer) eussent été impossibles. Ces sondes se fondent sur la pro-

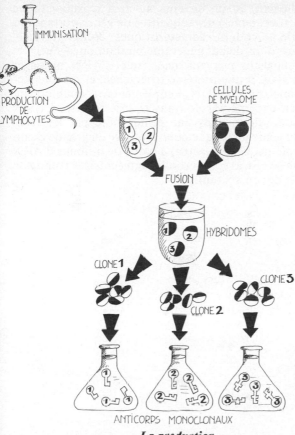

IMMUNISATION

PRODUCTION DE LYMPHOCYTES

CELLULES DE MYELOME

FUSION

HYBRIDOMES

CLONE 1

CLONE 2

CLONE 3

ANTICORPS MONOCLONAUX

*La production
des anticorps monoclonaux*

priété qu'ont les acides nucléiques de former une double hélice à partir de deux brins déroulés mais possédant des séquences complémentaires. Si un brin d'ADN se trouve isolé, un court segment comportant les bases complémentaires (une sonde) viendra s'enrouler autour de lui exactement à l'endroit prévu. C'est le phénomène d'hybridation moléculaire. En attachant à cette sonde un isotope radioactif ou un enzyme on peut marquer (donc détecter, trier, isoler) des séquences de gènes portant des informations codées, caractéristiques d'une protéine, d'un virus, d'un défaut génétique ou d'un oncogène.

Les biologistes peuvent aussi isoler l'ARN messager correspondant à une protéine recherchée, et recopier cet ARN monobrin en ADN complémentaire double brin, grâce à un enzyme appelé transcriptase reverse. L'ADN sera ensuite cloné dans une cellule hôte par les techniques du génie génétique pour produire en grande quantité la protéine. Cet isolement à partir de millions d'ARN différents se fait avec des sondes moléculaires comme le montre le dessin suivant.

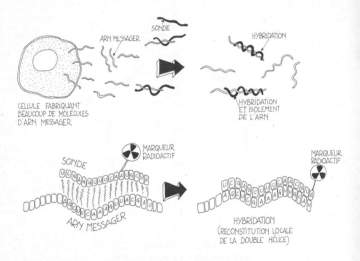

L'ensemble de l'information génétique d'un individu, renfermée dans l'ADN, est analogue à une banque de données informatiques. Aujourd'hui, pour rechercher tous les articles comportant le mot « biotechnologie » ou « interféron », il suffit de taper ce « mot clef » sur le clavier de l'ordinateur. Celui-ci recherche alors dans ses mémoires toutes les séquences de mots et de phrases dont les caractères se succèdent dans l'ordre de ceux du mot clef ; puis il affiche le nombre, les titres ou les textes complets des références bibliographiques sélectionnées.

Une sonde d'hybridation est une sorte de « mot clef moléculaire ». Placée dans une banque de gènes, parmi des centaines de millions de séquences, des milliards de lettres du code génétique, la sonde va trouver la séquence complémentaire, s'hybrider à cette séquence et, grâce au marquage, permettre son isolement ou son identification.

Avant la mise en œuvre des sondes, rechercher un gène humain renfermant l'information d'une protéine de 1 000 acides aminés revenait à chercher une page de texte (soit 3 000 caractères puisqu'il faut 3 lettres du code génétique pour définir un acide aminé) dans 1 000 encyclopédies de 1 000 pages (les 3 milliards de caractères du génome humain), et ceci sans index et sans pages numérotées ! Les sondes d'hybridation « se débrouillent » toutes seules pour aller repérer le gène recherché grâce à la spécificité des interactions moléculaires entre les acides nucléiques.

Les sondes moléculaires sont aujourd'hui les alliées indispensables des recherches fondamentales en biologie. Mais elles sont également à l'œuvre dans de nouvelles trousses de diagnostic des maladies infectieuses. Elles ont permis, par exemple, de repérer le gène du facteur VIII (essentiel à la coagulation du sang et nécessaire au traitement des hémophiles) pour fabriquer la protéine par génie génétique ; ou d'identifier des défauts génétiques pouvant conduire au cancer du côlon, sur le chromosome n° 5 humain. Grâce aux sondes, des chercheurs (comme l'immunologiste Susumu Tonegawa, prix Nobel de médecine 1987) ont mieux compris comment les gènes se recombinaient pour créer l'extraordinaire variété des anticorps et donc la modulation de la réponse immunitaire. Maladies génétiques, maladies infectieuses à virus, à bactéries ou parasites ; recherches sur les cancers, sur l'immunité, le vieillissement ; mise au point de nouveaux vaccins : il n'y a plus de domaines de la recherche en biologie ou en biotechnologie qui ne fassent appel aux sondes d'hybridation moléculaire, alliées invisibles de l'homme pour la « pêche aux gènes ».

Les ingénieurs de l'infiniment petit

Les progrès des chimistes et des biologistes nous font aujourd'hui entrer dans une nouvelle ère de l'ingénierie : celle des machines moléculaires contrôlables par l'homme, invisibles à l'œil nu, mesurant quelques centièmes de microns, mais capables d'exécuter des fonctions précises.

Les ingénieurs de la mécanique ont d'abord fabriqué des machines de grande taille pour transformer la matière ou pour faciliter les déplacements : machines-outils, perceuses, outils à découper, presses à emboutir, locomotives ou automobiles. L'information nécessaire pour les produire est contenue dans des plans transmis à d'autres machines ou à des robots. L'information est ici extérieure aux matériaux transformés. Elle se trouve, par exemple, dans la forme de la presse à emboutir. Avec les progrès de la biologie moléculaire et de la chimie organique, les « ingénieurs de l'infiniment petit » reprogrammment des bactéries, micro-usines biologiques, ou assemblent des édifices supra-moléculaires à l'aide d'une boîte à outils faite de molécules qui s'assemblent comme les pièces d'un Lego. Dans certains cas, ils laissent même ces édifices s'auto-assembler grâce aux propriétés des atomes qui sont leurs matériaux de base. L'information est, cette fois, au cœur de la matière et non plus à l'extérieur. Si on dissocie en leurs principales pièces détachées certains virus (comme le phage T_2, page 36), ils se réassemblent spontanément, chaque pièce s'ajustant dans les pièces complémentaires.

Autre exemple d'auto-assemblage : les couches « LB ». Il y a environ vingt ans, le physico-chimiste Langmuir et son assistante Blodgett inventaient un procédé de fabrication de couches minces qui porte aujourd'hui leur nom. Les couches de Langmuir-Blodgett (LB) suscitent un intérêt considérable dans le monde pour la fabrication de circuits basés sur les principes de l'électronique moléculaire. Ces couches se forment à partir de molécules

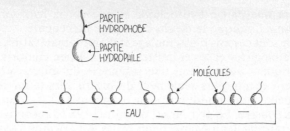

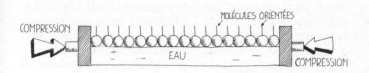

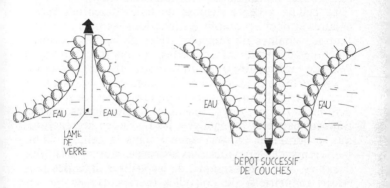

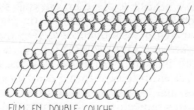

La fabrication de couches minces

ayant une partie hydrophobe et une partie hydrophile, comme l'indique le dessin de la page précédente.

Ce sont ces lois d'assemblage et d'auto-organisation que les biologistes et les chimistes ont peu à peu compris. Ils pratiquent aujourd'hui une ingénierie du micro vers le macro et non plus seulement du macro vers le micro, à laquelle nous conduisait une miniaturisation toujours plus poussée. Le prix Nobel de chimie 1987 a récompensé le Français Jean-Marie Lehn et les Américains Donald Cram et Charles Pedersen pour leurs travaux mettant en œuvre les principes d'une telle ingénierie moléculaire. Ces nouveaux architectes de l'infiniment petit ont réussi à fabriquer des molécules capables, comme les enzymes, d'exécuter des fonctions précises : reconnaître, piéger, filtrer, trier, transporter d'autres molécules ou conduire de l'information à distance (« fils moléculaires »).

La cellule vivante dispose de telles machines moléculaires et peut accomplir les fonctions les plus diverses. Pompes, chaînes de transport, têtes de lecture, ressorts, machines-outils, leviers, navettes, canaux fonctionnent à l'échelle moléculaire avec une grande efficacité. Aujourd'hui, les biologistes et les chimistes tentent de les copier ou de les transformer. Leurs premières cibles, ce sont évidemment les enzymes, machines moléculaires perfectionnées capables de catalyser les myriades de réactions qui se déroulent en permanence dans la cellule. Comment rendre les enzymes plus efficaces, plus solides, plus durables, afin, par exemple, de les utiliser dans des processus industriels, de nouvelles thérapeutiques ou des tests de diagnostic ? La voie la plus prometteuse – en attendant la synthèse totale d'un enzyme sur mesure – consiste à modifier quelques sections du plan génétique de tel ou tel enzyme (les séquences d'ADN qui « codent » pour cette protéine). Une protéine (on l'a vu page 66) est constituée par une chaîne d'acides aminés enroulée sur elle-même. Cet enroulement forme des creux, des bosses, des trous (les sites actifs) permettant de reconnaître certaines structures moléculaires (les substrats de l'enzyme), mais aussi de les modifier, soit en les découpant, soit en les assemblant (voir dessin page 158).

Quand on connaît la séquence d'acides aminés qui constitue le site actif d'un enzyme, on peut en déduire la séquence de nucléotides qui en est la traduction génétique codée. On peut ensuite modifier cette séquence afin de placer à un endroit déterminé du site actif un autre acide aminé disposant de groupements chimiques capables de s'accrocher plus fortement au substrat. Ceci aura pour effet d'accroître le pouvoir catalytique de l'enzyme. Cette technique prometteuse pour l'avenir s'appelle la *mutagenèse dirigée*, un des outils de base de l'ingénierie des protéines. Avant l'avènement de cette technique, il fallait procéder par mutations au hasard : soit avec des rayons X (qui modifient l'organisation de l'information génétique et créent des erreurs, des « coquilles » dans les textes des plans de fabrication des protéines) ; soit avec des produits chimiques ayant un effet analogue. Les mutations naturelles sont la source principale de la variété des espèces vivantes (par modifications, réarrangements, recombinaisons internes du patrimoine génétique). Elles sont aussi la cause de maladies génétiques, comme la terrible anémie falciforme qui frappe les jeunes Africains. La mutation porte dans ce cas sur un seul des acides aminés de la protéine hémoglobine, l'acide glutamique (en abrégé GLU) étant remplacé par la valine (VAL) ; ce qui suffit pour changer la forme des hématies (passant d'un disque plat à un croissant pointu), les conduisant à boucher les petits vaisseaux sanguins.

Les voies d'avenir de l'ingénierie des protéines passent par la prédiction de la structure en trois dimensions d'un enzyme à partir de sa séquence d'acides aminés (l'ordre dans lequel ils se succèdent). Mais cela implique des calculs très complexes sur ordinateur. De nombreux laboratoires travaillent sur ce problème depuis une vingtaine d'années. Aucune solution spectaculaire n'est attendue dans un avenir proche. Autre voie : la simulation sur ordinateur de la réactivité d'un site actif par modification des acides aminés qui le constituent. Dans ce cas également, les programmes sont très complexes et ne représentent pour le moment qu'une première approximation.

L'ingénierie des protéines, la production d'enzymes sur mesure constituent un domaine stratégique des biotechnologies. Elles font l'objet d'une vive compétition internationale et nécessitent des équipements lourds (machines automatiques, ordinateurs, terminaux graphiques pour la visualisation des structures tridimensionnelles). Mais la maîtrise de ces outils ouvre la voie à de nouveaux matériaux moléculaires (surfaces catalytiques), à des couches minces pour la fabrication de biocapteurs (utilisés dans les tests de diagnostic ou des prothèses implantables), mais aussi à des circuits d'ordinateurs moléculaires (électronique moléculaire) ou à de nouveaux médicaments. L'outil qui a rendu possibles de tels bouleversements en biologie est sans conteste l'ordinateur...

L'ordinateur et le vivant

Le mariage de l'ordinateur et de la biologie est heureux et fécond. Les progrès, les nouveaux outils décrits dans les pages précédentes n'auraient pas aujourd'hui le même impact sans l'informatique. Et l'avenir nous promet plus encore.

La nature a favorisé un tel mariage. Les molécules de la vie, protéines et acides nucléiques, portent leur information inscrite sous la forme d'enchaînements linéaires d'acides aminés (pour les protéines) ou de nucléotides (pour les acides nucléiques) (voir pages 66 et 70). Ces successions de signes codés sont analogues à celles des lettres dans un mot, des mots dans une phrase ou d'une phrase dans un paragraphe. Il est donc normal que les programmes mis au point par les informaticiens pour traiter des chaînes de caractères puissent être adaptés au traitement de l'information biologique. Ces programmes permettent le stockage, le traitement, la manipulation de l'information biologique.

L'ordinateur est devenu en quelques années un assistant essentiel du développement explosif de la biologie. Il intervient dans les grandes banques de données de gènes et de protéines, ou sous l'aspect des puces intégrées aux appareils les plus divers. Il n'y a pas de laboratoire qui ne fasse appel à l'informatique. L'ordinateur y est mis à toutes les tâches : planification d'expériences, analyse des résultats, gestion de l'information du laboratoire, conception de molécules nouvelles, saisie des données, rédaction de rapports et d'articles, réalisation de schémas ou de graphiques.

Mais une des applications de l'ordinateur en biologie parmi les plus spectaculaires consiste à comparer des séquences de gènes et de protéines dans des « atlas » stockés à cet effet dans les mémoires des grands ordinateurs de Stanford, de la GenBank à Los Alamos, de l'Institut Pasteur ou du Centre européen de biologie moléculaire à Heidelberg. Un réseau télématique appelé BIONET relie d'ailleurs entre eux, à l'échelle mondiale, les biologistes qui souhaitent échanger des données et des résultats dans ces domaines. C'est en utilisant de tels programmes informatiques que le chercheur américain Russell F. Doolittle a réussi en 1983 à établir, avec son collègue britannique Michael D. Waterfield, une relation totalement inattendue entre un oncogène viral et la séquence d'ADN d'un facteur naturel, le PDGF, jouant un rôle dans la cicatrisation des plaies (voir page 194). Depuis, l'ordinateur a permis de relier d'autres oncogènes à des produits naturels des cellules, jouant particulièrement un rôle dans la croissance ou la division cellulaire.

Une autre application spectaculaire de l'ordinateur en biologie est la visualisation sur écran des molécules de la vie. Cette visualisation en couleurs et en trois dimensions permet de fabriquer des modèles qui facilitent la compréhension des mécanismes d'action de ces molécules ; voire même d'en concevoir de nouvelles. C'est ce que l'on appelle la conception de molécules assistée par ordinateur (CMAD), la transposition, pour l'infiniment petit, des techniques de la CAO (conception assistée par ordinateur) utilisées par les ingénieurs de l'industrie de l'automobile ou de l'aérospatiale.

La révolution conceptuelle et technologique du mariage

de l'ordinateur et de la biologie tient au fait qu'il est désormais possible de manipuler l'information biologique (et les molécules qui la portent) tantôt *électroniquement* (sur les ordinateurs) comme on vient de le voir, tantôt *matériellement* (au laboratoire). Et ceci grâce à des outils moléculaires capables de trier, sélectionner, découper, recoller des fragments de molécules d'ADN ou de protéines. Ces outils sont les enzymes, les anticorps monoclonaux et les sondes d'hybridation dont il a été question plus haut. Leur synergie permet la mise en œuvre de nouvelles stratégies de recherche et de développement industriel, contribuant à l'essor de la bio-industrie (voir page 230).

Mais l'ordinateur permet de faire un pas de plus : la liaison des cerveaux et des réseaux. Le réseau neuronal inspire la conception de circuits électroniques. Et réciproquement, l'ultra-miniaturisation des circuits apporte des ouvertures nouvelles aux biologistes. Sciences cognitives et intelligence artificielle, neurobiologie et électronique moléculaire, réseaux neuronaux, conception d'architectures parallèles des ordinateurs de demain : autant de domaines prometteurs pour l'avenir. Des percées technologiques et des développements qui conduisent à de nouvelles interfaces entre le cerveau de l'homme et les machines. Des interconnexions bio-électroniques qui bouleversent les frontières entre organismes biologiques et ordinateurs « moléculaires ». C'est le secteur foisonnant de la biotique, l'ultime connexion de la biologie et de l'informatique.

3. L'industrie du vivant

La naissance de la bio-industrie

Les outils et les « machines » qui viennent d'être décrits ont donné naissance à la bio-industrie, l'industrie du vivant. Pratiquement inexistante en 1980, elle compte aujourd'hui plus de six cents entreprises dans le monde, en grande partie aux États-Unis. Certaines sont âgées d'à peine cinq ans. Les sociétés de financement de l'innovation ont investi 100 millions de dollars dans les biotechnologies pendant les années soixante-dix, un investissement qui atteignait 3 milliards de dollars en 1986.

Les progrès des biotechnologies conduisent au développement d'outils moléculaires et électroniques encore plus performants, ouvrant de nouveaux horizons à la recherche fondamentale, aux recherches appliquées et au développement industriel. Pourtant, ces techniques qui connaissent aujourd'hui un essor aussi spectaculaire sont en fait des techniques millénaires. Les hommes savaient inconsciemment utiliser des microbes utiles (des levures notamment) pour fabriquer de la bière, du vin, du pain ou du fromage. Plus tard, ils découvrirent les moyens de conserver des aliments putrescibles, grâce à la fermentation lactique (ensilage, choucroute, condiments, salaison) qui crée un milieu acide tenant à l'écart des bactéries nuisibles.

La révolution biotechnologique repose sur une meilleure connaissance des différents types de micro-organismes utiles et des moyens de les reprogrammer grâce au génie génétique. C'est à Louis Pasteur que l'on doit d'avoir défini les règles de base de la microbiologie industrielle : comment éviter les contaminations, assurer

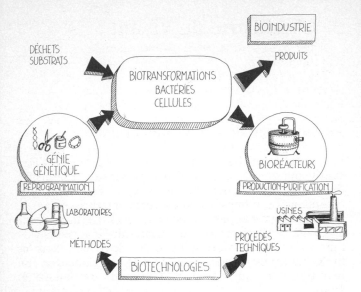

la qualité des fermentations, identifier les « germes » pathogènes et les distinguer des microbes utiles. Plus tard, avec la biologie moléculaire et les travaux de Jacques Monod et de François Jacob, notamment, ce sont les lois de la « domestication » des microbes par l'homme qui sont proposées pour la première fois. Au lieu d'utiliser des souches bactériennes ou de levures sélectionnées dans la nature, il devint possible de « fabriquer » de nouvelles souches capables d'accomplir des tâches précises.

On peut définir les biotechnologies de la manière suivante : elles permettent, grâce à l'application intégrée des connaissances et des techniques de la biochimie, de la microbiologie, de la génétique et du génie chimique, de tirer parti, sur le plan technologique, des propriétés et des capacités des micro-organismes et des cultures cellulaires. Ce qui permet de produire industriellement des substances utiles à la société. Pourtant, on ne peut comprendre le développement de la bio-industrie et le passage de l'éprouvette du laboratoire aux fermenteurs géants des usines qu'en associant deux propriétés des micro-organismes : la reprogrammation de leur ADN par le génie génétique et leur extraordinaire capacité de reproduction.

Contrairement à une idée largement répandue, les biologistes ne travaillent pas sur une seule bactérie ou sur une seule chaîne d'ADN mais sur des millions de cellules ou de molécules. Il ne s'agit donc pas d'une sorte de « microchirurgie », mais de la mise en œuvre, sur des populations de molécules ou de cellules, d'une série de processus biochimiques utilisant des enzymes spécifiques capables de reconnaître, parmi les molécules présentes, celles sur lesquelles agir.

Quelques pionniers sont à l'origine de la bio-industrie. Les premières expériences de génie génétique débutèrent dans des laboratoires universitaires, grâce à la convergence de plusieurs secteurs de recherche. Mais l'histoire gardera le nom de quelques scientifiques et *managers* qui réussirent à transférer le savoir-faire universitaire vers l'industrie en créant les premières entreprises de génie génétique et en déposant les premiers brevets. Parmi eux, le prix Nobel D. Glaser et Ronald Cape qui fondèrent la première entreprise de génie génétique, Cetus, en 1971, à Berkeley, en Californie. Puis Genentech, créée en 1976 par Herbert Boyer, le sientifique, et Robert Swanson, le *manager*. Ce tandem en a fait le leader de la jeune bio-industrie internationale par le nombre de projets et de produits nouveaux. En 1978, il n'existait que 4 entreprises de biotechnologie dans le monde : Cetus, Genentech, Genex et Biogen. Il y en avait 30 en 1980 et 500 en 1987.

Ces entreprises mirent d'abord en œuvre les techniques du génie génétique pour produire les quatre produits naturels les plus demandés par le marché au début des années quatre-vingt : l'interféron, l'hormone de croissance humaine, l'insuline et le vaccin contre l'hépatite B. Tous ces produits sont aujourd'hui obtenus par ces techniques et commercialisés. De nombreux autres ont suivi, notamment dans le domaine pharmaceutique, agro-alimentaire et vétérinaire. Parmi eux : des insecti-

cides, un vaccin contre la fièvre aphteuse, l'urokinase
pour le traitement des maladies rénales, le TPA, activa-
teur du plasminogène des tissus (produit évitant la formation de caillots sanguins), le TNF, facteur de nécrose
des tumeurs, l'interleukine (protéine utilisée dans le traitement du cancer), l'hirudine, protéine anticoagulante
dont le gène a été « emprunté » à la sangsue. Ce dernier
produit a été obtenu en 1987 par Transgène, la première
entreprise française de biotechnologie, créée en 1980 par
Pierre Chambon et Philippe Kourilsky avec un financement de Paribas Technology.

Pas de chômage pour les microbes

Aujourd'hui, les bio-industries concernent principalement l'industrie pharmaceutique, l'agro-alimentaire,
l'environnement, la chimie et l'énergie.

– *Industrie pharmaceutique :* dans le domaine pharmaceutique la compétition fait rage entre les grandes entreprises. Les produits majeurs ont déjà été cités. Il s'agit
surtout du TPA, de l'interleukine, des interférons, des
grands vaccins parasitaires et viraux (malaria, hépatite,
herpès, sida).

– *Agro-alimentaire :* on sait que les microbes peuvent
produire des protéines de qualité égale aux protéines animales ou aux protéines végétales. L'avantage des micro-
organismes est leur reproduction rapide, indépendante
des conditions climatiques, conduisant en quelques jours
à des tonnes de protéines à partir de substrats variés. Les
chiffres sont significatifs : un bœuf de 500 kilos ne produit que 500 grammes de protéines en 24 heures, tandis
que 500 kilos de bactéries en produisent de 5 à 50 tonnes
dans le même temps ! Des bactéries recombinées, hyper-
productrices de protéines, sont utilisées par plusieurs
grandes entreprises.

Il est également possible d'accroître les stocks de nourriture présents en évitant que des prédateurs ne les
détruisent. La « lutte biologique » contre les insectes permet ainsi de préserver les récoltes. On connaît des bacté-

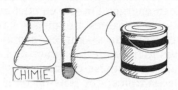

BIOTECHNOLOGIES

ries utiles *(Bacillus thuringiensis)* produisant des toxines
capables de détruire des larves d'insectes. Le génie génétique est actuellement utilisé pour fabriquer des bactéries
productrices de ces toxines et même pour les faire sécré-
ter directement par les feuilles des plantes traitées.

Enfin, un des grands espoirs des biologistes est de
domestiquer la fixation directe de l'azote atmosphérique
pour fabriquer des biofertilisants à la place des engrais
azotés coûteux en énergie. On sait en effet que les plantes
légumineuses sont capables de piéger l'azote de l'air
grâce aux bactéries qui vivent en symbiose dans les
nodules de leurs racines, de fabriquer de l'ammoniac et
de l'utiliser dans la synthèse de leurs protéines. C'est le
cas du soja, des lentilles, des pois ou de la luzerne. Les
chercheurs travaillent à introduire les gènes permettant
la fabrication des enzymes responsables de la fixation de
l'azote dans des graminées telles que le maïs ou le blé.

– *Environnement :* les biologistes s'efforcent, dans ce
domaine, de fabriquer des microbes capables de détruire
des déchets dangereux. Certaines bactéries du type
Pseudomonas par exemple ou des champignons microscopiques dégradent des hydrocarbures chlorés et les
transforment en substances inoffensives pou
l'environnement. Les Japonais utilisent des bioréacteurs
dans lesquels passent les effluents d'industries pol-
luantes. A la sortie de ces bioréacteurs, des produits
simples (eau, gaz carbonique ou méthane) sont éliminés
sans danger.

– *Énergie :* on sait que des microbes sont à la base de
nombreux processus producteurs d'énergie. Certaines
bactéries dégradent la cellulose et produisent de l'alcool
utilisable comme carburant. D'autres fabriquent du
méthane à partir des déchets organiques. Des algues ou
des bactéries dégagent de l'hydrogène sous l'effet du
rayonnement lumineux. On attend beaucoup des techniques de recombinaison génétique pour améliorer les
rendements de ces bactéries, levures, algues ou champignons.

Par exemple, une des voies actuellement parmi les plus
explorées est la cellulolyse pour produire de l'alcool car-

burant. On sait que les levures sont d'excellentes productrices d'alcool à partir de sucre. Depuis des siècles, on fabrique de l'alcool à partir de *Saccharomyces cerevisae.* L'inconvénient majeur est que les levures ne peuvent pas transformer la cellulose en glucose, à partir duquel la fermentation peut commencer. On connaît, en revanche, des bactéries telles que *Clostridium thermocellum,* capables de traiter des déchets cellulosiques et de les transformer directement en alcool. Malheureusement ces bactéries sont inhibées par leur propre production d'alcool. Le but des chercheurs est d'introduire les gènes responsables de la cellulolyse (codants pour les enzymes cellulases) dans des levures, leur permettant ainsi de traiter directement la cellulose de la bagasse, de la paille ou même du papier, pour la transformer en alcool. L'opération se fait aujourd'hui en plusieurs étapes, avec des champignons de type *Trichoderma,* capables de transformer la cellulose en sucre, le jus sucré obtenu étant ensuite fermenté par des méthodes classiques. Si la cellulolyse pouvait être effectuée en une étape, de nombreuses applications d'une grande importance seraient accessibles.

– *Chimie :* les bactéries peuvent être productrices de matières premières pour la chimie. Pendant la Première Guerre mondiale, des processus biologiques furent utilisés pour produire de l'acétone ou du butanol. En orientant préférentiellement – grâce au génie génétique – les voies de biosynthèses naturelles des micro-organismes, on peut leur faire produire de grandes quantités d'une substance donnée. Il se développe ainsi, à côté de la pétrochimie classique, une « cellulochimie » ou une « organochimie » utilisant les microbes pour fabriquer des matières de base servant ensuite à la fabrication de solvants, d'émulsifiants, de liants ou de matières plastiques, essentiels à l'industrie de demain.

Les techniques de base de la bio-industrie sont aujourd'hui bien maîtrisées. Les synthèses de gènes se font à la machine automatique et le clonage d'un gène se réalise en moins d'une semaine. La fabrication d'ADN complémentaire à partir d'ARN messager se fait aujourd'hui en routine dans les laboratoires spécialisés. Ces techniques sont déjà étudiées en travaux pratiques de biologie moléculaire dans les universités les plus avancées.

L'avenir de la bio-industrie

La première étape des applications du génie génétique a surtout consisté à fabriquer des produits naturels qui n'étaient jusqu'alors obtenus qu'en très petite quantité par les techniques classiques d'extraction et de purification. Cette première approche est loin d'être abandonnée, mais elle est complétée par l'utilisation des techniques de génie génétique pour modifier la machinerie de production des cellules vivantes. En effet, les bactéries reprogrammées sont fragiles et perdent parfois leurs précieux gènes. Les bactéries isolées dans la nature et qui constituent par exemple la base de la bio-industrie japonaise (aliments, antibiotiques, métabolites, enzymes) sont, par contre, beaucoup plus résistantes. Or il devient possible aujourd'hui de modifier les voies de biosynthèse internes d'un micro-organisme industriel et le rendre ainsi plus efficace dans son bilan énergétique ou son utilisation optimale du carbone comme source principale pour ses synthèses.

De tels microbes n'existant pas dans la nature mais présentant des propriétés « sur mesure » intéressent les industries chimiques ou agro-alimentaires. Par exemple : la modification génétique d'une souche bactérienne qui produit une protéine intervenant dans la formation des cristaux de glace permet d'éviter les dommages causés aux plantes par le gel. Les essais sur le terrain sont prêts à être entrepris, mais la controverse fait rage aux États-Unis et depuis peu en Europe entre industriels et écologistes. Les microbes relâchés dans l'environnement peuvent-ils transmettre des maladies, voire bouleverser les cycles écologiques ?

Une seule façon de rassurer les défenseurs de l'environnement : être capable de suivre à la trace ces microbes dans le sol. Pour cela, les chercheurs ont rivalisé d'adresse, faisant appel aux biotechnologies les plus avancées. Des entreprises ont développé une bactérie qui produit une toxine agissant contre les insectes. Pour éviter qu'elle ne « s'échappe », elle a été rendue « fluorescente », émettant une lumière bleue par exposition aux UV. On peut détecter ainsi sa présence dans des prélèvements de terre. D'autres chercheurs ont fabriqué un virus s'attaquant aux chenilles, mais qui contient un gène sensible aux effets du Soleil. Ce virus ne pourra survivre en dehors de l'organisme qu'il a infecté.

La liste des souches brevetées par les industriels et qui attendent les autorisations de tests sur le terrain est déjà longue (bactéries fixatrices d'azote ou dégradant des produits toxiques, microchampignons résistant aux fongicides). Les enjeux économiques sont considérables. Pourtant, ces microbes « trafiqués » ne rassurent pas certains experts qui craignent une modification des cycles naturels. Le problème des brevets en biologie rend la compétition internationale des bio-industries encore plus sévère. Le 16 juin 1980, la Cour suprême des États-Unis a accepté la brevetabilité de deux micro-organismes fabriqués l'un par General Electric pour dégrader le pétrole à la surface des mers, l'autre par Upjohn pour produire un antibiotique, la Lincomycine. Depuis, d'importants brevets de base sur le génie génétique ont été accordés à l'université de Stanford (brevet Cohen-Boyer) et à la société Genentech. Ce qui oblige des centaines d'entreprises à leur verser des *royalties*. Mais la date historique dans les brevets en biologie restera sans doute celle du 3 avril 1987, jour de l'autorisation par le Bureau des brevets américain du dépôt de brevet sur des organismes vivants supérieurs, homme exclu (car la Constitution des États-Unis « interdit les droits de propriété exclusifs sur un être humain »). Les éleveurs, par exemple, pourront ainsi breveter une nouvelle race d'animaux obtenue par génie génétique. Cette décision a d'importantes implications morales et éthiques, tout autant qu'économiques. Une controverse internationale s'est engagée. Elle n'est pas prête de s'apaiser.

Au début des années quatre-vingt, l'essor des biotechnologies reposait principalement sur le génie génétique ou les hybridomes. Aujourd'hui, les succès des laboratoires universitaires et industriels résultent de la *combinaison de plusieurs outils biotechnologiques*. Les percées tiennent aussi aux équipements nouveaux utilisés dans les laboratoires et qui découlent des progrès réalisés en physique, chimie, électronique, informatique, immunologie ou biochimie.

L'évolution de la bio-industrie s'est déroulée schématiquement en trois phases principales. Au cours de la première, ce sont la génétique, la biologie moléculaire et l'immunologie qui dominent. Elles conduisent au développement des enzymes de restriction, des vecteurs de clonage et des anticorps monoclonaux. Pendant la seconde phase, les industriels découvrent progressivement l'importance des interactions entre ces différents outils moléculaires. Ils mettent alors en œuvre de nouvelles stratégies de recherche qui font intervenir notamment sondes d'hybridation, mutagenèse dirigée, informatique. Une troisième phase est en train de naître : les biotechnologies y deviennent « transparentes », car elles sont utilisées dans de nombreuses recherches et productions industrielles. Les interdépendances entre les outils biotechnologiques et informatiques composant la panoplie de base de ces nouvelles stratégies peuvent être illustrées par le dessin suivant.

Ces différents outils se combinent dans une stratégie globale. Des interactions se manifestent à plusieurs niveaux. Au centre du diagramme figure la voie « classique » : on isole au laboratoire des substances inconnues, se présentant sous la forme de protéines ou d'ADN. L'analyse des séquences de ces molécules conduit à la synthèse chimique d'analogues qui sont ensuite testés pour leurs effets biologiques éventuels. Aujourd'hui, on compare ces séquences dans des banques de données informatisées contenant des milliers d'autres séquences d'ADN ou de protéines (voir page 217). Il devient ainsi possible de déduire de ces analyses et comparaisons des informations précieuses pour la synthèse de courtes chaînes d'acides

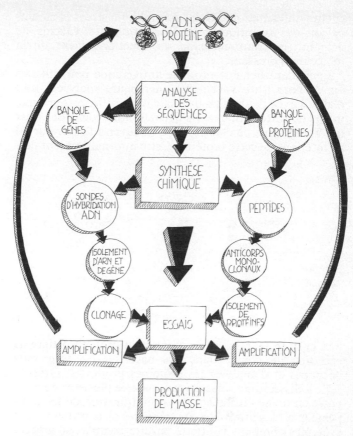

nucléiques ou de peptides. L'un et l'autre serviront, soit de sondes d'hybridation moléculaire pour isoler des quantités plus importantes d'ADN, soit à fabriquer des anticorps monoclonaux qui permettront d'isoler des quantités plus importantes de protéines.

Ce dessin fait ressortir qu'il n'existe plus aujourd'hui *une* biotechnologie mais des interdépendances entre des outils biotechnologiques appartenant à des disciplines différentes mais complémentaires : chimie organique, biochimie, immunologie, génétique, biologie moléculaire, informatique. Deux exemples illustrent la combinaison des techniques : la fabrication des vaccins de demain ; la compréhension du fonctionnement de la molécule répresseur.

Pour identifier une protéine antigénique pouvant servir de base à un vaccin, les chercheurs analysent tout d'abord avec l'aide d'un ordinateur les différents groupements de cette protéine. Ils peuvent ainsi identifier ceux qui auront plus de chances de se trouver à l'extérieur ou à l'intérieur de cette protéine. Cette information leur per-

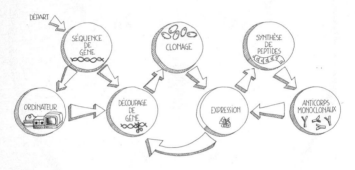

met ensuite de faire des coupures du gène en différents endroits, de cloner dans des bactéries les fragments découpés et d'analyser les protéines produites. Grâce à cette « dissection moléculaire », répétée plusieurs fois, on passe en revue l'influence de la modification de tel groupement sur les propriétés antigéniques de la protéine. Les protéines obtenues vont être ensuite comparées, grâce à des anticorps monoclonaux, avec l'antigène naturel. On pourra également fabriquer des peptides synthétiques, copiant certains des « motifs » caractéristiques de la protéine. Ils seront à leur tour confrontés aux anticorps monoclonaux dirigés contre la protéine naturelle. Progressivement les chercheurs isoleront l'antigène à partir duquel sera fabriqué le vaccin.

La combinaison des techniques permet aussi de mieux comprendre le fonctionnement d'une protéine qui s'attache à l'ADN. Les protéines cristallisées peuvent être

« passées aux rayons X ». Ceci permet de repérer avec précision la position des groupements qui constituent leur structure en trois dimensions. Cette information permet de fabriquer des modèles de protéines sur ordinateur. Avec cette technique on peut ainsi étudier la célèbre molécule répresseur dont la découverte a valu le prix Nobel aux Pr Jacob, Monod et Lwoff en 1965 (voir pages 90 et 91). La molécule de répresseur agit sur l'ADN en s'attachant à la double hélice. Les modèles sur ordinateur montrent que le répresseur vient se « visser » sur l'ADN

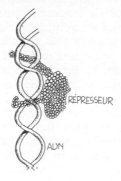

comme un boulon sur un pas de vis. La protéine du répresseur possède en effet une séquence en hélice qui se « loge » dans la grande cavité de l'ADN, et deux « bras » qui enserrent celui-ci. On comprend ainsi comment le répresseur bloque le flux d'informations allant de l'ADN à l'ARN messager, puis aux protéines.

Le défi scientifique et technologique de l'avenir des bio-industries passe par notre capacité à combiner les voies de recherche et de développement. Et à intégrer les multiples réseaux par lesquels passent découvertes et innovations. Mais de nouveaux obstacles se présentent. Ils sont d'une autre nature. Non plus seulement techniques mais éthiques : l'homme va-t-il reprogrammer l'homme ?

4. L'homme,
ingénieur de l'homme

Après avoir mieux compris les étapes de l'origine de la vie, puis développé de nouveaux outils de transformation du vivant, voici les hommes à l'aube d'une révolution plus importante encore : la modification de l'homme par l'homme. Les premières expériences de génie génétique se firent sur des bactéries. Elles se poursuivirent sur des cellules supérieures, animales ou végétales. Nous avons maintenant tout en main pour intervenir sur notre propre espèce. D'abord par le traitement de défauts génétiques et les techniques de reproduction assistée (fécondation *in vitro* et transfert d'embryons), un jour proche, peut-être, par la modification du patrimoine génétique d'un individu et de sa descendance.

Pour mieux faire comprendre la portée des nouveaux moyens à la disposition des biologistes, il convient de passer en revue quelques-unes des techniques parmi les plus déterminantes pour l'avenir de la vie : traitement de maladies génétiques, reproduction *in vitro,* tests génétiques, cartographie du génome humain.

La nouvelle chirurgie des gènes

Pour la première fois dans l'histoire de la médecine, les hommes tentent de traiter des maladies génétiques en s'attaquant directement aux gènes défectueux. En France, sur les 2 000 maladies génétiques répertoriées, les plus importantes sont la trisomie 21 (mongolisme), qui affecte 1 enfant sur 600 naissances normales, la mucoviscidose (1 sur 1 500) et la myopathie (maladie musculaire, 1 naissance sur 6 000). D'après l'Organisation mondiale de la santé (OMS), plus de 100 millions de personnes dans le monde souffrent de maladies sanguines héréditaires potentiellement mortelles. Près de 200 000 enfants en meurent annuellement. Un des seuls moyens permettant actuellement de détecter de telles maladies est le diagnostic prénatal précoce. S'il est positif, les parents peuvent décider d'interrompre une grossesse à haut risque ayant échappé aux processus naturels d'élimination. On sait aussi, depuis peu de temps, que des maladies mentales et certains cancers sont liés à des malformations ou à des modifications de gènes.

Les progrès du génie génétique bouleversent les moyens dont dispose la médecine pour aborder le diagnostic et le traitement de maladies héréditaires. On a vu comment on peut aujourd'hui isoler un gène humain et le purifier en quantité suffisante pour l'analyser en détail. Ou comment repérer, grâce aux sondes d'hybridation moléculaire – parmi les milliards de « lettres » du code génétique –, la « phrase » contenant les mots dans lesquels se trouvent les « fautes de frappe » génétiques, causes de maladies héréditaires. Les chercheurs disposent de deux stratégies pour traiter ces maladies : agir sur les gènes d'un individu pour tenter de le guérir, ou modifier les gènes de ses cellules sexuelles, ce qui affectera sa descendance.

La première expérience visant à traiter une maladie génétique humaine a été réalisée par le Pr Martin Cline, de l'Université de Californie, en 1980, sur des malades volontaires ; mais dans des conditions considérées comme inacceptables par la communauté scientifique, car réalisées prématurément et sans l'autorisation préalable des instances officielles. Depuis, les progrès réalisés sur des animaux conduisent à penser que certains traitements génétiques se réaliseront avec de bonnes chances de succès. Le mode opératoire pourrait être, dans ses grandes lignes, le suivant : les chercheurs prélèvent tout d'abord, dans l'os de la hanche des personnes atteintes de la maladie héréditaire, des cellules de moelle (elles permettent à l'organisme de fabriquer en permanence d'autres cellules essentielles à son fonctionnement). Ces cellules sont ensuite traitées *in vitro* pour recevoir le gène « corrigé » par génie génétique. Puis elles sont réimplantées dans l'os où elles donnent naissance à des cellules normales. Un tel traitement génétique est limité à un individu, mais il est possible de traiter les cellules germinales, la « correction » génétique étant alors transmise à la descendance. On peut aussi traiter directement un embryon, surtout depuis les progrès réalisés dans le domaine de la fécondation *in vitro* et du transfert d'embryons (FIVETE). Mais aucun laboratoire n'a encore tenté d'introduire des gènes dans un embryon humain. Pour combien de temps encore ?

Certaines affections largement répandues, comme les allergies, le diabète, des déficiences immunitaires, certaines maladies mentales, seraient dues, elles aussi, au fonctionnement défectueux de gènes. S'il devient possible de diagnostiquer la présence de ces gènes avant la naissance, quelle sera l'attitude des parents vis-à-vis des enfants prédisposés à certains risques ? Ces techniques pourront également servir à la transplantation de gènes porteurs d'un caractère « souhaitable ». Si le traitement génétique devient de plus en plus facile, certaines personnes seraient sans doute amenées à le demander pour des traitements de convenance... Qui décidera alors si un gène est « bon » ou « mauvais » ? Et qu'en serait-il d'hypothétiques gènes de la résistance physique, de la tendance à l'agressivité, à la soumission, de la capacité à ne dormir que quatre heures par nuit, ou à éliminer facilement les effets de la cigarette ou de l'alcool ? Des entreprises vont-elles préconiser, comme cela a failli être le cas aux États-Unis, un *screening* génétique pour ne recruter que les individus les mieux adaptés à certaines fonctions ? C'est le type de questions que nous pose désormais la nouvelle chirurgie des gènes. Elles exigent un surcroît de sagesse, tant des scientifiques que du public.

Naissances sur commande

Depuis quelques années, avec la naissance des « bébés éprouvettes », Louise Brown en 1978 et Amandine, la petite Française, en 1981, nous sommes confrontés aux problèmes humains, sociaux, moraux, juridiques ou théologiques posés par les nouvelles méthodes de reproduction médicalement assistée. Ne parle-t-on pas aujourd'hui de « procréatique » ? Nous sommes assaillis par des concepts nouveaux et inquiétants : don de sperme et d'ovules, insémination artificielle, fécondation *in vitro,* banques d'embryons congelés, transfert d'embryons, mères et grand-mères porteuses, choix du sexe des enfants. Des milliers de fécondations *in vitro* ont été pratiquées en France à ce jour et de nombreux enfants en sont nés dans les centres qui pratiquent la « procréatique » dans notre pays.

L'affaire Parpalaix, on s'en souvient, avait en 1984 passionné le grand public. Il s'agissait d'une jeune femme souhaitant être fécondée grâce aux « paillettes » congelées du sperme de son mari décédé. Ce cas extrême posait clairement le problème du don de la vie après la mort et celui de la filiation d'un enfant légalement orphelin avant même d'avoir été conçu. Il avait fait ressortir l'inadaptation du droit face aux progrès des sciences de la vie. « De savoir sur la vie, la biologie devient pouvoir sur la vie », écrivait Robert Clarke dans son livre *Les Enfants de la science* paru à la même époque. Les biologistes savent en effet conserver sperme, ovules ou embryons humains congelés dans de l'azote liquide et féconder un ovule en éprouvette. Ils savent réimplanter un embryon de quelques cellules dans une mère stérile ou dans une mère « porteuse », aider au choix du sexe des enfants en utilisant certaines propriétés physiques des spermatozoïdes...

Le but premier de la fécondation *in vitro* et du transfert d'embryons est d'aider les couples stériles à mettre au monde un enfant. Mais ces techniques peuvent être utilisées à d'autres fins. Pour résumer de tels pouvoirs et permettre à chacun d'en prendre la pleine mesure, voici une succession de dessins, s'inspirant des dessins proposés par Jacques Testart, pionnier de la FIVETE et un des « pères » d'Amandine, dans son livre *De l'éprouvette au bébé spectacle :*

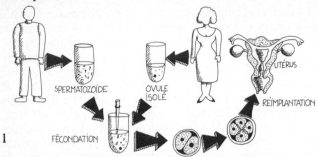

1. Le sperme du donneur est traité et préparé en vue de la fécondation *in vitro*. Parallèlement, les ovules recueillis chez la mère sont placés en culture et en incubation. La fécondation se déroule en éprouvette. L'œuf fécondé est remis en culture. Il se divise. L'embryon est ensuite transplanté dans l'utérus.

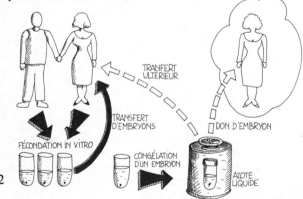

2. Un des embryons obtenus à la suite de la fécondation *in vitro* est conservé à très basse température par congélation dans l'azote liquide. Cet embryon pourra être transféré ultérieurement dans l'utérus de la mère ou d'une mère porteuse.

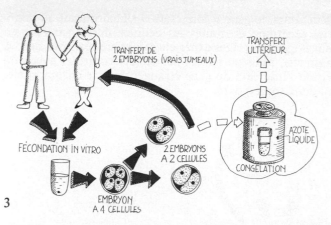

3. On peut théoriquement produire des vrais jumeaux en divisant artificiellement l'embryon au stade quatre cellules, créant ainsi deux nouveaux embryons à deux cellules. Ceux-ci pourront être soit immédiatement transférés dans l'utérus de la mère (ou d'une mère porteuse), soit congelés pour transfert ultérieur.

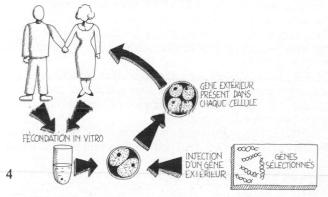

4. Il serait également possible de modifier le patrimoine génétique d'un individu par injection de gènes venant de l'extérieur. Une telle injection devra être effectuée en un endroit particulier de l'œuf fécondé. Cette technique pourrait être utilisée pour corriger des défauts

génétiques, le gène « correcteur » s'incorporant au matériel génétique de toutes les cellules de l'organisme en développement. Des expériences ont été réalisées sur des animaux. Mais on ne sait pas encore contrôler avec précision l'insertion du gène étranger dans le chromosome, ni donc son activité.

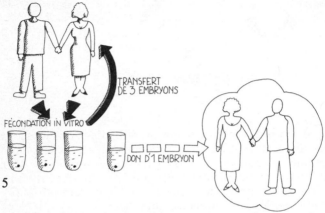

5

5. Les variantes de la FIVETE sont nombreuses : don d'ovules venant d'une autre femme que celle du couple demandeur ; don d'embryons à un autre couple ; prêt d'utérus, situation désormais connue des « mères porteuses » (6 et 7).

Quelques cas réels ou découlant d'expériences réalisables permettent de mesurer l'ampleur des problèmes moraux ou juridiques posés aujourd'hui par les nouveaux pouvoirs de la biologie.

Des techniques désormais courantes chez l'animal permettent de diviser en deux un œuf fécondé, produisant ainsi des jumeaux. Pourrait-on expérimenter sur un embryon humain cette pratique ? A qui appartiendrait la deuxième moitié ? La science pourrait-elle disposer de son avenir ? Cet embryon a-t-il des droits ? Doit-il être protégé par la loi comme toute personne sans assistance ? Plus délicat encore : imaginons que la première moitié de l'œuf ainsi divisé ait donné, après réimplantation, naissance à une fille, Sylvie. Et que, dix-huit ans plus tard, l'autre moitié (congelée pendant toute cette durée) soit à son tour réimplantée dans l'utérus de Sylvie. Celle-ci donne naissance à une fille, Patricia, qui est à la fois sa fille et sa sœur jumelle.

En 1981, un couple stérile d'Américains se rend en Australie (où l'on pratique les premières expériences de fécondation *in vitro*) pour tenter d'avoir un enfant. Les médecins prélèvent trois ovules qui sont fécondés. Un

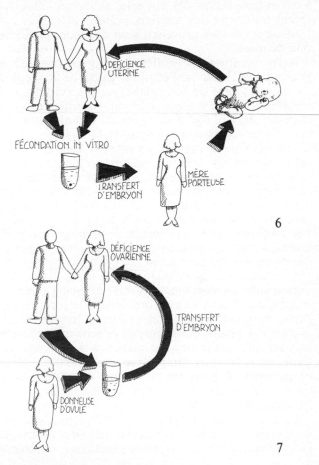

6

7

premier œuf, réimplanté, conduit à une fausse couche. Après avoir fait congeler les deux autres œufs, le couple rentre aux États-Unis où il meurt en 1983 dans un accident d'avion, laissant une importante fortune. Que faire des embryons ? La justice se prononce pour leur destruction. Des médecins australiens reçoivent alors de nombreuses propositions de femmes désirant qu'on leur implante ces embryons susceptibles de donner naissance à des enfants riches dès leur mise au monde. Mais quels seront les droits des héritiers puisque le sperme qui a fécondé ces ovules provenait d'un donneur volontaire et non du mari ?

Autre question particulièrement préoccupante : quel pourrait être l'effet sur l'équilibre global de la population du choix du sexe de son enfant, par des méthodes aussi simples et répandues que celles du « test de grossesse » ? Il existe aujourd'hui deux types de techniques permettant d'intervenir avant ou après la fécondation. La première, développée par des laboratoires japonais et américains, permet de trier les spermatozoïdes porteurs du chromosome Y (qui donnent naissance à des garçons) et ceux porteurs du chromosome X (qui donnent naissance à des filles). On utilise pour cela des milieux biologiques spéciaux sur lesquels on recueille le sperme du donneur. Les spermatozoïdes qui portent le chromosome Y, plus lourds, « nagent » plus vite et plus longtemps que ceux qui donnent naissance à des filles. Ce qui permet de les séparer par diverses techniques et de réaliser ensuite une fécondation en éprouvette. Cette méthode, considérée comme peu fiable, fait encore l'objet de controverses à l'échelle internationale. La deuxième technique, développée par des laboratoires français et britanniques, se réalise sur des embryons de quatre à huit jours après fécondation *in vitro*. On prélève une cellule sur laquelle on recherche la présence du chromosome Y en utilisant les « sondes » génétiques, puis on réimplante (ou non) l'embryon dans l'utérus.

Ces techniques étaient prévues à l'origine pour éviter la transmission de maladies génétiques liées au sexe, telle l'hémophilie. Mais elles vont se généraliser, devenant de plus en plus simples et fiables. Aux États-Unis, déjà, la société Gametrics propose sur une base commerciale une méthode de sélection du sexe des enfants. Elle a vendu la licence du procédé de son inventeur, Ronald Ericsson, à des centaines de cliniques dans le monde. Bien entendu il faudra contrôler la diffusion de tels procédés. D'autant plus que certains pays sont plus favorables à la naissance de garçons.

Gènes à la carte

Au cœur de nos cellules existe un territoire inconnu, banque d'informations qui gère notre corps : le génome, représenté par la totalité de notre ADN. En 1987, les biologistes ont décidé de dresser la carte de ce territoire. C'est le nouveau « projet Apollo » de la biologie. Un programme gigantesque aux dimensions internationales dont l'objectif n'est autre que de déchiffrer la totalité du programme génétique d'un être humain. La tâche est immense mais à la mesure des retombées attendues, tant pour la recherche fondamentale et la médecine que pour l'industrie et en particulier pour les biotechnologies.

Le programme génétique de l'homme renferme, on l'a vu, l'équivalent de 3 milliards de caractères. En 1985, on ne savait « lire » cette information génétique qu'avec les techniques manuelles, à la vitesse de 1 000 bases par an et par personne. L'avènement du microséquenceur, machine automatique mise au point par le jeune chercheur californien Leroy Hood et l'entreprise de haute technologie Applied Biosystems, est venu bouleverser cette situation. Il devient possible de découper l'ADN à la vitesse de 10 000 bases par jour. Et pourtant... même si l'on atteignait la vitesse record d'une base par seconde, la lecture des 3 milliards de paires de bases du génome humain prendrait 110 ans ! En mettant plusieurs machines et équipes en parallèle, on a estimé que 300 personnes pourraient accomplir cette séquence en 20 ans à un coût de 2 à 3 milliards de dollars. De nombreuses équipes de scientifiques se sont récemment réunies – notamment à Paris en septembre 1987 sous l'égide de l'INSERM – pour trouver les moyens de financer l'opération et organiser la coordination entre les laboratoires. Mais la compétition entre Américains, Européens et Japonais est déjà engagée. Ce grand projet passionne non seulement les chercheurs, mais aussi des industriels et des responsables d'organismes publics. Des scientifiques influents sont parvenus à ramener leurs ambitions à un objectif plus réaliste : la production d'une « carte génétique » humaine par séquences allant de 40 000 à 1 million de paires de bases, à partir d'endroits privilégiés, repérés sur les chromosomes humains. Cette carte qui fournirait de précieuses informations serait réalisable en 3 à 5 ans par 30 scientifiques, à un coût plus raisonnable compris entre 30 et 300 millions de dollars. Cependant la masse d'informations produites risque de poser des problèmes. Les séquences de gènes analysés sont stockées dans les mémoires de grands ordinateurs. Ces centres, accessibles par terminaux à partir du monde entier, ont vu en quelques années la quantité d'informations de leurs bases de données multipliée par vingt-cinq. Voilà qui pose déjà des problèmes considérables de saisie et de mise à jour.

A quoi cela peut-il servir de mettre ainsi en carte les gènes de l'homme ? D'abord à mieux comprendre certaines phases du fonctionnement de nos cellules : reproduction, différenciation, vieillissement. Ensuite à analyser en détail des séquences de gènes jouant un rôle important dans certains désordres métaboliques ou maladies graves : hypertension, cancers, maladies génétiques, cardio-vasculaires, auto-immunes et même mentales. Grâce à la carte génétique on pourra identifier, trier et peut-être modifier ces gènes défectueux. Walter Gilbert, prix Nobel, a créé en 1987 une entreprise de biotechnologie, Genome Corporation, pour analyser en moins de dix ans l'ensemble des gènes humains et vendre ensuite les droits d'utilisation de cette carte génétique aux entreprises qui en feraient la demande. Il s'agirait ainsi d'une sorte de *copyright* de la vie qui suscite déjà de nombreuses controverses dans la communauté scientifique et industrielle. La constitution d'une telle bibliothèque complète des gènes humains aura sans aucun doute de profondes répercussions éthiques et philosophiques.

Un des domaines d'application immédiate de certaines des techniques de recherche d'informations au sein de la « banque de données » des gènes humains est l'identification des personnes par leur « empreinte génétique ». Le 13 novembre 1987, deux hommes sont entrés ensemble dans l'Histoire : Robert Melias, condamné à Bristol pour un viol et identifié grâce à ses empreintes génétiques, et Alec Jeffreys, de l'université de Leicester, l'inventeur de la technique qui a permis son arrestation. Un procédé qui va détrôner celui des empreintes digitales dû à Alphonse Bertillon en 1901 ; mais aussi révolutionner la criminologie, la recherche en paternité et les procédures d'immigration car elle permet d'identifier à coup sûr un individu avec seulement 1 risque d'erreur sur 30 milliards.

Pour réaliser une « empreinte génétique » on part de quelques cellules, attachées par exemple à la racine d'un seul cheveu, d'une tache de sang (même vieille de plusieurs années), de fragments de peau ou d'échantillons de sperme. Quel est le principe du test ? On a vu que toute l'information génétique d'une personne pouvait être stockée dans 1 000 encyclopédies de 1 000 pages comportant 3 000 caractères par page (voir page 211). Imaginons qu'il existe 1 000 pages identiques qui se retrouvent réparties dans toutes les encyclopédies formant cette gigantesque pile. Ces pages représentent des gènes qui se répètent à intervalles variables selon les personnes. C'est la *répartition* de ces pages dans l'ensemble des volumes qui est propre à chaque personne. C'est cette répartition que le test met en évidence. Comment fait-on pour l'effectuer en routine au laboratoire ? On extrait d'abord l'ADN de l'échantillon, puis on le découpe avec des enzymes (voir page 213). On sélectionne certains gros morceaux d'ADN (l'équivalent des « pages » identiques des encyclopédies), on les identifie

avec des sondes moléculaires marquées par une « éti-
quette » radioactive, enfin on les étale sur un gel, sous
forme de bandes. La répartition de ces bandes est caractéristique d'un individu. On comprend ainsi les avantages des empreintes génétiques. Mais il sera nécessaire
dans l'avenir d'éviter erreurs et abus. D'où l'importance
d'une réglementation qui préserve les droits de la personne.

Conclusion

Jacques Monod avait coutume de dire qu'après la découverte de l'ADN et du code génétique les deux grandes questions que la biologie devait désormais se poser étaient celles de l'origine de la vie et du fonctionnement du cerveau humain. Ce voyage au centre de la vie nous a transformés en explorateurs de l'infiniment petit, retraçant le chemin de la vie, de son origine à sa modification par le cerveau des hommes.

Ce cerveau s'intègre aujourd'hui dans un réseau planétaire de communications. En retraçant notre propre histoire nous découvrons que nous faisons partie d'un immense organisme vivant, la Terre, berceau, abri et partenaire de la vie. Notre avenir dépend désormais de notre capacité à gérer la Terre afin de préserver la vie sous toutes ses formes. C'est pourquoi il apparaît essentiel d'informer le plus largement possible les non-spécialistes des grands enjeux de la biologie et de l'unité du monde vivant. Le rôle des médias et leur coopération avec les scientifiques sont ici essentiels pour aider à choisir, à s'orienter, à vivre avec la nouvelle biologie qui modèlera la fin de ce siècle et le début de l'autre, plus peut-être qu'aucune science ne l'a fait jusqu'alors. A partir d'une connaissance commune peuvent s'établir un dialogue et une réflexion sur les aspects fondamentaux, stratégiques, éthiques et philosophiques des recherches en biologie.

Le progrès des techniques, l'essor de l'industrie du vivant conduisent à la nécessité d'un tel dialogue. Les interventions possibles des chercheurs sur le cerveau, les embryons ou les gènes exigent un « supplément d'âme ». La cartographie des gènes humains va rassembler énergies et savoir-faire autour d'une des plus grandes quêtes de l'homme : la compréhension de son propre fonctionnement. La biologie est ainsi parvenue là où se trouvait la physique il y a vingt ou trente ans. Or, si l'on sait à quel point les grands projets internationaux et les équipements lourds ont fait avancer notre connaissance de la matière, on a pu aussi mesurer les dangers de certaines applications de la physique, comme la bombe atomique. C'est pourquoi les fulgurants progrès de la biologie devraient nous inciter à un surcroît de vigilance.

Dans un avenir proche, la biologie posera également des problèmes d'ordre sociopolitique. En effet, les progrès de la biologie moléculaire débouchent sur une meilleure compréhension du cancer et des processus du vieillissement. Cette terrible maladie mieux traitée et le vieillissement mieux maîtrisé, irons-nous vers une société à dominante « troisième âge » ? Qu'en sera-t-il de l'équilibre entre la population active et les retraités ? Ces questions dépassent l'éthique ou la morale et posent de véritables problèmes de société.

A l'issue de ce voyage au cœur du vivant, les trois questions que nous nous posions : « Qu'est-ce que la vie ? D'où vient la vie ? Où va la vie ? » n'ont pas reçu de réponses définitives, mais elles s'éclairent mutuellement, contribuant à une meilleure connaissance de nous-mêmes. Nous voici confrontés à l'observation et à la protection de la vie sur la Terre. Mais c'est un champ d'observation bien limité par rapport à l'immensité de l'Univers. D'autres questions restent en suspens : pourquoi cette évolution particulière et non une autre ? la vie existe-t-elle ailleurs ? quelles formes pourrait-elle revêtir ? Notre planète vue des satellites ressemble à une cellule vivante, à un œuf fécondé, chargé de toutes les potentialités de la vie, à un embryon dans son placenta, à une œuvre à poursuivre. Nous sommes les héritiers du vivant. Sachons faire bon usage d'une telle liberté.

Annexes

La molécule d'ATP en pièces détachées [1]

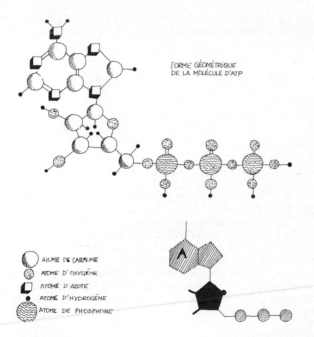

FORME GÉOMÉTRIQUE
DE LA MOLÉCULE D'ATP

ATOME DE CARBONE
ATOME D'OXYGÈNE
ATOME D'AZOTE
ATOME D'HYDROGÈNE
ATOME DE PHOSPHORE

Comme nous l'avons fait pour les virus, démontons cette molécule pièce par pièce.

1. Dans ces dessins, les atomes d'hydrogène ne sont pas toujours représentés, de manière à éviter de surcharger le dessin.

1. La « tête » de la molécule s'appelle *adénine*.

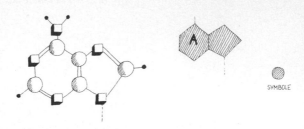

SYMBOLE

2. Le « corps » de la molécule est le *ribose*. Comme le glucose, c'est une substance chimique de la famille des sucres.

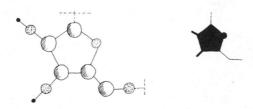

3. « Tête » et « corps » forment une nouvelle molécule appelée *adénosine*.

4. Enfin, la « queue » est constituée par la liaison de trois molécules d'*acide phosphorique* (triphosphate).

C'est dans les liaisons qui réunissent les trois groupes phosphates – formant la « queue » de la molécule – que se trouve emmagasinée l'énergie. La rupture de la liaison terminale libère une importante quantité d'énergie, utilisée par toutes les cellules en cas de besoin immédiat. C'est ce qu'indique le dessin suivant.

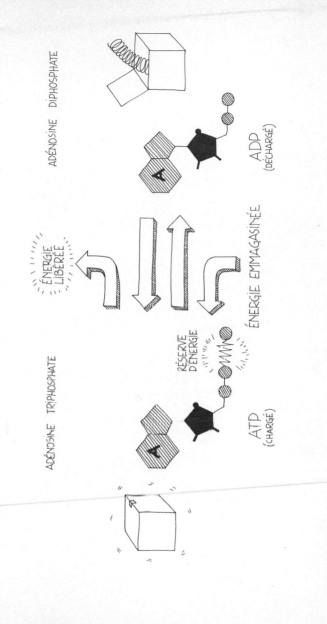

ADÉNOSINE DIPHOSPHATE

ADP
(DÉCHARGÉ)

ÉNERGIE LIBÉRÉE

ÉNERGIE EMMAGASINÉE

RÉSERVE D'ÉNERGIE

ADÉNOSINE TRIPHOSPHATE

ATP
(CHARGÉ)

La macromolécule d'ADN
en pièces détachées

Quels sont les composants chimiques de la double hélice d'ADN ? Pour le savoir, les chimistes utilisent une méthode radicale appelée *hydrolyse* (coupure à l'eau). Cette méthode permet de briser la macromolécule en petits morceaux que l'on peut ensuite analyser. Nous allons réaliser cette opération, puis reconstituer l'ADN à partir de ces composants.

Certains d'entre eux ont déjà été rencontrés.

L'analyse indique que l'ADN est composé de *six corps chimiques différents :*

1. Le premier est de l'*acide phosphorique*[1], identique à celui rencontré dans la molécule d'ATP dont il constituait la « queue » (voir page 250).

ACIDE PHOSPHORIQUE

2. Le deuxième est très proche du ribose qui formait le « corps » de la molécule d'ATP. C'est du ribose, auquel il manque un atome d'oxygène. Pour cette raison on l'appelle *désoxyribose*[2] (« désoxy » veut dire *moins* un oxygène).

1. C'est à cause de la présence de cet acide phosphorique que l'ADN s'appelle *acide nucléique.*
2. On comprend maintenant les initiales ADN : *Acide Désoxy-ribo-Nucléique.*

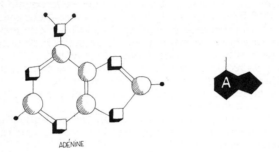

DÉSOXYRIBOSE

3. Le troisième composé chimique est l'*adénine* (A) (qui formait la « tête » de l'ATP ; voir page 250).

ADÉNINE

Enfin, les trois autres composés qui n'ont pas encore été rencontrés sont :
4. La *thymine* (T).

THYMINE

5. La *guanine* (G) apparentée à l'adénine.

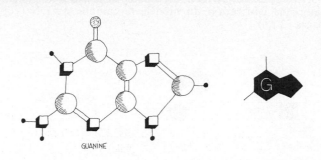

GUANINE

6. Et la *cytosine* (C).

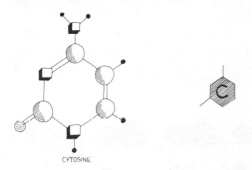

CYTOSINE

Adénine, thymine, guanine et cytosine sont des *bases* (l'inverse chimique d'un acide). On les appelle les *quatre bases de l'ADN.* C'est l'agencement de ces quatre molécules essentielles qui constitue le code génétique caché au cœur de l'ADN.

On peut reconstituer la macromolécule du dessin page 70 à partir de ces six pièces détachées.

La combinaison d'une *base,* de *désoxyribose* (ou de ribose) et de *phosphate* est extrêmement importante : elle constitue un *nucléotide,* unité de construction à partir de laquelle s'édifient toutes les macromolécules d'ADN et d'ARN [1]. Un nucléotide est l'équivalent du module de construction nécessaire à la fabrication du modèle mécanique d'ADN (voir pages 72 *sq.*).

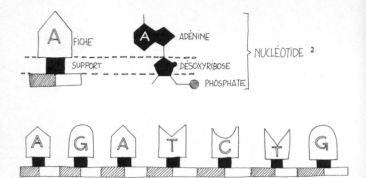

Comme le montre le dessin ci-dessous, les nucléotides s'attachent les uns aux autres pour former un des montants de l'« échelle » de l'ADN [3].

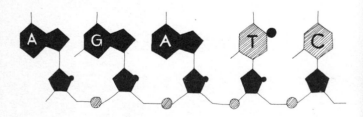

1. L'ARN est de l'*Acide Ribo-Nucléique* (car il contient du ribose et non du désoxyribose).

2. Pour être plus précis, il faudrait dire désoxy*nucléoside* car le sucre est du désoxyribose. Il s'agit ici du DAMP (désoxynucléoside monophosphate) (base + sucre = nucléoside).

Toutes les bases (A, C, G, T et U) donnent des nucléosides *mono, di* ou *tri*phosphates (ATP, CTP, GTP, TTP et UTP). Un nucléoside monophosphate est un nucléotide.

3. L'accrochage se fait grâce à l'énergie emprisonnée dans la « queue » du nucléoside sous sa forme triphosphate.

Les quatre bases ont des formes complémentaires qui leur permettent de « s'emboîter » l'une dans l'autre ; exactement comme les fiches du modèle. Elles s'associent par paires : *l'adénine* (A) *se lie toujours à la thymine* (T), *et la guanine* (G) *à la cytosine* (C).

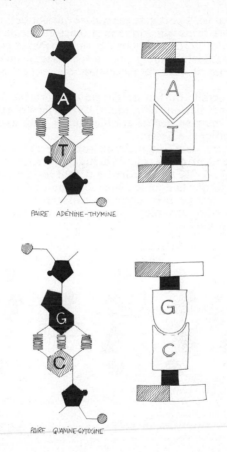

PAIRE ADÉNINE-THYMINE

PAIRE GUANINE-CYTOSINE

Les paires de bases (A-T et G-C) s'accrochent par l'intermédiaire de liaisons faibles qui peuvent facilement se faire et se défaire ; leur ensemble confère à tout l'édifice macromoléculaire une grande solidité.

La structure chimique
de la macromolécule d'ADN

On peut ainsi, à partir de ces quatre nucléotides, reconstituer les deux brins qui forment la macromolécule d'ADN. Les molécules de désoxyribose et de phosphate en constituent la charpente, tandis que le « message » qu'elle renferme est inscrit dans la succession des séquences A-T et G-C.

Dernier détail : du fait de l'angle que forment dans l'espace certaines liaisons chimiques, l'« échelle » d'ADN n'est pas plane, mais en réalité tordue autour d'un axe central comme l'indique le dessin.

Au moment de la duplication – qui se fait suivant un mécanisme identique à celui indiqué par la suite de dessins des pages 72 à 75, les liaisons se défont les unes après les autres, tandis que la double hélice se déroule en tournant sur elle-même, chaque brin donnant naissance à une double hélice fille grâce aux pièces de montage présentes dans le milieu environnant.

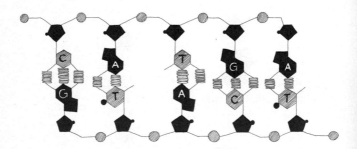

La réaction de fermentation

Que se passe-t-il au niveau des molécules ?

Le dessin ci-contre est très simplifié. Il y a en réalité onze étapes, chacune étant catalysée par un enzyme spécialisé.

La molécule de glucose est activée par deux molécules d'ATP qui se déchargent en deux ADP (1). La nouvelle forme activée est du *fructose diphosphate* (2). Cette molécule se brise en deux tronçons constitués chacun par 3 carbones (3). (A partir de maintenant il faut donc multiplier par deux. Pour simplifier nous n'avons représenté qu'une seule chaîne, mais il y a en réalité deux chaînes parallèles.) Chaque tronçon à 3 carbones réagit avec du phosphore inorganique présent dans le milieu (4). Ce nouveau fragment, très riche en énergie (5), va aider à recharger l'ADP en 2 ATP (6) : la mise énergétique de départ est récupérée. Deux autres molécules d'ADP sont rechargées en ATP : gain net de 2 ATP (7).

Après la perte du dernier phosphate, il reste un fragment à 3 carbones (l'acide pyruvique) (8). Il se brise finalement en un morceau à 1 carbone : le gaz carbonique (9) ; et en un morceau à 2 carbones : l'alcool éthylique (10).

L'énergie gagnée, renfermée dans les deux ATP, représente 20 000 calories. (La calorie est la quantité de chaleur nécessaire pour élever la température de 1 gramme d'eau à 1 degré.) Le rendement total est de 3 %.

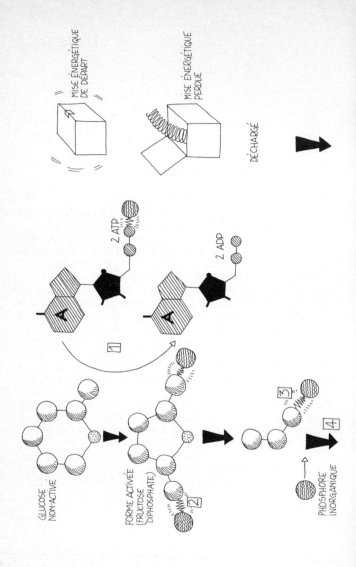

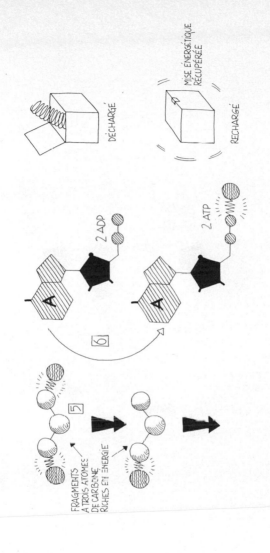

FRAGMENTS
A TROIS ATOMES
DE CARBONE
RICHES EN ÉNERGIE

5

6

2 ADP

2 ATP

A

A

DÉCHARGÉ

MISE ÉNERGÉTIQUE
RÉCUPÉRÉE

RECHARGÉ

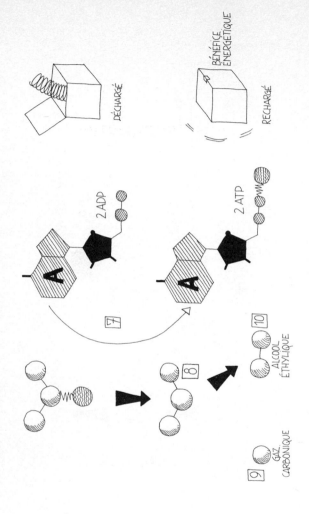

DÉCHARGÉ

BÉNÉFICE
ÉNERGÉTIQUE

RECHARGÉ

2 ADP

2 ATP

A

A

7

8

9
GAZ
CARBONIQUE

10
ALCOOL
ÉTHYLIQUE

Bibliographie

Antebi, E., Fishlock, D., *Le Génie de la vie,* Éditions Hologramme, 1985.

Atlan, H., *L'Organisation biologique et la Théorie de l'information,* Hermann, 1972.

Barbacid, M., « Mutagens oncogenes and cancer », *Trends in Genetics,* 1986, 2, p. 244.

Bertalanffy, L.von, *Théorie générale des systèmes,* Dunod, 1973.

Brillouin, L., *La Science et la Théorie de l'information,* Masson.

Buvet, R., *L'Origine des êtres vivants et les Processus biologiques,* Masson, 1974.

Cairns-Smith, A., « Solid-state life of vital mud », *New Scientist,* 18.XI.1982, p. 453.

Calvin, M., « L'origine de la vie », *La Recherche,* 41, 1.I.1974, p. 44.

Cech, T. R., *The chemistry of self-slicing RNA and RNA enzymes, Science,* 236, 19.VI.1987, p. 1532.

Changeux, J. P., *L'Homme neuronal,* Fayard, 1983.

Clarke, R., *Les Enfants de la science,* Stock, 1984.

Cloud, P., « How life began », *Nature,* 296, 18.III.1982, p. 198.

Cowen, R., « The cosmic cradle », *Technology Review,* mars 1978, p. 6.

Crick, F., « Panspermia with purpose and intent », *New Scientist,* 13.V.1982, p. 435.

Crick, F., *Of molecules and men,* Washington Press, 1966.

Danchin, A., *L'Œuf et la Poule,* Fayard, 1983.

Danchin, A., « L'origine de la vie », *La Recherche,* juin 1988.

Danchin, A., *Une aurore de pierres,* Seuil, 1990.

Darbon, P., Robin, J., *Le Jaillissement des biotechnologies,* Fayard-Fondation Diderot, 1987.

Dayhoff, M. O. et coll., « Nucleic acid sequence bank », *Science,* 1980, 209, p. 1182.

Delattre, P., *Système, Structure, Fonction, Évolution,* Maloine-Doin, 1971.

Dickerson, R.E., « L'évolution chimique et l'origine de la vie », *Pour la science,* 13, 1978, p. 26.

Dixon, B., *Invisibles alliés,* Temple Smith Ltd, Londres, 1976.

Douzou, P. et coll., *Les Biotechnologies,* PUF, coll. « Que sais-je ? », 1983.

Edman, P., Beeg, G., « A protein sequanator », *Euro. J. of Biochemistry,* 1967, p. 80.

Eglinton, G. et coll., « Cosmochemistry and the origine of life », *Nature,* 292, 20.VIII.1981, p. 669.

Eigen, M. et coll., *The hypercycle-A principle of natural self-organization,* Springer-Verlag Berlin, 1979.

Eigen, M., « Molecular self-organization and the early stages of evolution », *Quarterly Rev. of Biophys.,* 1971, 4, p. 149.

Fox, J., *Copolymer proposed as vital to evolution,* C & EN, 3.VII.1978, p. 17.

Fox, S., Dose, K., *Molecular evolution and the origin of life,* New York, Marcel Dekker.

Gilbert, W., « The RNA world », *Nature,* 319, 20.XI.1986, p. 618.

Goeddel, D. V. et coll., *Expression in E. Coli of chemically synthetized gene for hum. insulin,* 1979, p. 106.

Goeddel, D. V. et coll., « Direct express. in E. Coli of a DNA sequence coding for human growth hormon », *Nature,* 281, 1979, p. 544.

Gribbin, J., « Carbon dioxide, ammonia – and life », *New Scientist,* 13.V.1982, p. 413-414.

Gros, F., *Les Secrets du gène,* Éditions Odile Jacob, 1986.

Hagene, B. Lenay, C., *Aux origines de la vie,* Hachette-Fondation Diderot, 1986.

Hargreaves, W. R., « Synthesis of phospholipids and membranes in prebiotic conditions », *Nature,* 266, 3.III.1977, p. 78.

Hoyle, F., *The intelligent universe,* Londres, Michael Joseph, 1983, p. 256.

Hunkapiller, M., Hood, L., « New protein sequanator with increased sensivity », *Science,* 1980, 207, p. 523.

Jacob, F., *La Logique du vivant. Une histoire de l'hérédité,* Fayard, 1978.

Jacob, F., *Le Jeu des possibles,* Fayard, 1981.

Joyce, G.F. et Alnate, « Chiral selection in poly (C)-directed synthesis of oligo (G) », 30, 16.VII.1984, p. 6.

Khorana, H.G., « Total synthesis of a gene », *Science,* 1979, 203, p. 614.

Kourilsky, Ph., *Les Artisans de l'hérédité,* Éditions Odile Jacob, 1987.

Lahav, N. et coll., « Peptide formation in the prebiotic ERA », *Science,* 201, 7.VII.1978, p. 69.

Lewin, R., « RNA catalysis gives fresh perspective on the origin of life », *Science,* 231, 7.II.1986, p. 545.

Lewis, R. J. et coll., « Igation of igonucleotides by pyrimidine dimers », *Nature,* 298, 22.VII.1982, p. 393.

Locquin, M.V. et coll., *Aux origines de la vie,* Fayard, 1987.

Lovelock, J.E., *La Terre est un être vivant. L'hypothèse Gaïa,* Le Rocher, J.-P. Bertrand éd., 1986.

Margulis, L., *Symbiosis in cell evolution,* San Francisco, Freeman, 1981.

Matthews, C. et coll., « Deuterolysis of amino acid precursors », *Science*, 198, 11.XI.1977, p. 622.

Maugh, T., « Phylogeny : are methanogens a third class of life ? », *Science*, 198, 24.XI.1977, p. 812.

Maxam, A., Gilbert, W., « A new method for sequencing DNA », *Proc. Nat. Acad. Sci. US*, 1977, 74, p. 560.

Mehta, N. G., « An alternative view of the origin of life », *Nature*, 324, 4.XII.1986, p. 415.

Merrifield, R. B., *Solid phase peptide synthesis I*, 1963, p. 2149.

Miller, S., Orgel, L., *The origins of life on the Earth*, Prentice-hall inc, 1974.

Monod, J., *Le Hasard et la Nécessité*, Le Seuil, 1970.

Montefiore, H., « Heavenly insemination », *Nature*, 296, 8.IV.1982, p. 296.

Nirenberg, M. W., « The genetic code II », *Scientific American*, 1963, 216, p. 80.

Noel, E., Tavlitzki, J., *12 Clés pour la biologie*, Belin, France Culture, 1985.

North, G., « Back to the RNA world – and beyond », *Nature*, 328, 2.VII.1987, p. 18.

O'Sullivan, D., « The chemistry of life's origine », *Chem. and Eng. News*, 27.VIII.1984, p. 23.

Olavesen, A., « Cosmochemistry and evolution », *Nature*, 275, 26.X.1978, p. 694.

Oparine, A. S., *L'Origine de la vie sur la Terre*, Masson, 1965.

Orgel, L. E. et coll., « Efficient metal-ion catalyzed template directed oligonucleotide synthesis », *Science*, 208, 27.VI.1980, p. 1464.

Orgel, L. E., *Les Origines de la vie*, Elsevier, 1976.

Peat, C. et Diver, W., « First signs of life on Earth », *New Scientist*, 16.IX.1982, p. 776.

Pinto, J. et coll., « Photochemical production of formaldehyde in Earth's primitive atmosphere, *Science*, 210, 10.X.1980, p. 183.

Plata, F., Wain-Hobson, S., « Sida : immunité et vaccins », *La Recherche*, 193, 1.XI.1987, p. 1320.

Ponnamperuma, C., « A protective function of the coacervates against UV light on primitive Earth », *Nature*, 299, 23.IX.1982, p. 347.

Ponnamperuma, C. et coll., « Current status of chemical studies on the origin of life », *Space life sciences*, 1968, 1, p. 64.

Prigogine, I., Stengers, I., *La Nouvelle Alliance*, Gallimard, 1979.

Rosnay, J. de, « La révolution biologique – le biokit », *Science & Vie* (numéro spécial), 1982.

Rosnay, J. de, *Les Origines de la vie*, Le Seuil, Points Science, 1977.

Rosnay, J. de, *Biotechnologies et Bio-industrie (Sciences de la Vie et Société)*, La Documentation française, 1979.

Rosnay, J. de, « Le génie génétique et ses applications », *Annales des Mines*, 1.I.1981, p. 33.

Rosnay, J. de, « La biotique », *L'Expansion*, 81-05-21, p. 149.

Rosnay, J. de, « Les biotransistors : la microélectronique du 21ᵉ siècle », *La Recherche*, 1981, 124, p. 870.

Rosnay, J. de, « Biologie, informatique et automatique, l'essor de la biotique », *Prospective et Santé*, 1981, 18, p. 21.

Ruffie, J., *Le Traité du vivant*, Fayard, 1982.

Sagan, D. et coll., « Cannibal's relief : the origin of sex », *New Scientist*, 6.VIII.1987, p. 36.

Sasson, A., *Les Biotechnologies – Défis et promesses*, Sextant 2-Unesco, 1983.

Schopf, J. W. et coll., « Early archean microfossils from warrawoona group », *Science*, 237, 3.VII.1987, p. 70.

Schopf, W. J., « The evolution of the earliest cells », *Scientific American*, 239, 1978, p. 48.

Schwartz R., Dayhoff, M., « Origins of prokaryotes, eukaryotes, mitochondria and chloroplasts », *Science*, 199, 27.I.1978, p. 395.

Scott, A., « Update on genesis », *New Scientist*, 2.V.1985, p. 30.

Scott, A., « Catalytic RNA and the origin of life », *New Scientist*, 3.X.1985, p. 28.

Scott, J., « Natural selection in the primordial soup », *New Scientist*, 15.XII.1981, p. 153.

Sharp, P. et coll., « The evolution of catalytic function », *Science*, 238, 6.XI.1987, p. 729.

Tanford, C., « The hydrophobic effect and the organisation of living matter », *Science*, 200, 2.VI.1978, p. 1012.

Testart, J., *De l'éprouvette au bébé spectacle*, Éditions Complexe, 1984.

Vavvalén, L. M., « The archaebacteria and eukaryotic origins », *Nature*, 287, 18.IX.1980, p. 248.

Watson, J., Crick, F., « Genetic implications of the structure of nucleic acid. A structure for DNA », *Nature*, 1953, 171, p. 964.

Watson, J., Tooze, J., *The DNA story*, San Francisco Freeman, 1981.

Westheimer, F.H., « Polyribonucleic acids as enzymes », *Nature*, 319, 13.II.1986, p. 534.

Wilford, J. N., « Idea that life began in clay gets support », *New York Times*, 10.IV.1985.

Woese, C. R., « A proposal concerning the origin of life on the planet Earth », *J. of Molecular Evolution*, 1979, 13, p. 95.

Yamagata, Y. et coll., « Phosphorylation of adenosine in aqueous solution by electric discharges », *Nature*, 282, 15.XI.1979, p. 284.

Zaug, A., Cech, T., « The intervening sequence RNA of tetrahymena is an enzyme », *Science*, 231, 31.I.1986, p. 470.

New theory for primordial gene code proposed, C & EN, 4.X.1982, p. 22.

« Simple molecules for ealy life », *New Scientist*, 27.VI.1985, p. 18.

« L'Avenir des biotechnologies », *La Recherche* (numéro spécial), 188, 1.V.1987.

« Les défenses du corps », *La Recherche* (numéro spécial), 177, 1.V.1986.

Index et Glossaire

ACIDE AMINÉ (OU AMINOACIDES) :
51 n.1, 66-67, 69, 75, 77-79, 82,
99, 113-114, 117-119, 125-126,
131, 145-146, 148, 161-162,
167, 173, 188, 214-216.
Petite molécule à partir de
laquelle se construisent les protéines. Il en existe vingt types
différents.

ACIDE CYANHYDRIQUE : 116, 119,
127.
Petite molécule réactive formée
dans l'atmosphère primitive de
la Terre.

ACIDE NUCLÉIQUE : 30, 33-34,
37-42, 45, 65, 70-71, 78, 94,
101, 115-117, 125, 129-130,
135, 153, 164-166, 170, 178,
188-190, 204, 208, 211, 216,
228.
Molécule géante (voir macromolécule), support de l'information génétique.

ACIDE PHOSPHORIQUE : 72, 128.
Constituant de l'ATP et des
acides nucléiques.

ADÉNINE : 71, 116-117, 119, 121,
128, 134.
Constituant essentiel des acides
nucléiques. Une des « bases »
du code génétique.

ADÉNOSINE : 52, 128.
Molécule formée par l'association d'adénine et de ribose.

ADN : 39, 41, 65, 70-78, 81-84,
90-91, 94, 130, 160-161, 168,
170, 179, 188-190, 194, 197,
202-204, 210, 214, 217, 221,
225, 228-231, 241, 243.
Acide désoxyribonucléique
présent dans le noyau de la
cellule, constituant de base
des chromosomes et support
de l'hérédité.

ADP-ATP : 50-53, 59, 61, 64,
101, 116-117, 128-129, 154,
161, 174.
Adénosine diphosphate et
adénosine triphosphate. Molécules riches en énergie.

AMMONIAC : 102, 108-109, 112,
115-116, 173, 179, 224.
Un des gaz de l'atmosphère
primitive de la Terre.

ANTICORPS : 43, 66, 84, 93,
206-208, 211.
Protéine présente dans le sang
et qui constitue la base du système immunitaire chez les
mammifères. Les anticorps se
combinent de manière spécifique à certaines substances
étrangères qui leur correspondent et qui sont appelées
antigènes (voir ce mot).

ANTICORPS MONOCLONAUX : 204-
206-208, 218, 228-230.
Anticorps très spécifiques
fabriqués par des lignées cellu-

laires hybrides appelées hybridomes (*voir* ce mot).

ANTIGÈNE : 206-207, 230.
Molécule (généralement une protéine) qui, lorsqu'elle est introduite dans le corps, stimule la production d'anticorps, lesquels réagissent spécifiquement avec cet antigène.

ARN : 41, 78-83, 90, 133, 161-170, 210, 225, 231.
Acide ribonucléique, copie du code génétique de l'ADN (ARN messager) ou adaptateur-décodeur servant à la traduction du langage des gènes dans le langage des protéines (ARN de transfert).

AUTOTROPHE : 26, 101-102, 171-173, 178.
Être vivant capable de fabriquer ses aliments de manière autonome.

BACTÉRIE : 14, 22-24, 28, 31-33, 37-41, 43, 70, 79, 99, 130, 153, 164, 173, 179, 199, 201-204, 206-207, 211-212, 219-221, 222-227, 230, 232.
Organisme unicellulaire très commun, d'une taille d'environ un micron. Certaines bactéries sont pathogènes, mais la majorité sont utiles à l'homme dans un grand nombre de processus naturels.

BACTÉRIOPHAGE : 37-38.
Virus s'attaquant aux bactéries. (On dit aussi « phage ».)

BASE : 73, 118 n.1, 119, 130, 161, 166, 241.
Une base est l'inverse chimique d'un acide. On appelle également « bases » les lettres du code génétique : adénine, gua-

nine, cytosine, thymine et uracile (A, G, C, T et U).

BIOSYNTHÈSE : 225-226.
Production d'une substance chimique par un organisme vivant.

BIOTECHNOLOGIES : 7, 32, 189-190, 204-206, 210, 216, 219-220, 227-230.
L'ensemble des processus industriels qui impliquent l'utilisation et la mise en œuvre des organismes vivants : bactéries, levures, cellules végétales ou animales.

CANCÉRIGÈNE : 199.
Qui provoque le cancer. Certains produits chimiques, certains virus sont cancérigènes.

CELLULASE : 225.
Enzyme qui dégrade la cellulose en glucose.

CHLAMYDOMONAS : 29-31, 34, 49, 178.
Algue flagellée microscopique formée d'une seule cellule.

CHLOROPLASTE : 30, 33, 44, 50, 53, 57-58, 173, 179.
Structure de la cellule végétale à l'intérieur de laquelle se réalise la photosynthèse (*voir* ce mot).

CHROMOSOME : 33, 71, 240.
Filament porteur de l'information génétique, constitué de protéines et d'ADN, logé dans le noyau de la cellule. Les chromosomes sont visibles au moment de la division cellulaire. Leur nombre est constant dans une espèce donnée.

CLONE : 207-210, 225, 228, 230.
Groupe de cellules qui descendent toutes, par divisions

successives, d'une seule cellule initiale.

COACERVAT : 143-146, 150, 171.
Gouttelette microscopique formée par l'agglomération de nombreuses macromolécules hydratées.

CODE GÉNÉTIQUE : 26, 45, 73-78, 117, 123, 130, 143, 161, 164, 167, 187-189, 233, 245.
Code de la traduction des protéines à partir de l'ADN. Correspondance entre l'ordonnancement des bases dans l'ADN et l'enchaînement des acides aminés formant les protéines.

CODON : 77-81, 83.
Un groupe de trois bases de l'ADN ou de l'ARN qui spécifie le positionnement d'un acide aminé dans une chaîne de protéines.

CYTOPLASME : 29-30, 44, 93, 194.
Intérieur de la cellule (noyau exclu).

DÉSOXYRIBOSE : 78, 117.
Sucre à cinq atomes de carbone, constituant de l'acide désoxyribonucléique.

ENTROPIE : 47, 81, 150.
Grandeur physique mesurant le degré de « dégénérescence » ou d'« usure » de l'énergie, ainsi que le degré de désordre d'une structure organisée.

ENZYME : 43, 65, 73-75, 78, 84, 89-91, 101, 123-128, 153, 155-159, 162, 165, 168, 174, 203-204, 207, 215-218, 221, 226.
Molécule de protéine qui agit comme catalyseur (accélérateur) des réactions biochimiques se produisant au sein des organismes vivants.

ENZYMES DE RESTRICTION : 228, 243.
Enzymes particuliers présents dans toutes les cellules, capables de reconnaître et de dégrader l'ADN. Les enzymes de restriction sont utilisés en génie génétique comme des « ciseaux biologiques » pour couper l'ADN et le recombiner à d'autres fragments.

« ESCHERICHIA COLI » : 32-33, 37, 162, 164, 202-203.
Bactérie présente dans l'intestin (colibacille). Matériel de choix pour les études de génie génétique.

EUCARYOTE : 83, 178.
Se dit des organismes dont les noyaux cellulaires sont entourés d'une membrane.

EXON : 84.
Gène faisant partie de l'ADN d'un organisme et qui est exprimé sous forme de protéines (*voir* intron).

FERMENTATION : 41-43, 62, 153-156, 171-178, 220.
Processus permettant la fourniture d'énergie par dégradation (incomplète) de matières organiques en l'absence d'oxygène.

FORMALDÉHYDE : 108, 117-119.
Petite molécule réactive formée dans l'atmosphère primitive de la Terre.

GÈNE : 23, 73, 83-84, 90, 188, 189, 192-193, 197, 201-204, 208-211, 225-226, 230-234, 237-238, 242-246.
Portion d'une molécule d'ADN

qui code l'enchaînement des acides aminés formant une protéine.

GÉNIE GÉNÉTIQUE : 32, 180, 187-189, 199-201, 203, 211, 219-221, 225-228, 232-234.
Biotechnologie utilisée pour modifier l'information héréditaire d'une cellule vivante de manière à lui faire accomplir des fonctions différentes. Le génie génétique conduit à une « reprogrammation » cellulaire.

GLYCOLYSE : 62, 156.
Réaction au cours de laquelle une molécule de glucose contenant six atomes de carbone est coupée en deux fragments à trois atomes de carbone.

HÈME : 131 n.1.
Pigment brun, constituant de l'hémoglobine.

HÉMOGLOBINE : 67-69, 99, 215.
Molécule de protéine contenant du fer et possédant la propriété de capter l'oxygène de manière réversible, donc de la transporter dans l'organisme. L'hémoglobine est contenue dans les globules rouges du sang.

HÉTÉROTROPHE : 26, 101-102, 148-151, 154-155, 171-173.
Se dit d'un organisme vivant incapable de fabriquer ses aliments par ses propres moyens et forcé de les emprunter à l'extérieur.

HORMONE : 43, 93, 191, 202-204, 221.
Substance sécrétée par une glande à sécrétion interne (endocrine), déversée dans le sang et transportée vers les tissus où elle exerce une action spécifique.

HYBRIDATION : 204-206, 209-211, 218, 228, 229, 233.
Réaction consistant à faire se reconnaître et s'entourer l'un autour de l'autre deux brins d'ADN complémentaires.

HYBRIDOME : 207-208, 228.
Cellule hybride formée par la fusion d'un lymphocyte et d'une cellule de myélome (cellule cancéreuse). Les hybridomes servent notamment à la production d'anticorps monoclonaux.

INTERFÉRON : 200, 202, 210, 221.
Protéine naturelle antivirale (et probablement antitumorale) sécrétée par les cellules attaquées.

INTERLEUKINE : 200, 202, 222.
Molécule naturelle jouant un rôle important dans la régulation des mécanismes immunitaires. Des interleukines sont utilisées en thérapie anticancéreuse.

INTRON : 84.
Gène « silencieux » qui ne semble pas participer au codage d'une protéine.

IN VIVO : 195.
Se dit d'une expérience de biologie se réalisant dans une cellule ou dans un organisme vivant.

LIGASE : 203.
Enzyme de liaison servant à l'attachement de fragments d'ADN les uns avec les autres.

LIPIDE : 38, 118, 126, 136, 138.
Molécule insoluble dans l'eau, telle que les graisses ou les huiles.

LUTTE BIOLOGIQUE : 224.
Défense contre les agressions d'agents pathogènes à l'aide de moyens biologiques.

LYMPHOCYTE : 84, 206-207.
Petit globule blanc producteur d'anticorps (lymphocyte B) ou jouant un rôle dans l'amplification des mécanismes immunitaires (lymphocyte T).

MACROMOLÉCULE : 45, 68, 126, 138-139, 142-144, 188.
Molécule géante formée de plusieurs milliers d'atomes ; par exemple : protéine ou acide nucléique.

MACROPHAGE : 44, 206,
Grande cellule se déplaçant dans les tissus de l'organisme et jouant un rôle dans la détection et la destruction de cellules étrangères ou anormales.

MÉTABOLISME : 65, 89, 143, 148, 153, 159.
Ensemble des processus chimiques se déroulant dans la cellule et, par extension, ensemble des réactions d'un organisme vivant produisant notamment de l'énergie.

MÉTABOLITE : 90-91, 226.
Molécule indispensable à la vie cellulaire.

MÉTHANE : 108, 112, 115, 179, 224.
Gaz naturel formé d'un atome de carbone et de quatre atomes d'hydrogène, présent en grande quantité dans l'atmosphère primitive de la Terre.

MICRO-ORGANISME : 14-17, 21, 24, 28, 42, 49, 179, 201, 221-222, 225-227.
Être vivant microscopique.

MICROSPHÈRE : 147-148, 150, 171.

Globule microscopique formé par l'agglomération de protéinoïdes.

MITOCHONDRIE : 30, 33, 44, 50, 59-63, 174, 178.
« Centrale énergétique » de la cellule. C'est dans les mitochondries qu'est fabriqué l'ATP, combustible de tous les êtres vivants.

MOLÉCULES CONJUGUÉES : 135-136, 142, 157-158.
Molécules contenant des « relais électroniques » internes.

MUTATION : 19, 69, 168, 170-171, 187, 215.
Altération des structures de l'ADN par un agent physique ou chimique. Tout ce qui est susceptible de provoquer une mutation est dit « mutagène ». Les altérations produites par les mutations sont héréditaires.

MYÉLOME : 207.
Forme de cancer au cours duquel des globules blancs produisent des quantités excessives de protéines spécifiques.

NOYAU : 30, 33, 44, 71, 81, 194.
« Centre de commande » des cellules eucaryotes (*voir* ce mot) contenant les chromosomes porteurs des caractères héréditaires sous la forme des gènes de l'ADN.

NUCLÉOTIDE : 73-75, 128-130, 162, 215-216.
Unité fonctionnelle des acides nucléiques. Ils sont faits d'une des quatre bases A, C, T, G auxquelles est attaché un groupe sucre-phosphate.

ONCOGÈNE : 194-200, 208-210, 217.

Gène intervenant dans la transformation de cellules normales en cellules cancéreuses. Certains virus sont porteurs d'oncogènes.

ORGANITE : 30 n.1, 33, 178.
Petit organe cellulaire interne.

PARAMÉCIE : 28-30.
« Animal » primitif microscopique, formé d'une seule cellule.

PEPTIDE : 117, 127, 192, 228.
Courte chaîne formée de plusieurs aminoacides attachés ensemble.

PHOTON : 49-50, 53, 57-58, 109, 158.
« Grain » élémentaire de lumière ou de chaleur.

PHOTOSYNTHÈSE : 32, 50-52, 58-59, 101, 153, 156, 172-179.
Processus qui, utilisant l'énergie des photons (lumière), permet la synthèse de matières organiques. L'oxygène est un sous-produit de la photosynthèse. La transformation de l'énergie lumineuse en énergie chimique s'effectue dans les chloroplastes.

PLASMIDE : 202.
Petit élément circulaire d'ADN contenu dans une bactérie et que l'on peut facilement isoler. Les plasmides sont transmis de bactérie à bactérie à l'intérieur desquelles ils se reproduisent. Ils servent de transporteurs de gènes (vecteurs) dans les opérations de génie génétique.

POLYMÈRE : 115, 118, 204.
Macromolécule à longue chaîne formée d'une répétition de petites unités structurelles.

POLYNUCLÉOTIDE : 129-130, 161.
Chaîne formée par l'enchaîne-

ment de plusieurs nucléotides. L'ADN est un polynucléotide.

PORPHYRINE : 131-134, 171 n.1.
Pigment biologique essentiel (chlorophylle, hème).

PROTÉINE : 35, 37-39, 43, 61, 65-71, 73, 75, 78-84, 91-94, 99, 101, 113, 115, 118, 126, 130, 135, 138-139, 145-146, 160, 164-165, 167-169, 172-174, 178, 188-193, 202, 204-211, 214-217, 226, 229-231.
Macromolécule formée par une chaîne d'acides aminés attachés les uns aux autres ; brique dont sont construits tous les êtres vivants. Les protéines catalysant les réactions du métabolisme sont les enzymes.

PROCRÉATIQUE : 235.
Reproduction humaine médicalement assistée.

PROTÉNOÏDE : 126, 145-146, 159.
Protéine non biologique.

PROTISTE : 25-28, 45.
Micro-organisme formé d'une seule cellule.

PROTO-ORGANISME : 153, 159.
Organisme rudimentaire à la frontière de la vie.

RÉCEPTEUR : 41, 43, 191, 195-197, 208.
Protéine située généralement dans la membrane cellulaire et capable de se lier à des structures spécifiques agissant comme des signaux chimiques (hormones, virus, médicaments).

RÉPRESSEUR : 90, 158 n.1, 230-231.
Molécule de protéine se fixant sur l'ADN et empêchant la

fabrication de copies des gènes en ARN messager.

RESPIRATION : 41-43, 49, 53 n.1, 59, 68, 153, 156, 174-178.
Processus permettant la fourniture d'énergie par oxydation de la matière organique provenant des aliments. C'est dans un atelier de la cellule, les mitochondries, que les produits issus de la glycolyse sont transformés en ATP, en présence d'oxygène.

RIBOSE : 78, 117, 128.
Sucre à cinq atomes de carbone, constituant de l'acide ribonucléique (ARN).

RIBOSOME : 30, 78-82, 161 n.1, 165.
Globule de protéines et d'ARN où s'effectue la synthèse des protéines. Les ribosomes sont les « centres de montage » des protéines.

SITE ACTIF : 128, 157-158, 171 n.1, 215-216.
Zone d'un enzyme où s'effectue une réaction biochimique.

SONDE : 209-211, 218, 228, 240, 243.
Séquence d'ADN ou d'ARN marquée par radioactivité, permettant de « trier » un gène.

VECTEUR : 202, 228.
Agent de transfert de gènes, utilisé dans les expériences de génie génétique. Un vecteur peut être un plasmide capable de se reproduire à l'intérieur d'une bactérie.

VIRUS : 22, 23, 24-26, 34-41, 70, 83, 160-164, 193-195, 200, 206-212, 217, 226-227.
Un virus, contrairement aux bactéries, est incapable de se développer et de se reproduire seul ; c'est un parasite obligatoire. Un virus est un assemblage de protéines et d'acides nucléiques.

Table

Avant-propos.............................. 5
Introduction 7

Qu'est-ce que la vie ?

1. **Les anciennes théories de l'origine de la vie....** 11
   Une génération spontanée d'êtres vivants ?.... 11
   L'évolution : la grande histoire de la vie 18

2. **Le monde mystérieux des microbes............** 25
   Les protistes : animaux ou végétaux ?......... 28
   Les bactéries : esclaves et alliées invisibles 31
   Les virus : envahisseurs des cellules.......... 34
   Les propriétés de la vie..................... 41

3. **Comment fonctionne une cellule ?............** 45
   L'autoconservation et le Soleil 45
   Du soleil en conserve, 51. - La « chaudière » des
   cellules, 59.
   L'autoreproduction : les secrets de l'ADN 65
   Briques et plans des cellules, 65. - ADN ouvre-
   toi !, 70. - La machinerie cellulaire en action, 75.
   L'autorégulation : la gestion des cellules....... 84
   Les règles du « gouvernement » cellulaire, 85. -
   Les réseaux de communication moléculaires, 89.

D'où vient la vie ?

1. **Les nouvelles approches de l'origine de la vie...**   97

   Oparine et Teilhard : les pionniers.   97
   Dans les étoiles : les briques de la vie.   103
   La synthèse de la vie en laboratoire ?.   111

2. **Des prototypes de cellules.**   123

   La Terre mère.   124
   Nos ancêtres les molécules.   126
   Des molécules « chimistes », 126. - Des molécules
   qui ont de la mémoire, 128. - Des molécules qui se
   reproduisent, 131. - Des molécules qui conduisent
   de l'énergie, 133. - Des molécules qui s'isolent de
   l'eau, 136. - Des structures qui s'auto-organisent,
   138.
   D'étranges gouttelettes prévivantes   142
   Des microgouttes aux ancêtres des cellules   147

3. **Le jaillissement des êtres vivants**   153

   L'amorce des grandes fonctions vitales.   154
   L'origine du code génétique.   159
   La découverte de Cech   165
   Photosynthèse et respiration : le capital de la
   vie   171
   Les racines de l'évolution biologique   178

Où va la vie ?

1. **La révolution biologique : espoirs et menaces . . .**   187

   Comprendre les langages de la vie.   188
   La bataille contre le cancer   191
   Sur la piste des « gènes du cancer », 193. - Une
   coalition internationale, 198.

2. **Les outils de la révolution biologique**   201

   Les magiciens des gènes   201
   Les alliés invisibles   204
   Les ingénieurs de l'infiniment petit.   212
   L'ordinateur et le vivant   216

Table 281

3. **L'industrie du vivant** 219

La naissance de la bio-industrie 219
Pas de chômage pour les microbes. 222
L'avenir de la bio-industrie 226

4. **L'homme, ingénieur de l'homme** 232

La nouvelle chirurgie des gènes 232
Naissances sur commande 235
Gènes à la carte 241

Conclusion 245

ANNEXES 247

BIBLIOGRAPHIE 263

INDEX ET GLOSSAIRE 269

IMPRIMERIE HÉRISSEY À ÉVREUX (EURE)
DÉPÔT LÉGAL : OCTOBRE 1991. N° 13511-6 (55221)

Collection Points

SÉRIE SCIENCES

dirigée par Jean-Marc Lévy-Leblond et Nicolas Witkowski

S1. La Recherche en biologie moléculaire
     ouvrage collectif
S2. Des astres, de la vie et des hommes
     par Robert Jastrow (épuisé)
S3. (Auto)critique de la science
     par Alain Jaubert et Jean-Marc Lévy-Leblond
S4. Le Dossier électronucléaire
     par le syndicat CFDT de l'Énergie atomique
S5. Une révolution dans les sciences de la Terre
     par Anthony Hallam
S6. Jeux avec l'infini, *par Rózsa Péter*
S7. La Recherche en astrophysique, *ouvrage collectif* (nouvelle édition)
S8. La Recherche en neurobiologie (épuisé)
     (voir nouvelle édition, S 57)
S9. La Science chinoise et l'Occident
     par Joseph Needham
S10. Les Origines de la vie, *par Joël de Rosnay*
S11. Échec et Maths, *par Stella Baruk*
S12. L'Oreille et le Langage, *par Alfred Tomatis* (nouvelle édition)
S13. Les Énergies du Soleil, *par Pierre Audibert*
     en collaboration avec Danielle Rouard
S14. Cosmic Connection ou l'appel des étoiles, *par Carl Sagan*
S15. Les Ingénieurs de la Renaissance, *par Bertrand Gille*
S16. La Vie de la cellule à l'homme, *par Max de Ceccatty*
S17. La Recherche en éthologie, *ouvrage collectif*
S18. Le Darwinisme aujourd'hui, *ouvrage collectif*
S19. Einstein, créateur et rebelle, *par Banesh Hoffmann*
S20. Les Trois Premières Minutes de l'Univers
     par Steven Weinberg
S21. Les Nombres et leurs mystères
     par André Warusfel
S22. La Recherche sur les énergies nouvelles
     ouvrage collectif
S23. La Nature de la physique, *par Richard Feynman*
S24. La Matière aujourd'hui, *par Émile Noël et alii*
S25. La Recherche sur les grandes maladies
     ouvrage collectif
S26. L'Étrange Histoire des quanta
     par Banesh Hoffmann et Michel Paty
S27. Éloge de la différence, *par Albert Jacquard*
S28. La Lumière, *par Bernard Maitte*
S29. Penser les mathématiques, *ouvrage collectif*

S30. La Recherche sur le cancer, *ouvrage collectif*
S31. L'Énergie verte, *par Laurent Piermont*
S32. Naissance de l'homme, *par Robert Clarke*
S33. Recherche et Technologie
     Actes du Colloque national
S34. La Recherche en physique nucléaire
     ouvrage collectif
S35. Marie Curie, *par Robert Reid*
S36. L'Espace et le Temps aujourd'hui, *ouvrage collectif*
S37. La Recherche en histoire des sciences
     ouvrage collectif
S38. Petite Logique des forces, *par Paul Sandori*
S39. L'Esprit de sel, *par Jean-Marc Lévy-Leblond*
S40. Le Dossier de l'Énergie
     par le Groupe confédéral Énergie (CFDT)
S41. Comprendre notre cerveau
     par Jacques-Michel Robert
S42. La Radioactivité artificielle
     par Monique Bordry et Pierre Radvanyi
S43. Darwin et les Grandes Énigmes de la vie
     par Stephen Jay Gould
S44. Au péril de la science ?, *par Albert Jacquard*
S45. La Recherche sur la génétique et l'hérédité
     ouvrage collectif
S46. Le Monde quantique, *ouvrage collectif*
S47. Une histoire de la physique et de la chimie
     par Jean Rosmorduc
S48. Le Fil du temps, *par André Leroi-Gourhan*
S49. Une histoire des mathématiques
     par Amy Dahan-Dalmedico et Jeanne Peiffer
S50. Les Structures du hasard, *par Jean-Louis Boursin*
S51. Entre le cristal et la fumée, *par Henri Atlan*
S52. La Recherche en intelligence artificielle
     ouvrage collectif
S53. Le Calcul, l'Imprévu, *par Ivar Ekeland*
S54. Le Sexe et l'Innovation, *par André Langaney*
S55. Patience dans l'azur, *par Hubert Reeves*
S56. Contre la méthode, *par Paul Feyerabend*
S57. La Recherche en neurobiologie, *ouvrage collectif*
S58. La Recherche en paléontologie, *ouvrage collectif*
S59. La Symétrie aujourd'hui, *ouvrage collectif*
S60. Le Paranormal, *par Henri Broch*
S61. Petit Guide du ciel, *par A. Jouin et B. Pellequer*
S62. Une histoire de l'astronomie, *par Jean-Pierre Verdet*
S63. L'Homme re-naturé, *par Jean-Marie Pelt*
S64. Science avec conscience, *par Edgar Morin*
S65. Une histoire de l'informatique, *par Philippe Breton*
S66. Une histoire de la géologie, *par Gabriel Gohau*

S67. Une histoire des techniques, *par Bruno Jacomy*
S68. L'Héritage de la liberté, *par Albert Jacquard*
S69. Le Hasard aujourd'hui, *ouvrage collectif*
S70. L'Évolution humaine, *par Roger Lewin*
S71. Quand les poules auront des dents
      par Stephen Jay Gould
S72. La Recherche sur les origines..., *par La Recherche*
S73. L'Aventure du vivant, *par Joël de Rosnay*

Collection Points

SÉRIE ESSAIS

DERNIERS TITRES PARUS

206. François Mauriac
     1. Le sondeur d'abîmes (1885-1933), *par Jean Lacouture*
207. François Mauriac
     2. Un citoyen du siècle (1933-1970), *par Jean Lacouture*
208. Proust et le Monde sensible, *par Jean-Pierre Richard*
209. Nus, Féroces et Anthropophages, *par Hans Staden*
210. Œuvre poétique, *par Léopold Sédar Senghor*
211. Les Sociologies contemporaines, *par Pierre Ansart*
212. Le Nouveau Roman, *par Jean Ricardou*
213. Le Monde d'Ulysse, *par Moses I. Finley*
214. Les Enfants d'Athéna, *par Nicole Loraux*
215. La Grèce ancienne, tome 1
     par Jean-Pierre Vernant et Pierre Vidal-Naquet
216. Rhétorique de la poésie, *par le Groupe μ*
217. Le Séminaire. Livre XI, *par Jacques Lacan*
218. Don Juan ou Pavlov, *par Claude Bonnange et Chantal Thomas*
219. L'Aventure sémiologique, *par Roland Barthes*
220. Séminaire de psychanalyse d'enfants (tome 1)
     par Françoise Dolto
221. Séminaire de psychanalyse d'enfants (tome 2)
     par Françoise Dolto
222. Séminaire de psychanalyse d'enfants
     (tome 3, Inconscient et destins), *par Françoise Dolto*
223. État modeste, État moderne, *par Michel Crozier*
224. Vide et Plein, *par François Cheng*
225. Le Père : acte de naissance, *par Bernard This*
226. La Conquête de l'Amérique, *par Tzvetan Todorov*
227. Temps et récit, tome 1, *par Paul Ricœur*
228. Temps et récit, tome 2, *par Paul Ricœur*
229. Temps et récit, tome 3, *par Paul Ricœur*
230. Essais sur l'individualisme, *par Louis Dumont*
231. Histoire de l'architecture et de l'urbanisme modernes
     1. Idéologies et pionniers (1800-1910)
     par Michel Ragon
232. Histoire de l'architecture et de l'urbanisme modernes
     2. Naissance de la cité moderne (1900-1940)
     par Michel Ragon
233. Histoire de l'architecture et de l'urbanisme modernes
     3. De Brasilia au post-modernisme (1940-1991)
     par Michel Ragon
234. La Grèce ancienne, tome 2, *par J.-P. Vernant et P. Vidal-Naquet*
235. Quand dire, c'est faire, *par J. L. Austin*